修訂二版

國音及

說話

張正男　著

三民書局

再版序

　　《國音及說話》自從二〇〇四年出版以來歷經九刷，頃接書局編輯傳訊說：預計今年再版；給我一次修訂的機會。

　　這次修訂都在「國音」的部分。

　　第一個是書內所用的音標，原本除了「國語注音符號」以外，還有「國際音標、漢語拼音、通用拼音」；「國語注音符號」是純「國產國造」的國語標音符號，目前使用範圍雖然只在臺、澎、金、馬地區，但是它終究是最早頒布的「漢字式」華語標音符號，也是臺灣地區推行國語所用的符號，當然還有其不可動搖的地位；「國際音標」是學術上專用的符號，描述音值非它不可；而「漢語拼音」與「通用拼音」的地位就不一樣了：民國九十一年八月二十二日教育部以行政院臺教字第〇九一〇〇四二三三一號函備查，公布《中文譯音使用原則》規定：使用「通用拼音」為譯音符號，所以二〇〇四年本書也列入通用拼音；可是民國九十七年十二月十八日行政院以院臺教字第〇九七〇〇五六二三三號函修正《中文譯音使用原則》，放棄通用拼音，改以漢語拼音方案作為中文譯音的法定符號。因為通用拼音的時代已經過去了，沒有人再使用通用拼音，本書也就應該刪去「通用拼音」了。

　　其次是「捲舌音」的說明，其韻尾從「舌尖中半元音（ㄖ）r[ɿ]」改為「捲舌近音（ㄖ）r[ɻ]」，這是因為上世紀七〇年代，修訂的國際音標表增列了「近音」所致；這項修訂並沒有改變「捲舌音儿」的發音，只是用比較新的國際音標、更精確的名稱描述其發音而已。

　　第三是「國語推行委員會」的廢止。自從民國八年四月二十一日教育部據《國語統一籌備會規程》成立「國語統一籌備會」以後，歷經民國十七年十二月十二日以部令第二號公布《國語統一籌備委員會規程》將「國語統一籌備會」改組為「國語統一籌備委員會」，到民國二十四年八月三日教育部又公布《教育部國語推行委員會規程》改組為「國語推行委員會」以來，這個推行國語的專職機構，審定並公布《校改國音字

典》、研究並公布《國語羅馬字拼音法式》、編纂《國音常用字彙》、鑄造注音漢字字模、編成《中華新韻》、完成全國方音符號設計、編纂《國語詞典》、協助臺灣推行國語、重編《國語詞典》、編纂《國語一字多音審訂表》……，然而民國一〇二年元月一日這個專職的語政機構終於功未成而身先退了，本書國音大事的記錄，就增補到「國語推行委員會」的終止，民國一〇二年以後雖然修訂《國語一字多音審訂表》，預定廢止「ㄧㄞ」音節，但是始終沒有公布定案，也不知道最後會怎麼樣了。

至於「說話」部分沒有修訂，這本書原來是為小學師資培訓課程用的資料，所說的沒有具體的術法，只是一些基本的原則，雖不是放諸四海而皆準，但是經歷十餘年，覺得這些原則都還適用；以後如果有更多的變動再增補修改。

這次修訂內容雖不多，仍希望海內外賢達惠予斧正。

張正男謹識

序　怎樣學好國音及說話

　　國音及說話課程，內容包括「國語語音」及「說話藝術」兩個領域；「國音」所要學習的是語音學的知識，「說話」則要練習實際應用的語言技術，兩者息息相關而且相互為用。學習國音知識、改善發音缺陷，把話說得清晰明確，可以奠立「說話」藝術的基礎；精通說話藝術，改善表達能力，有助於人際溝通，也能夠使生活更幸福美滿，事業更發達成功，可以擴大學習國音的效益。但是要怎樣學好國音及說話課程呢？

　　學習「國音」部分包括「探討音理」、「練習發音」、「矯正缺陷」三項，必須循序漸進：

一、探討音理

　　「國音」是「國語語音學」的省稱，要學習國語語音各方面的知識，必須從基本發音原理學起，再作字音之聲、韻、調的分析，然後逐一研究連音變化、輕重音、兒化詞、句調、語調、語言與文字之間的一字多音現象等，仔細而循序漸進地學習，既要知其然更要探索其所以然，作為練習國語發音、矯正語音缺陷的基礎。

二、練習發音

　　「國音」也是練習「國語發音」的課程，必須熟習發音的技術。在臺灣地區，大學生已具備國語發音能力，只需要延續小學、中學的學習，把字音發得更正確，不必從頭學起。為達此精緻目標，雖然從字音的聲、韻、調入手，但是重點應在語詞變音、句調、語調，處處力求清晰、純正而標準，使每句話都說得更精確，才能夠學好練習國語發音的功課。

三、矯正缺陷

　　「國音」也有「國語正音」的意義，我們的科技已經進展到奈米、微奈米的精密程度，而國語發音卻仍然ㄥ誤作ㄣ、ㄖ讀作ㄌ，實在說不過去。糾正語音是「為與不為」而非「能與不能」的問題；我們運用探討音理的成果，發現缺點並找出矯正要領，只要加上充分的練習，就可以矯正錯誤的發音，達到「國語發音圓滿無缺，國字音讀正確無訛」的

程度。

至於說話部分，它不只是知識、技術，更是藝術；要學好它，不但要知道該怎麼說、學會那樣說，還要說得恰到好處。所涉及的不只是知識性、技術性的層面，還涉及品德修養與為人處世。學習溝通的原理原則，練習說話的技術並內化為生活的行為規範，都只是「技術」而已，必須真心誠意的「時時說出好話、日日把話說好」才算學習成功。現在也分為「研究原理，學習技巧」、「養成習慣，改變行為」、「修養品德，發揮仁心」三點加以說明：

一、研究原理，學習技巧

「說話」是人類既古老又實用的行為，先賢曾當作一門學術去研究，也有豐碩的成果；我們選取其原理作參考，介紹其技巧供練習。從說話的口德、口碑、口音及其題材說起，再分別介紹各種情境的溝通原則，包括陌生人之間、兩性之間、夫妻之間、親子之間、婆媳之間、親戚之間、朋友之間、師生之間、同事之間；以及運用電話的方法；傾聽、讚美、批評、建議與拒絕的技巧；至於大眾傳播的演說及辯論部分，限於篇幅而從缺，可自行參閱專門著作；希望能夠做到理論與實務並重的全方位學習。

二、養成習慣，改變行為

說話是不加思索的習慣性行為，雖然「聰明人的話先想了再說，愚笨者的話說過再後悔」，但是實際上每句話都要先想好了再說是不可能的。因此，儘管精通溝通原裡、說話技巧高妙，還是有失言的時候；必須使說話技巧內化成一種習慣，才能夠使應該說的話即時脫口而出，不應該說的話絕對不出於口。要使說話技巧內化成一種習慣，就必須在日常生活中身體力行；這不是懂得一些規則、硬學一些方法就能夠奏效的，必須從日常生活的實踐上做起，知道應該說什麼、怎麼說以後立刻去做，常常這樣說，養成良好的說話習慣，改正錯誤的說話方式，修正有害的說話內容，真正做到養成習慣、改變行為，才可能得到說話技巧的效益。

三、修養品德，發揮仁心

孔子在《論語》上說「巧言令色鮮矣仁」（〈學而〉篇及〈陽貨〉篇），使許多人對「說話術」敬而遠之，其實是一種誤會。孔門四教有言語一科，列於德行之次而在政事、文學之前，他所反對者是「花言巧語」

的「巧言」，並不是反對「出言精當」的「善言」；這是因為花言巧語者心腸不好會害人，而出言精當的人並不會害人。一個人心腸好壞，跟他的品德修養成正比，所以要發揮說話的藝術魅力，應該從修身養性提高品德做起。再看《論語．雍也》篇：「雍也可使南面。」和《論語．公冶長》篇：「或曰：『雍也仁而不佞。』子曰：『焉用佞？禦人以口給，屢憎於人。不知其仁，焉用佞？』」孔子稱讚雍也（仲弓）待人寬厚，有領袖的風範。有人批評說：「他雖然待人寬厚，但是口才不好，恐怕無法控制屬下。」孔子為仲弓辯護說：「做領袖的人，何必要有那麼好的口才？以便捷的口才對待別人，常常會惹人討厭，反而讓人不知道他那寬厚的仁心，要那麼好的口才幹嘛？」《論語》中這幾句話所說的道理是：身為領袖要領導別人，一定要具備待人寬厚的仁心並且發揮出來，儘管沒有能說善道的口才也沒關係；不能修養品德保有仁慈悲憫的心胸，雖有靈巧的舌頭、翻飛的嘴皮，也不能夠善用說話藝術成為好領袖。我們要學好說話藝術，必須從修養品德奠基，涵養一顆仁慈悲憫的胸懷，然後才能夠很自然的在日常生活中，發揮仁心顯現說話藝術的魅力。

國音及說話是一門既有理論基礎，又有實用技術，更具備藝術條件的學科；只要學到最好的程度，可以達到「口開事成」的效果。不過，既要仔細、循序漸進地研究國語語音及口語溝通的理論，又要確實、認真的練習國語發音及人際溝通的技巧，更要修養品德、發揮仁心說出恰到好處的言辭，必須相當努力才能夠竟其全功。

承蒙三民書局劉振強先生的厚愛，使這本書得以出版，讓我有機會把近年來一些閱讀、學習以及思索之所得，提供給讀者做參考，希望它有助於各位。至於書中尚有許多因個人見識不及而闕漏、學養不足而訛舛之處，尚祈海內外方家惠賜高見斧正。

臺中后里張正男謹序於臺灣師大

國音及說話

目次

再版序

序　怎樣學好國音及說話

壹、國音篇

第一章　國音概論 ··· 2

　　第一節　國音的意義內容與功能 ··························· 2
　　第二節　推行國音的歷史與音標 ··························· 8

第二章　基本發音原理 ··· 17

　　第一節　語音的生理條件 ····································· 18
　　第二節　語音的物理現象 ····································· 21

第三章　國字字音 ··· 26

　　第一節　聲的意義分類及發音練習 ····················· 26
　　第二節　韻的意義分類及發音練習 ····················· 37
　　第三節　調的意義分類及發音練習 ····················· 51

第四節　拼音的意義分類及教學法 ……………………………… 54

第四章　國語變音 ……………………………………………… 59

第一節　國語字音輕重與輕聲 …………………………………… 60

第二節　上聲變調的分析與條例 ………………………………… 70

第三節　一七八不變調的介紹 …………………………………… 74

第四節　這那哪的變音 …………………………………………… 78

第五節　語助詞的變音與隨韻衍聲 ……………………………… 82

第六節　兒化韻的變音 …………………………………………… 85

附　錄　國語變音綜合練習 ……………………………………… 91

第五章　一字多音 ……………………………………………… 93

第一節　國字的形音義 …………………………………………… 93

第二節　現行一字多音的情況 …………………………………… 96

第三節　常見的一字多音舉例 …………………………………… 97

第六章　國音句調跟語調 …………………………………… 108

第一節　語言調類及其重要性 ………………………………… 108

第二節　演說及講話之句調 …………………………………… 109

第三節　演說的語調 …………………………………………… 111

第四節　影響語調的嗓音 ……………………………………… 114

第五節　語調練習的方式──朗讀 …………………………… 115

附　錄　注音符號練習作業 ……………………………… 123

一、聲符寫法練習 ……………………………………………… 123

二、韻符寫法練習 ……………………………………………… 124

貳、説話篇

第一章　　說話術總論 ……………………………… 126

　第一節　從人際溝通談說話藝術 ……………………… 126

　第二節　說話術的基礎與媒介——口德口碑與口音 …… 131

　第三節　說話術的資源——說話的題材與對象 ………… 135

第二章　　說話術分論 ……………………………… 139

　第一節　面對陌生人的破冰術 ………………………… 139

　第二節　兩性平權的說話術 …………………………… 143

　第三節　保持情愛鮮度的說話術 ……………………… 147

　第四節　親子之間的說話術 …………………………… 152

　第五節　婆媳之間的說話術 …………………………… 157

　第六節　親戚之間的說話術 …………………………… 160

　第七節　朋友之間的說話術 …………………………… 165

　第八節　師生之間的說話術 …………………………… 170

　第九節　同事之間的說話術 …………………………… 173

　第十節　無遠弗屆的說話術 …………………………… 177

　第十一節　傾聽與讚美 ………………………………… 182

　第十二節　批評建議與拒絕 …………………………… 186

結論——明辨義利、追求幸福 ……………………… 192

壹、國音篇

第一章　國音概論

第一節　國音的意義內容與功能

一　國音的意義

　　國音是「國語語音」的省稱，是指一個國家的語言所使用的聲音。由於國家 (state) 是政治學名詞，而語言 (language) 是人類學名詞；政治上國家統轄權的範圍與一個民族居住的範圍，常常不很一致，所以國音就有廣狹兩種不同的定義了。

1.廣義的國音

　　廣義的國音是指一個國家的語音，是跟其他語言的「方聲」對舉的❶。目前全世界將近八十億人口、兩百多個國家中，人們所使用的語言共有六千餘種，其中以華語（中文、國語、普通話）使用人口最多，而德語則已成為較少人使用的語言了❷。就我們而言，因祖籍、地區之異，各種方言仍然並存；相對於其他國家語言的聲音，凡是我國的人民日常生活所使用的語音，不論是國語 (national language) 或是方言 (dialects)，一概都可稱為國音。

---

❶　見謝莊〈赤鸚鵡賦〉：「審國音於中寰，達方聲於遐表。」按：謝莊乃南朝宋文帝時人，〈赤鸚鵡賦〉作於西元五世紀的元嘉年間，當時五胡亂華，所以他把「國音」、「方聲」對舉。

❷　根據美國人口資料局的「兩千年世界人口估計要覽」估計，西元兩千年全球人口總數約六十一億人，而我國有二千二百一十二萬，在世界二百零三個國家中居第四十七位；全球語言共有六千餘種，受到全球化影響，使用人數不到一萬人的語言，將有逐漸消失的危險，而目前只有二十種語言經常為人使用。以使用人口而言，最通用語言是華語，其次是英語、印度語、西班牙語、俄語、孟加拉語、阿拉伯語和法語；德語已成為很少人使用的語言。

2.狹義的國音

　　民國四年商務印書館出版的《辭源》「國音」條下說：「由國家審定語音，使全國遵用，謂之國音。」這就是狹義的國音。我國目前以北京音系為國音。

　　前面說過，全世界具備人民、土地、政府、主權的國家有兩百多個，每個國家的人民多少不一，其國內的語言有的單純、有的繁多；就我國而言，國內各個民族固然使用著不同的語言，連號稱同一個民族的人，也有因地區不同、祖籍不同而說的話不一樣的現象。那麼為了推動公務、為了便於交流，需要選定一種語言，作為全國通用的「規範語言」，這種規範語言的標準音，有別於國內其他方言土語的聲音，就稱之為「國音」。

　　當然，以國音為標準音的語言就是「國語」；但是在國語的發展史上，也出現了一些類似於國語的名詞。例如：它曾是官場處理公務的官方語言，所以叫做「官話」；它是普通一般人彼此交談的通用語言，所以叫做「普通話」；在海外為了有別於各國的語言，通稱為「華語」。這些名詞的涵義類似，但也都各有其不同的背景與原因。至於有人稱它為「北京話」則仍待商榷，因為「北京話」終究只是一種方言，與「國語」是有些不同的❸。

---

❸　北京話跟國語之間最大的區別在詞彙，有些國語的語詞並非北京話原有的，有些北京話的語詞國語並沒有接受。例如：國語的「垃圾」、「豬仔」等詞，都不是北京話；在《國語辭典》「垃圾」條下註「吳語，穢物與塵土相混積之稱。」「豬仔」條下註「粵語，謂小豬。」「仔」字下註「粵語稱物之小者，如豬仔。」《重編國語辭典》增收的「牛仔褲」、「牛仔裝」也都不是北京話原有的語詞；又如「八達棍兒」、「扳不倒兒」、「一衝牌」等北京話的語詞，在《國語辭典》都未收錄，《重編國語辭典》也沒有增收；北京話的「八達棍兒」就是齊眉棍，《國語辭典》「齊眉棍」條下註「武士所用之堅木棍，上與眉齊，因名，亦稱少林棍。」北京話「扳不倒兒」就是不倒翁，《國語辭典》「不倒翁」條下註「玩具中製成人形之一種，依重心作用，常能豎立。」北京話「一衝牌」、「半衝牌」就是一副牌、半副牌，《國語辭典》「一副」下註「物一組曰一副，如言一副牙牌。」《國語辭典》「衝」字收「ㄔㄨㄥˋ」音，其意義也沒有「一副」；除此以外，已經收錄在《國語辭典》裡面的「噹噹兒車」、「老鴰」、「洋胰子」不但在國語裡不通用，《重編國語辭典》也未收錄「噹噹兒車」、「老鴰」、「洋胰子」，可見都沒有成為國語的語詞。這足以說明國語跟北京話的語詞還是頗有出入，並不是北京話就是國語、國語就是北京話。

　　至於為什麼選北京音系為國語標準音的基礎呢？這是因為北京音系的流通區域最廣、使用人口最多❹，並不是北京音系另有其他特別的優點；至於北京音系流通區域廣、使用人口多的原因，則是最近一千多年來的歷史所造成的❺。

二 國音的標準及內容

1.國音標準的文獻

　　國音既是國語語音的省稱，本書採用狹義的定義，專指國家標準（規範）語言的發音。目前我國以北京音系為國語標準音的基礎；字詞音讀可以查考下列幾本國家修訂頒布的文獻：

　　⑴《國音常用字彙》：

　　民國二十一年五月七日教育部公布。在臺灣可見的有：臺灣省國語推行委員會編印，民國四十一年六月由臺灣開明書店印行的《國音標準彙編》所收錄的版本；鍾露升著，民國五十五年由語文出版社發行的《國語語音學》中收錄的《國音常用字彙》（表格式）；以及方師鐸編輯，民國五十七年由臺灣開明書店印行的《增補國音字彙》。

　　⑵《國語辭典》：

　　中國大辭典編纂處編。民國二十六年三月第一冊（自ㄅ至ㄉ）出版，

---

❹　北京音系的代表是北京話，它是我國漢藏語族的漢語系中北方官話裡面的一種方言，它與北方方言（官話）差異不大，所以使用北方方言（官話）的地區都能夠流通；這個地區包括長江以北各省的漢族居住區、長江以南鎮江以上九江以下的沿江地帶、四川雲南貴州三省的漢族居住區、湖北大部地區、湖南西北角、廣西西北部，其面積約為漢語地區的百分之七十五，居住人口為漢族的百分之七十。

❺　中國的政治中心，向來都在北方，而北京自從後晉天福二年（西元九三七年）契丹主耶律德光建立遼國以幽州為南京，就奠立成為北方大都會的基礎；元世祖忽必烈於中統元年到燕京（今北京），並改名中都大興府，於至元四年（西元一二六七年）築新城，把北京經營成中國北方政治、經濟、文化活動的中心，貫通東西交通的絲路，也以它為起點；當時新興的舞臺劇（雜劇）就用這種語言來演唱，文學作品《水滸傳》、《三國志演義》也用這種語言來寫作，使它成為現代國語的濫觴；其後在明、清兩代，又有許多人用於日常生活與文學創作；結果不但有精美的舞臺歌劇作品流傳，而且有高度文藝價值的文學作品傳世，終於使它成為這種流通區域最廣、使用人口最多的語言了。

其餘全書正文由「中國辭典編纂處」於二十八年秋編畢，民國三十二年十二月一日主編汪怡署序，全套初版平裝八冊由商務印書館於三十四年印行；三十六年重版，以後改為精裝四冊。在臺灣由臺灣商務印書館印行，也曾經多次修訂過。

⑶《國音字典》：

中國大辭典編纂處編。民國三十八年由商務印書館印行。在臺灣可見的是臺灣商務印書館印行的版本。

⑷《重編國語辭典》：

教育部重編國語辭典編輯委員會編。民國七十年十一月由臺灣商務印書館印行，總共精裝六冊。其後為了節省成本，修訂版以光碟發行，可進教育部國語會 (http://www.edu.tw/mandr/index.htm) 網站查閱。

⑸《國語一字多音審訂表》：

民國八十八年三月三十一日教育部公布。民國八十八年三月由教育部發行。也可以直接上教育部國語會網站查閱。

2.國語字音（語音）的內容

國音裡字音的內容，可分析為：聲、韻、調三部分，而韻裡頭又可以分為：介音、主要元音及韻尾三部分。

聲是一個字音前部有辨義作用的輔音；國音的聲有「ㄅ、ㄆ、ㄇ、ㄈ、ㄉ、ㄊ、ㄋ、ㄌ、ㄍ、ㄎ、ㄏ、ㄐ、ㄑ、ㄒ、ㄓ、ㄔ、ㄕ、ㄖ、ㄗ、ㄘ、ㄙ」等二十一個聲母，另外沒有聲的字音也算是一個無聲母的音位，所以總共國音裡有二十二個聲的辨義單位。不過，聲是不能夠獨自構成字音的，它一定要有韻的配合。

韻是一個字音裡的元音及元音之後的輔音；國音的韻又有介音、主要元音、韻尾的分別。介音是介於聲與其後元音、輔音之間的高元音，所以又叫做韻頭；但是有些是無聲母的字音，最前面也可以有高元音的介音；國音的介音只有「ㄧ、ㄨ、ㄩ」三個，由於一個字音也可以沒有介音，所以加上無介音總共有四個韻頭的辨義單位。主要元音是一個字音中聽得最明確響亮的部分，任何字音都不可以缺少主要元音，它可以是一個低元音、中元音或高元音；在國音裡，主要元音有「ㄧ、ㄨ、ㄩ、ㄚ、ㄛ、ㄜ、ㄝ，帀$_1$、帀$_2$」九個辨別意義的單位。韻尾是主要元音之後的聲音，它可以是一個元音，也可以是一個響亮的輔音；在國音裡，韻

尾有「ㄧ、ㄨ」兩個高元音、「ㄋ、ㄫ」兩個韻化的鼻輔音以及舌尖捲起近似於「ㄖ」的捲舌音；當然，加上沒有韻尾的情況，國音的韻尾共有六個辨別意義的單位。跟聲不一樣的是：韻的本身聲音響亮，它可以獨自構成字音。

調是一個字音裡音高起伏的類別，國音有辨義作用的聲調有「陰平、陽平、上聲、去聲」四種字調，至於輕聲是一個字音輕化的結果，我們常常歸入變調裡，所以我們說國音有四聲，只有四個辨別意義的單位。

現在將字（語）音的內容，簡略列表如下：

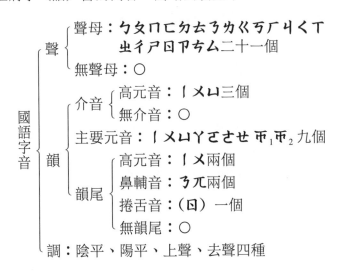

聲──聲母：ㄅㄆㄇㄈㄉㄊㄋㄌㄍㄎㄏㄐㄑㄒㄓㄔㄕㄖㄗㄘㄙ二十一個

無聲母：○

介音──高元音：ㄧㄨㄩ三個

無介音：○

主要元音：ㄧㄨㄩㄚㄛㄜㄝ帀₁帀₂九個

韻尾──高元音：ㄧㄨ兩個

鼻輔音：ㄋㄫ兩個

捲舌音：（ㄖ）一個

無韻尾：○

調：陰平、陽平、上聲、去聲四種

（國語字音）

三 國音的功能與方言的地位

國音既是國語語音的省稱，而本書所說的國語，採用「專指國家標準語言」的狹義定義。所以我們所說的國音功能，也是專指這種「國家標準語音」的功能。

1.國音在國內的功能

一個具備人民、土地、政府、主權四要項的國家，其人民如果沒有統一的規範語言，不論對其國政推展或人民生活都不方便。一個國家的主權，根據國父　孫中山先生的區分，大別為政權與治權；在政權裡，不論選舉、罷免、創制、複決的任何一項，其執行都必須全體公民共同行使。當全體公民共同行使政權之際，不論開會發言、政見發表，如果

你說你的廣東話，我講我的閩南話，將難以順暢的彼此溝通、交換意見，要靠別人翻譯，就可能會被野心家所搧動、利用了，所以說：全國公民彼此溝通、交換意見的重要條件之一，便是全體公民有一種彼此能互相溝通的語音，這種語音當然就是「國音」了。

在治權裡，不論行政、立法、司法、考試、監察任何一項，也無不需要國音。就拿教育工作來說吧！假使沒有了國音，教師所說的南腔北調，不一定學生能夠聽懂；只有使用同一種方言的師生能夠進行教學工作，勢必影響學生的受教權益。其他如交通、傳播、軍隊指揮、公務接洽，也在在需要一種全民能夠互懂互通的「國音」。

2.國音在國際的功能

一個獨立自主的國家，必須與世界上許多國家來往，在國際舞臺上，每個國家都需要有一種足以代表該國的語言，這種語言的聲音，當然非國音不可了；國家標準的語音，不只對內為全國語音的規範，對外也是國家語音的代表。尤其像我國這樣一個多種族又主張種族平等互相尊重的國家，國音的功能就更為彰顯了。

3.方言的地位

至於我國的方言，也都是廣義的「國語」，我們不只是站在「基本人權」人人生而平等的角度應該尊重各種方言，更要從文明融合進化、智慧永續傳承的角度去重視各地的方言。

中國的方言據調查有五十多種，在臺灣地區，早期許多移民說閩南語、客家話，最近五、六十年來從中國各省遷移而來的人也有說各省方言的，至於原住民的語言也有十多種。

語言的本身，本是無法分出孰優孰劣的，國語既不是高等語言，任何方言也絕對不是次級語言。我們從使用情境的層面上說：許多不同地方的人聚集論事，為了使大家能通能懂，當然方言不如國語；但是同鄉之間的交談，國語就不如方言親切了。語言文字是記錄與溝通的工具，我國各地的方言，都曾經有許多祖先使用過，他們用它彼此溝通，也用它保存文明。不但各地的方誌文獻記載的資料是我民族文明的資產，各種方言土語裡的俗語、諺語、歌謠、故事，也都蘊藏了許多我們的祖先生活智慧的結晶及克服各種困難災難的寶貴經驗。過去未能及時保留而已經消失的方言固然可惜，今日能夠搶救保留的各地方言，我們更應該

珍惜；我們不只不可以不肖地放棄這些祖先的文化遺產，更沒有權力斷送後世子孫繼承這些文化遺產的機會。

4.國音與方言的定位

強勢語言與弱勢語言的競爭是非常殘酷的，強勢的國語很容易取代弱勢的方言，所以我們必須趁著這些方言還存在的時候，趕緊加以整理、記錄、研究，這是「搶救文化資產」的大事業，千萬不可以等閒視之。為了國家的需要，我們努力推行國語，為了人民生活方便，我們積極提倡國語；但是，推行國語只要積極推行就夠了，不必禁止方言；提倡國語也只要熱烈地提倡，根本不必消滅方言。

語言流傳是強勢語言越來越強、弱勢語言越來越弱的，如今已經比較少人使用的方言，我們必須趕緊設法保護它、用學術研究的方法傳承它，這是搶救民族文化、承傳祖宗智慧的事業，不只是國家主政者應該重視的大事，也是每一個有文化使命感的人都應該當做自己的責任盡心盡力去做的大事。

第二節　推行國音的歷史與音標

一）民國成立以前的回顧

國音的名詞，雖然到了民國初年才有，但是國音所指的標準音，卻早已存在了；儘管古時候標準音的聲音跟現在的國音不一樣，但是我們仍然可以把它看做國音的前身。這段三千多年的歷史，可約略分為六個時期。各舉代表性的事例如下：

1.周朝雅言：是西元前十一世紀到西元前三世紀的國音。

《論語·述而》篇說：「子所雅言：《詩》、《書》、執禮，皆雅言也。」據何晏《論語集解》引鄭註說：「讀先王典法，必正言其音，然後義全。」意思是說：孔子平常說魯國話，但是在誦讀先王遺留的《詩經》、《書經》時，就改用雅言；而舉行正式典禮的時候，也要用雅言。從這一段話，我們就可以知道：在周朝統一天下以後，為了全天下的人能夠相互溝通，有一種名為「雅言」的標準音，這個標準音，就是全國通用的「規範語音」，相當於「國音」。甚至到了春秋末期的孔子，在正式典禮及誦讀《詩》、

《書》都用這種「雅言」；只是音值怎樣，如何推行，我們不得而知罷了。

2. 秦漢通語：是西元前二世紀到西元二世紀的國音。

秦、漢時中國實行中央集權的君主專政，在全國統一的帝國之內，各地官吏、商旅的流通，當然需要一種大家能夠溝通的語言，想要出任官吏、出門經商的人，都必須學習它；既有實際的需要，就有人傳習、有人編輯資料，其中流傳下來的，首推《方言》一書，其全名是《輶軒使者絕代語釋別國方言》，《唐書‧經籍志》省稱《別國方言》，在《漢書‧揚雄傳》未提此著作，東漢應劭說是揚雄作的；我們推定它是漢人作品而依託於揚雄之名的一本書，它是我國方言學上很重要的著作。輶軒是古時天子命之出使的輕車，輶軒使者就是專指受天子之命出使各地的使者，絕代語釋就是解釋荒遠之時的語言，別國方言是各國（各地）的語言；可見它是解釋歷代及各地語言的一本書。它在記錄歷代及各地語言的後面，都有「通語」或「凡語」，這個通語、凡語就是「通俗的話語、平常的語詞」，也就相當於我們所說的普通話、國語了。至於每一個語詞的音讀，由於沒有音標的記錄，我們難以明瞭，可能其學習時，仍要依靠師徒之間口耳相傳的方式。

3. 南北朝正音：是西元三世紀到西元六世紀的國音。

從東漢末年黃巾賊之亂以後，到魏、晉、南北朝，是北方民族大舉進入中原、中原世族隨著政府南遷避難的時代，也是中華民族大融合的時代。其結果是：在北方中原語音統合了胡人的語言，在南方卻沒有使江南語音產生特別的變化。我們可以從下面兩段故事，來看看南北朝時期正音的情況：

⑴中原世族未影響江南語音

《南史‧胡諧之傳》：胡諧之，豫章南昌人也，……建元二年（西元四八〇年）為給事中、驍騎將軍。上方欲獎以貴族盛姻，以諧之家人語偧（說江西話），音不正，乃遣宮內四五人往諧之家，教子女語。二年後，帝問曰：「卿家人語音已正未？」諧之答曰：「宮人少，臣家人多，非唯不能得正音，遂使宮人頓成偧語。」帝大笑，遍向朝臣說之。

在南朝君主裡，南齊高帝蕭道成算是比較有眼光的一位，即位後，為促成手下大臣和衷共濟，提倡權貴之間彼此通婚結親，但是因為南方人跟南渡中原世族語音不同，形成團結、通婚的障礙，所以又提倡中原的語音；於是派遣四、五個宮人到大臣家裡，教其子女中原語音；結果宮人反被大臣家裡的人同化了。從這個故事，我們不但知道當時朝廷在江南還以中原語音為規範語音，而且沒有獎懲辦法、只隨便派人教教規範語音是不能達成一統語音、推行規範語音之效果的。

(2)中原語音統合胡人語言

《魏書·咸陽王禧傳》：於時王國舍人應取八族及清修之門，禧取任城王隸戶為之，深為高祖所責，詔曰：「夫婚姻之義，曩葉攸崇，求賢擇偶，綿代斯慎……婚者合二姓之好，結他族之親；上以事宗廟，下以繼後世，必敬慎重正而後親之。……前者所納，可為妾媵；將以此年，為六弟聘室；長弟咸陽王禧，可聘故潁川太守隴西李輔女……。」

高祖引見朝臣，詔之曰：「卿等欲令魏朝齊美於殷周，為令漢晉獨擅於上代？」禧曰：「陛下聖明御運，實願邁跡前王。」高祖曰：「若然，將以何事致之？為欲修身改俗？為欲仍染前事？」禧對曰：「宜應改舊以成日新之美。」高祖曰：「為欲止在一身？為欲傳之子孫？」禧對曰；「既卜世靈長，願欲傳之來業。」高祖曰：「若然，必須改作，卿等當各從之，不得違也。」禧對曰：「上命下從，如風靡草。」高祖曰：「自上古以來，及諸經籍，焉有不先正名而得行禮乎！今欲斷諸北語，一從正音；年三十以上，習性已久，容或不可卒革，三十以下見在朝廷之人，語音不聽仍舊，若有故為，當降爵黜官，各宜深戒。如此漸習，風化可新；若仍舊俗，恐數世之後，伊洛之下，復成被髮之人。王公卿士，咸以然不？」禧對曰：「實如聖旨，宜應改易。」

高祖曰：「朕嘗與李沖論此，沖言四方之語竟知誰是，帝者言之即為正矣，何必改舊從新。沖之此言，應合死罪。」乃謂沖曰：「卿實負社稷，合令御史牽下。」沖免冠陳謝。

　　這段資料分道三件事情：第一件是北魏孝文帝希望宗族之人與漢人通婚，以達到民族融合的目的。第二件是孝文帝主張廢除胡語而用中土的正音，並用降爵黜官的懲罰方法去執行。第三件是孝文帝叱責大臣李沖（字忠順，西涼李暠曾孫，仕魏，孝文帝時官尚書僕射兼領少傅）認為普通話漫無標準，皇帝說的就是正音，因此被責。我們從這段話可以知道：北魏朝廷禁胡語之所以成功，是因為孝文帝的漢化政策有明確的目標、有執行的獎懲制度。

　　綜觀這兩則故事，南北朝有「正音」存在是無可置疑的，這個「正音」相當於我們今天的國音。

　4.唐宋韻書：是西元七世紀到西元十九世紀的書面國音。

　　經歷了北方漢胡雜處、江南語音紛亂的動盪時代，隋、唐、趙宋又回復一統天下（全中國）的局面；各地鄉音混雜，不利於統一的大帝國，然而又沒有使天下從「書同文」提升到「語同音」的辦法，不得已退而求其次，只好維持書面上字音系統的統一。當時盛行科舉制度，政府能管的只有「士子讀書之音」，所以頒訂韻書，作為文人寫作詩賦的押韻根據，政府考試功令的取捨標準。其中最有名、留存至今的當推陳彭年奉敕撰成的《大宋重修廣韻》（省稱《廣韻》）；其實《廣韻》上承唐人陸法言的《切韻》，下至明朝《洪武正韻》、清代《音韻闡微》，其聲韻的分合雖有一些變化，切韻系統則沒有太大的改變，所以我們可以說：《廣韻》這一系列的韻書，是唐、宋時期起到清朝末年書面上統一全國的國音。

　5.元明舞臺語：從十四世紀起用於舞臺表演，也是現代國音的起源。

　　北京自從西元九三七年做為遼國的南京以後，經過歷代統治者的經營，變成北方的大都會，也成為中國北方文教、經濟活動的中心，使該地的語言，包容各地方言特色，成為最容易流通的語言。當時北方興起的民間戲曲，就以這種語音來演唱；這種語音因而成為此後數百年的舞臺語，也成為今日北京音系的濫觴。

　6.清朝正音：十八、十九世紀，現代國音已存於口語。

　　滿清入關，雖然以滿洲文為清文，滿洲話為國語，但是並未推行清文國語於天下，仍以當時的北京話作為官場通用語言而名曰「正音」，我們來看兩件事例。

　　(1)清初設立正音書院

《清世宗實錄》卷七十二：雍正六年（西元一七二八年）八月甲申
諭內閣：

> 官員有蒞民之責，其語言必使人人共曉，然後可以通達民情而辦
> 理無誤。是以古者六書之制，必使諧聲會意、嫻習語音，所以成
> 遵道之風，著同文之治也。朕每引見大小臣工，凡陳奏履歷之時，
> 惟有福建廣東兩省之人，仍係鄉音，不可通曉。夫伊等以見登仕
> 籍之人，經赴部演禮之後，其敷奏對揚，尚有不可通曉之語；則
> 赴任他省，又安能於宣讀訓諭、審斷詞訟，皆歷歷清楚，使小民
> 共知而共解乎？官民上下，語言不通，必致吏胥從中代為傳述，
> 於是添飾假借，百弊叢生，而事理之貽誤者多矣。且此兩省之人，
> 其語言既皆不可通曉，不但伊等歷任他省，不能深悉下民之情，
> 即伊等身為編氓，亦必不能明白官長之意。是上下之情扞格不通，
> 其為不便實甚。但語言自幼習成，驟難改易。必徐加訓導，庶幾
> 歷久可通。應令福建、廣東兩省督撫，轉飭所屬各府州縣有司及
> 教官，遍為傳示，多方教導，務期語言明白，使人通曉，不得仍
> 前習為鄉音，則伊等將來引見殿陛，奏對可得詳明；而出仕他方，
> 民情亦易於通達矣。

於是在閩粵兩省設立「正音書院」。只有福建、廣東兩省之人的鄉音
不可通曉，這正是以北方官話為正音的結果；其設立的「正音書院」，雖
未見實效，但是所正之音仍然明確。

(2)清末國語直指現代國音

「國語」一詞，在清初本來是指「滿州話」，可是到了最後兩年，卻
是指前幾年的「官話」、「京城口音」、「京音」，跟目前「國語」的意義相
同了。

王照在光緒二十六年（西元一九〇〇年）完成「官話合聲字母」並
推廣以後，吳汝綸在給管學大臣張百熙的上書裡說：「此音盡是京城口音，
尤可使天下語言一律。」可見王照的「官話」就是北京音系。

勞乃宣在「官話合聲字母」之外，增製字母及入聲符號，先後完成
「寧音譜」、「吳音譜」、「閩廣音譜」，以至於「簡字全譜」，並且進呈慈

禧太后，奉旨交「學部議奏」。宣統二年（西元一九一〇年），勞乃宣在資政院提出質問學部有關推行簡字的說帖，資政院推舉嚴復加以審查。嚴復在對資政院報告的審查結果說：「謀國語教育，則不得不添造音標文字。……音標用法有二：一拼合國語。二範正漢字讀音。」最後本案轉「中央教育會議」公決。嚴復在審查報告所說的「國語」，就是勞乃宣「先各習本地方音以期易解，次通習京音以期統一」的「京音」，也就是北京音系，不再是以前所指的「滿州話」了。

宣統三年（西元一九一一年），由學部召開的「中央教育會議」議決通過了「統一國語辦法案」。本案的國語就是王照的「官話」、勞乃宣的「京音」，也就是現在北京音系的國語了。

二）民國成立後推行國音的大事

1.召開讀音統一會

會議從民國二年二月十五日起到五月二十二日閉幕。結果審定國音六千五百多字、採定字母三十九個、議決國音推行辦法七條。

2.公布注音字母

民國七年十一月二十三日，教育部公布注音字母。計聲母二十四個、介母三個、韻母十二個，另外訂有濁音符號及四聲點法。

3.設立專責機構

民國八年四月二十日成立國語統一籌備會，專辦國語行政工作。

4.增訂注音字母

民國九年五月二十日，國語統一籌備會召開臨時大會，討論「ㄛ、ㄝ兩韻母之讀法應行確定」案，議決：「ㄛ母之音為 [o]，……ㄛ母上方中間加小圓點之「ㄛ̇」，其音值為 [ə]。」ㄛ、ㄜ分立，使三十九個注音字母成為四十個。

5.以北京音系為標準國音

民國十三年十二月二十一日，吳敬恆主持國語統一籌備會談話會，討論《國音字典》增修問題，議決以北京音系為國音標準。

6.公布《國音常用字彙》

民國二十一年五月七日，以三〇五一號布告公布《國音常用字彙》，正式以北京音系為標準國音。

7.訓令師範學校應教注音符號

民國二十四年九月三日，國語推行委員會以二九五一號訓令，頒發「促進注音漢字推行辦法」，其第六條規定：「各省市各級師範學校，應教注音符號，使師範畢業生均有教學注音符號之技能。」

8.公布《中華新韻》

民國三十年十月十日公布《中華新韻》，附有《國音簡說》。

9.臺灣省設立國語推行委員會

民國三十五年四月二日，在新光復的臺灣成立「臺灣省行政長官公署國語推行委員會」。

10.明令使用直接教學法

民國四十三年六月九日省教育廳以（四三）教四字第〇一六四二號文，規定自四十三學年度起，小學一年級國語常識教學前十二週以直接教學法先教說話及注音符號。

11.擴大國語文競賽

民國五十四年十二月二十日，將每年舉辦的「臺灣省國語演說比賽」擴大並改名為「國語文競賽」，包括演說、朗讀、作文、注音四項。第一屆比賽在臺中揭幕。

12.印行《重編國語辭典》

民國七十年十一月，教育部重編國語辭典編輯委員會編成《重編國語辭典》，共精裝六冊，本文五千七百三十六頁，由臺灣商務印書館印行。

13.公布國語注音符號第二式

民國七十五年一月二十八日教育部以臺（七五）社字第〇三八四八號文，公告正式使用國語注音符號第二式（羅馬譯音符號）。

14.公布《國語一字多音審訂表》

民國八十八年三月三十一日教育部以臺（八八）語字第八八〇三四六〇〇號公告，公布《國語一字多音審訂表》。

15.公布《中文譯音使用原則》

民國九十一年八月二十二日教育部以行政院臺教字第〇九一〇〇四二三三一號函備查，公布《中文譯音使用原則》，規定使用通用拼音。

16.民國九十一年十一月十四日行政院廢止《國語推行辦法》。

17.民國九十八年一月五日教育部以臺語字第〇九七〇二五八三一二號

函通告；中文譯音放棄「通用拼音」改用「漢語拼音方案」。

18.民國一○二年元月一日隨著行政院功能業務與組織調整，終止「教育部國語推行委員會」，業務併入教育部終身教育司第四科〔閱讀及語文教育科〕及國家教育教育研究院。

三 推行國音的展望

推行國音、統一國語的關鍵在教育，而國語教育的成敗關鍵在師資。如果我們要以統一的國語促進全民團結，就應該重視師範院校及師資養成教育中的國語教育。

目前臺閩地區國語教育已經頗見成效；不過，使用雖已普及，程度尚待提升，語文教育工作者仍須繼續努力。

四 主要的國音音標

現在標注國音比較通用的是「注音符號」、「漢語拼音」；至於學術論文及著作，另有全球通用的「國際音標」。將各式標音符號列表於下以供參考。

1.聲符對照表

注音符號	國際音標	漢語拼音	注音符號	國際音標	漢語拼音	注音符號	國際音標	漢語拼音
ㄅ	p	b	ㄍ	k	g	ㄓ	tʂ	zh
ㄆ	p‘	p	ㄎ	k‘	k	ㄔ	tʂ‘	ch
ㄇ	m	m	ㄏ	x	h	ㄕ	ʂ	sh
ㄈ	f	f				ㄖ	ʐ	r
ㄉ	t	d	ㄐ	tɕ	j	ㄗ	ts	z
ㄊ	t‘	t	ㄑ	tɕ‘	q	ㄘ	ts‘	c
ㄋ	n	n	ㄒ	ɕ	x	ㄙ	s	s
ㄌ	l	l						

2.韻符對照表

注音符號	國際音標	漢語拼音	注音符號	國際音標	漢語拼音	注音符號	國際音標	漢語拼音
ㄧ	i	i	帀₁	ʅ	i	ㄢ	an	an
ㄨ	u	u	帀₂	ɿ	i	ㄣ	ən	en
ㄩ	y	ü	ㄞ	ai	ai	ㄤ	aŋ	ang
ㄚ	A	a	ㄟ	ei	ei	ㄥ	əŋ	eng
ㄛ	Ω	o	ㄠ	au	ao	ㄦ	ɚ	er
ㄜ	ɤ	e	ㄡ	ou	ou			
ㄝ	E	e						

3.調號對照表

聲調別＼系統別	注音符號	國際音標	漢語拼音
第一聲陰平	（無）	˥	–
第二聲陽平	ˊ	˧˥	ˊ
第三聲上聲	ˇ	˨˩˦	ˇ
第四聲去聲	ˋ	˥˩	ˋ
輕聲	·	·|	（無）

　　國際音標之調號，以一直線「｜」為坐標，並分為「1、2、3、4、5」五度。陰平為55度，即在最高處坐標前作平線「˥」；陽平為35度，即在中間向上斜升至最高作斜線「˧˥」；上聲為214度，從次低向下到最低，再升到次高即「˨˩˦」；去聲為51度，即從最高斜下至最低「˥˩」。每個調號成方形，以求美觀。

第二章　基本發音原理

一個天天說話的人，實際上並不一定真正知道話是怎麼說出來的。

說話者傳達訊息的過程是：說話者的大腦語言中樞形成要說的意念，經由大腦皮質的運動區傳達動作指令給運動神經，再傳達到發音器官製造出音波 (sound wave)，音波經由介質（空氣）傳到受音者的耳朵，其壓力振動耳膜，再由感覺神經傳到大腦皮質，最後由語言中樞轉換成可理解的資訊。這是一個複雜的過程，卻在很短的時間內一氣呵成。

本章裡我們將研究的是語音傳遞過程中，運動神經將指令傳達到發音器官後所製成的音波，以及發音器官怎樣製造音波的過程。

簡單的說，人類的語音，是利用呼吸氣流使聲帶顫動，再加上聲道的共振作用所形成的。而語言的內涵包括語音、語意、語法三大部分，要研究語言，本來三者是不容偏廢的；只是我們限於時間，「國音」課程裡只夠研究語音這一小部分而已；如果要提升國語文的「精緻」程度，則語意、語法的研究，實際上比語音更加重要。

人類所能發出、能辨識的聲音有千萬個，然而，任何一種語言裡所使用的音素❶，都只有數十個，甚至有的還少到十多個。各種語言的語音不同，並不是因為說各種話的人發音器官互異，而是因為各種語音的信號系統不一樣。不過，儘管各種語音的信號系統互異，任何語音中所有的音素，還是各自有其音系❷，我們研究起來並不困難。

語言學者都說：語言的聲音是從「發音器官」發出的，但是在生理

---

❶　音素是從語言的聲音中所分析出來最單純的聲音。一個音素的實際情況，就是它的音值。

❷　語言的聲音系統，省稱音系。人耳所能辨別的聲音雖然因人而異，但是遠遠的超過語言用以區別意義的聲音數量；我們有時候雖然聽出兩個聲音不一樣，卻不一定有不同的意義；在語言裡，有些不同的音素併做一群代表同一意義，這種以意義異同為區分標準的單位叫做音位。一個語言裡的音位，都具備相似、對補條件而且是有系統的，這個系統就是音系。好比我們講過的「北京音系」，就是北京話的聲音系統，包括聲有二十二個音位、調有四個音位等等。

學 (physiology) 裡卻沒有「發音器官」，這是因為生理學是研究生物之器官機能、生活現象的科學，而人類是利用已有的器官發出語音形成語言，並沒有天然生成專做發出語音的器官。擷取生理學中有關說話的器官之研究成果，來幫助我們了解說話發音的生理機能，就是「語音的生理學」。而說話所形成的「音波」，本來就是物理學 (physics) 所研究的範圍，我們透過物理學的研究成果來了解語音，就是「語音物理學」。本書分別在「語音的生理條件」、「語音的物理現象」兩節裡加以介紹。

第一節　語音的生理條件

影響人類說話聲音的生理條件，有「發音體」、「發音動力」、「調音部位」三個部分。分別說明如次：

一 發音體——聲帶 (true vocal cords)

人類發出語音的發音體是聲帶，有人形容它是語音的總開關。它是兩片由肌肉與黏膜組合而成的韌帶，長度約十二‧五至二十五公釐，正常情況為粉紅色而邊緣鈍圓，位於環狀軟骨、甲狀軟骨及杓狀軟骨所構成的喉室中；前方相連結並固定在甲狀軟骨的內面，後端分別附在兩塊杓狀軟骨的聲帶突上，可以隨杓狀軟骨的運動而做開闔、伸縮的變化。聲帶上方還有喉室帶 (ventricular bands)，又名假聲帶 (false cords)，是黏膜所形成的皺壁，也前附於甲狀軟骨後附於杓狀軟骨，不過不是附在聲帶突上，跟講話也沒關係。

聲門 (glottis) 是前方介於兩片聲帶之間、後方介於杓狀軟骨之間的空隙，它是空氣出入通道中最狹窄的部分。平常呼吸時環杓後肌使聲帶分開，聲門因而大開，氣流可順利通過聲門；環杓側肌可把兩片聲帶拉近併攏，當兩片聲帶稍微接近時，空氣快速通過聲門，使聲帶作反覆的闔開動作，震動了空氣而產生週期性的音波，再受聲道（口腔）調整可形成 [a][o][i][u] 等元音。環杓後肌則可以使聲帶分開、聲門大開，氣流順利通過聲門，再受聲道（口腔）阻塞可形成塞爆音 [p][t][k] 及摩擦音 [f][s] 等輔音；國音的聲韻成分就這樣形成了。兩條環甲肌能使環狀軟骨朝甲狀軟骨做不同程度的傾斜而拉緊聲帶，而聲帶肌協同其他喉肌使聲

帶變堅實而縮短，這是聲音頻率高低變化的關鍵；國音的字調就是這些肌肉互相協調配合而形成的。

　　事實上語音的音素不完全由聲帶發出，只是聲帶發出的是語言聲音的主要成分，沒有聲帶發出的聲音，許多語言將難以形成。就拿國音來說，構成韻的元音（ㄚ、ㄨ）、濁輔音（ㄇ、ㄋ）必須由聲帶顫動而發音，聲中的濁輔音（鼻音〔ㄇ、ㄋ〕、邊音〔ㄌ〕、濁擦音〔ㄖ〕）也必須由聲帶顫動發音，清輔音（ㄅ、ㄉ、ㄍ）則沒有聲帶的參與。

二）發音動力——呼吸的氣流 (respiratory breath)

　　聲帶是受呼吸氣流的作用而發出聲音的，所以呼吸氣流就是發音的動力。至於呼吸氣流，是呼吸器官活動所製造的，它有賴於肋骨、胸肌、腹肌以及橫膈膜等的協調作用，使肺部順利進行呼吸活動。雖然「呼氣」、「吸氣」的氣流，都能夠使聲帶發出聲音，但是絕大多數的語音只利用「呼氣」的氣流，吸氣音很少作為說話的語音。

三）調音部位——聲道（以咽頭、口腔和鼻腔為主）

　　聲帶受呼吸氣流作用發出的聲音，我們稱為「喉頭原音」；它有點兒像睡覺時打鼾的聲音，除了高低以外，沒什麼變化，聽起來單調微弱，必須經過聲道的共振之後才成為語音。有些人打鼾的聲音頗響，也是受咽頭、口腔等處的共振作用才放大的。

　　說話的語音是由喉頭原音在「聲道」受共振然後形成的。聲道指的是從聲帶以上到嘴唇之間以及鼻腔的空腔，通稱為聲音的共振腔；因為嘴唇與牙齒的動作及舌頭的上、下、前、後運動，或者臉頰肌肉的任何變化，都會形成不同的聲道形狀，其共振作用會使喉頭原音產生不同的共振音色，因此使得人類的聲音有許多變化；再加上聲帶鬆緊所造成的高低音改變（見上文），更使得人類足以創造豐富的聲音藝術了。

　　因為聲道裡口腔是最容易控制而調整的，所以我們又把口腔分為「唇、舌、齒、齦、顎」五個部位；五個部位裡舌頭最靈活，就再細分為「舌尖、舌面前、舌面中、舌面後」，也把與舌對應的顎（口蓋）分出「硬顎、軟顎、小舌（懸雍垂）」。國音裡聲、韻的區別，就是靠聲帶顫動或不顫動、口腔鼻腔調節形狀如何而決定的。

　　為明確說明生理上發音的部位，根據生理解剖圖標示相關器官之位置如下：

發音器官解剖圖

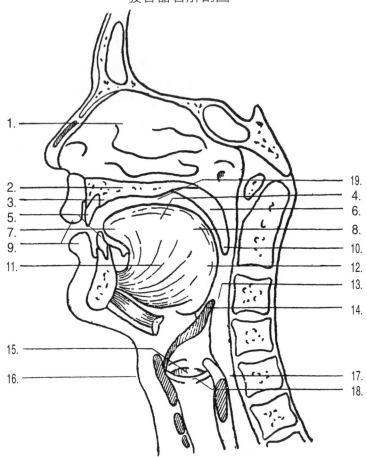

1.鼻腔 (Nasal cavity)　　　　　2.硬顎 (Hard palate)

3.上齒齦 (Teeth-ridge)　　　　4.舌面前 (Front of tongue)

5.齒 (Teeth)　　　　　　　　　6.軟顎 (Soft palate)

7.舌尖 (Blade of tongue)　　　　8.舌面後 (Back of tongue)

9.唇 (Lips)　　　10.小舌 (Uvula)　　　11.舌 (Tongue)

12.舌根 (Root of tongue)　　　13.咽喉 (Pharyngal cavity or Pharynx)

14.會厭軟骨 (Epiglottis)　　　　15.氣管 (Wind-pipe)

16.喉嚨 (Larynx)　　　　　　　17.食道 (Food passage)

18.聲門 (Position of vocal chords)　19.口腔 (Mouth)

第二節 語音的物理現象

(一) 聲音與音波

1. 音波

聲音的本質是一種音波（聲浪、聲波），它是由發音體受力量之攪擾作用而波動 (wave motion) 所形成的。當發音體（如琴絃、鼓皮、簧片等）受到一股力量，先被壓縮變形，等力量作用結束後，它就立即彈回，但是彈回動作受慣性影響，停止點每超過原來的定點，所以會有暫時逐漸變小的反覆波動，並引發介質（medium，如空氣）的波動而逐漸傳播到遠方，波動力量到人的耳內，耳膜會震動而感受到聲音；這種會發出聲音的波動就是音波。音波波動時，介質運動方向與波形行進方向相同，所以物理學上稱為縱波（longitudinal wave，又名壓縮波）。

2. 聲的音量 (volume)

聲音的大小就是音量，也叫做音強、音勢或響度；至於耳朵感受聲音的大小則為盈耳度。理論上音強與發音體振幅之平方成正比例，發音體受力大則造成音波振幅也大，聲的音量就大；發音體受力小則造成音波振幅也小，聲的音量就小。在同樣介質裡，盈耳度的大小與聲源音量的大小成正比例，與距離的平方成反比例；所以教室裡要把重聽的學生排在前頭，對重聽的人講話要比較大聲、會比較費力氣。

人耳所能感覺得到的振幅底限設為零分貝❶，一般演講的聲音約六十分貝。噪音對人體的影響極大，在三十一到六十五分貝的噪音下，人會覺得不舒服，六十六分貝以上的噪音會使人降低工作效率，經常受超過八十分貝以上的噪音刺激，可能使聽覺受損或失聰，至於一百二十分貝以上的噪音則可能造成不可回復的器官損傷或甚至危及生命。

3. 聲的音長 (length)

聲音持續時間的長短就是音長，是由發音體振動時間持續久暫而決定的。普通用國語演說時，每個字的音長約三分之一秒，也就是用國語

---

❶ 分貝是測量聲音強度的單位，它是「貝」的十分之一，所以叫做分貝；相當於 0.0002 達因對一平方公分的音壓。

講課時每分鐘說一百八十個字最恰當。

4.聲的音高 (pitch)

聲音的高低就是音高，又名音頻或音調，是由聲波的頻率（單位時間的振動數）來決定的，計算時間的單位通常用秒，每秒振動次數又名「赫茲」(Hz)。標準音 (standard pitch) 在演奏會的音高規定為四四○赫茲，小提琴的中央 C 是二五六赫茲。正常人的耳朵所能聽見的音高約二十赫茲到兩萬赫茲，不過因人而異，有人也能夠聽見鋼琴最高音鍵四萬赫茲的聲音，至於狗與蝙蝠所能聽見的聲音比人類高出許多倍。音高也會影響一個人的好惡之情：人類覺得悅耳的聲音在一千五百赫茲至三千赫茲之間；而我們說話的頻率大約在一百赫茲至一千赫茲之間。因為發音體越短、越細、越緊、質地越密，發出的聲音頻率越高；所以女人的語音略高於男人的原因可能與聲帶較短有關；而唱歌的高低音是聲帶拉緊跟放鬆所調整出來的。

5.聲的音色 (timbre)

聲音中樂音的特點就是音色，又叫做音品或音質；例如不同樂器演奏同一樂曲，我們可以有不同的感受；不同的人講同一句話，我們可以逐一辨別；甚至每個人的腳步聲也不一樣；這都是音色的不同，它決定於音波裡面泛音的有無、多少、強弱等現象。同一種樂器有頗近似的音色，不同樂器則音色不一樣，是因為各種樂器所用的發音體固然不同、共振器也各不一樣所致；父子、母女、兄弟、姊妹間，有些聲音約略相似，是因為親人間面貌類似、發音的共振腔差異比較小。在語音上，音色除了個人因素的不同以外，它還決定於聲道的形狀；我們發出聲音時，口腔形狀、舌位前後高低、唇形圓展、鼻音有無等等條件，都影響語音的音色，可以製造出各種語音來。布袋戲往往只有一個發音人，卻能夠發出不同人物互不相同的語音，那是一種「特技」，已超出一般語言使用的範圍了。

二 聲學上的相關名詞解釋

1.波動

波動是一種不含物質，但含有能量的運動。例如：執繩的一端，當另一端的執繩者上下揮動形成繩波時，雖然繩子本身沒有移動，仍能感

覺到能量由繩中傳來；繩波以外，水波、聲波也是常見的波動例子。有些波的進行要依靠介質的幫助，如繩波的介質就是繩子，水是水波的介質；但是光波、無線電波則不需別的介質，電磁波的介質就是電磁場的本身。介質受到外力的擾擾即產生波動，擾擾的力量就是波源。

　　波源力度大，就形成大的波動。波的最高點為波峰 (crests)，波的最低點為波谷 (trough)；由波峰到波谷高度的一半稱波的振幅 (amplitude)，兩波峰或兩波谷的距離稱為波長 (wave length)，單位時間內的波動次數為頻率 (frequency)。頻率與波的振幅無關，而與介質的張力及密度有關。波沿介質運動，可分為兩部分，其一為波的運動（波動），另一為介質本身的運動。波在介質中行進時與介質本身運動的方向互相垂直的稱為橫波 (transverse wave)，繩波、電磁波、光波、水波等均為橫波；波進行的方向與介質的運動方向相同的稱為縱波，伸縮的彈簧造成的波、聲波及某些地震波等都是縱波。

　2.共振 (resonance) 與共鳴 (sympathetic vibration)

　　對一物體依其自然頻率反覆施以微小的力量，使該物體產生巨大的振動就是共振。例如對一塊擋路的巨石，只要找顆小石子作槓桿的支點，用木棍隨其擺動頻率施以微小力道，不久就可以使得巨石滾動而排除路障；盪鞦韆的道理也是一樣，如果頻率不對，鞦韆是盪不起來的。因為共振能提高聲音的響度，所以它不只在所有的樂器中都扮演著很重要的角色，就是人類的語音也離不開共振的作用。我們用手握住振動的音叉 (tuning fork)，置於一端開口另一端封閉的管子上方；如果管長是音叉所生音波波長的四分之一，音叉發出的聲音會變得更響，響聲的提高便是共振造成的；因為來自音叉的音波進入管中，撞擊到管的底部，再及時反彈，使音叉以更大的振幅振動，所以會擴大振幅使聲音更響亮。但是如果管長不合乎特定的長度，反射的音波會抵消原先音叉的振動，甚至導致音叉停止振動，這種現象就是破壞性干涉了。

　　共鳴的全名是共鳴振動，意思是一件物體受別件物體震動力的共振作用而產生振動的現象。例如在一根粗大的橫向樹枝上，懸吊兩組繩長相同的鞦韆；只要其中一組鞦韆擺動，則另一組鞦韆不久也會跟著開始擺動，就是共鳴振動；其原因是兩組鞦韆的長度相同，根據「擺的等時性」，兩組鞦韆擺動的頻率一樣，雖然透過樹枝傳到第二組鞦韆的力量微

弱，但是已符合共鳴振動的條件，所以第二組鞦韆不必另加力量也擺動起來了。

當鋼琴彈出某一音符時，可能會使碗櫥內的碟子起共鳴振動而發出聲音；擅長演說的人，會在演說場地找到合適的「共鳴點」而節省演說的力氣，也都是共鳴振動。許多並聯的鞦韆組，必須使用不同的繩長；士兵整隊過橋，不可以踩齊一的步伐行進，都是為避免共鳴振動所可能導致的意外。

3.樂音 (musical sound) 與噪音 (noise)

聲音可分成有絕對規律的樂音和無規律、音波錯雜不齊的噪音兩類。

樂音是由絃樂器或管樂器形成的聲音，各種樂器之所以會發出樂音，是因為其發音體同時會做整體振動和局部振動。例如小提琴的琴絃調整在每秒振動二五六次的時候，整根絃所發出的聲音音階為中央 C，而琴絃同時又作出每個半根絃、三分之一根絃、四分之一根絃的振動，半根絃振動的頻率是五一二 Hz，音階比中央 C 高八度，三分之一根絃的振動頻率是七六八 Hz，音階比中央 C 高十六度，四分之一根絃的振動頻率是一〇二四 Hz，音階比中央 C 高二十四度。這樣綜合形成諧波 (harmonics) 的聲音聽起來很好聽，使人感覺愉快（悅耳），所以稱做樂音。

噪音是許多物體受到力量攪擾時所發出來刺耳的聲音，例如風吹窗戶的響聲、路上輪胎的爆炸聲、汽車機車飛機的馬達聲、廚房裡排油煙機的聲音。因為發音體的質材、長短、厚薄、大小不能夠像樂器的發音體一樣形成整數倍的局部振動頻率，所以綜合形成的音波忽高忽低很不規則，使人聽了覺得煩躁不愉快，就是噪音。

敲擊樂器的鼓是在金屬或木質圓筒上下開口處各覆著一層繃得很緊的膜，我們用手或棍子敲打這層鼓膜，使它振動而產生聲音；鈸、鑼、鈴、管鐘等是用硬質金屬為發音體的樂器。雖然這些樂器與其他樂器合奏可以製造樂音效果，但是單獨敲擊通常產生不悅耳的噪音。

人類說話的原理是兩片聲帶因呼吸氣流的作用而發出喉頭原音，再受聲道共振作用擴大成聲的，雖然藉著改變聲帶、聲道之肌肉的張力，能夠發出不同音色的聲音，但是這些講話的語音裡，沒有純粹的樂音；因為元音以聲帶顫動的喉頭原音為主，所以樂音的成分比較多；輔音有的雖然聲帶顫動，但是加上許多別的音波，其成分以噪音為多，尤其是

清輔音，聲帶沒有顫動，不論塞音或是擦音，都是噪音的成分。而聲樂家利用發聲的技巧，可以唱出樂音成分很高的歌聲，再配合樂器伴奏，就成為美妙的音樂了。

4.基音 (fundamental tone) 與泛音 (overtones)

在樂音的諧波中，頻率最低的簡諧波就是基音，又名原音；與基音成倍數關係的其他諧波就是泛音，也叫做陪音 (upper partials)。例如小提琴的絃 (見「樂音」說明)，其絃之全體作整個振動時所發之音頻率最低，就是基音，其波長等於絃長的兩倍；而絃又分為二段振動時，其振動頻率等於基音頻率的兩倍，其音則為基音的高八音，波長等於各段之絃長的兩倍；又分為三段、四段……振動時其振動頻率數等於基音振動數之三倍、四倍……這些都是能與基音構成諧波的泛音。不僅絃樂器有泛音，其他發音體振動時也都有泛音，但其頻率未必是基音的整數倍，那些不成基音頻率之整數倍的泛音，與基音混合產生凌亂的波形，不能成為有週期的諧波，就是噪音了。發音體之音色所以各不相同，都是泛音之多少與強弱的作用。

第三章 國字字音

　　對於國字字音的研究，向來有「音短促而受阻者謂之聲，音可延長且不受阻者謂之韻」之說。我們也循著這樣的途徑來說明國音裡每個字的基本字音，然後再研究詞句中的變音以及文字之形音義交錯分合所形成的多音字。

第一節　聲的意義分類及發音練習

一 聲 (initial) 的意義與輔音 (consonant)

　　聲是指漢語語音前部有辨義作用的輔音。

　　例如「飛鳥」中的「飛」，字音起頭是下唇輕觸上齒作勢而後吹氣的「唇齒輕擦音ㄈ [f]」，「鳥」字的發音起頭是舌尖上舉與上牙床（齒齦）接觸，音流受阻轉由鼻孔洩出的「舌尖鼻音ㄋ [n]」，這個「唇齒輕擦音ㄈ [f]」或「舌尖鼻音ㄋ [n]」的位置，都在字音的最前面，而且聲音屬性都是「輔音」，所以我們說「唇齒輕擦音」的「ㄈ [f]」是「飛」字的「聲」、「舌尖鼻音」的「ㄋ [n]」是「鳥」字的「聲」。

　　但是，如果只是語音前部的「前音」而非「輔音」，或只是屬於「輔音」而不是位於「前音」的，就不是「聲」。例如「有緣千里來相會」的「有緣」，「有」字發音開頭是嘴唇平展舌面前高舉的「舌面前展唇高元音ㄧ [i]」，雖然「ㄧ [i]」是「有」字的「前音」，但是它不是「輔音」，所以不是「聲」；「緣」字發音末尾是舌尖上舉與上牙床接觸使音流受阻轉從鼻孔洩出的「舌尖鼻音ㄋ [n]」，雖然「ㄋ [n]」是「輔音」，但是在「緣」的字音裡它放在最後面（不是前音），所以也不是「聲」。

　　「聲」的辨義作用，是指「聲」的有無與異同都能夠區別字義。例如「飛鳥」的「飛」，字音起頭本來是下唇輕觸上齒作勢而後吹氣的「ㄈ [f]」，如果變成舌面後部升高與軟顎接近形成氣流擦音的「ㄏ [h]」，就使

「飛鳥」變成「黑鳥」了；「有緣」的「有」字發音開頭多加個「ㄋ[n]」音，「有緣」就變成「紐緣」了；「千里」的「里」字前面的「ㄌ[l]」音改為「ㄅ[p]」音，「千里」又變成「鉛筆」，如果只省略「ㄌ[l]」音，「千里」卻變成「遷椅」了。

我們可以說「輔音」的屬性和「前音」的位置都是「聲」的「必要條件」，「聲」必須是字音中的「前音」也是「輔音」。在一個字音裡，是「輔音」不一定是「聲」，是「聲」一定是「輔音」；同樣的，一個字音裡的「前音」不一定是「聲」，而「聲」則一定是「前音」。

「前音」是從位置判斷的，人人一看就知道，但是「輔音」要從聲音的「屬性」辨別，我們必須對它加以研究。語音學上，輔音是指「發音時氣流受發音調節器官阻擋而成的語音」，英語教學上習慣譯作「子音」。這裡的發音調節器官就是聲道，主要指口腔裡的「唇、舌、齒、齦、顎」等部位。也由於阻擋部位及發音方法的不同，國音的「聲」原有二十四個音，現在開列國音聲符列表如下：

發音方法 \ 發音部位			雙唇	唇齒	舌尖前	舌尖	舌尖後	舌面	舌面後
塞音	清	不送氣	ㄅ			ㄉ			ㄍ
塞音	清	送氣	ㄆ			ㄊ			ㄎ
塞擦音	清	不送氣			ㄗ		ㄓ	ㄐ	
塞擦音	清	送氣			ㄘ		ㄔ	ㄑ	
鼻音	濁		ㄇ			ㄋ		广	兀
邊音	濁					ㄌ			
擦音	清			ㄈ	ㄙ		ㄕ	ㄒ	ㄏ
擦音	濁			万			ㄖ		

表中的「万、兀、广」三音以□來標明目前不用作聲母，這是因為從民國二十一年公布《國音常用字彙》以北京音系為國音標準以後，北京音系沒有這三個音，所以廢棄不用；不過，「兀」音仍作為韻尾，它只是不再做聲母使用而已。

二 聲的發音方法

發音方法是指發音時聲道怎樣發音的狀況，分為「不送氣塞音」、「送氣塞音」、「不送氣塞擦音」、「送氣塞擦音」、「鼻音」、「邊音」、「擦音」七種，另外聲帶顫動的有無也會影響聲音，凡是聲帶顫動的就是濁音，聲帶不顫動的就是清音。分別說明如下：

1.塞音 (plosive)

塞音又叫做塞爆音、爆發音、破裂音。口腔中某部分發音器官，先行緊密靠攏，等氣流形成適當壓力，然後解除口腔的阻塞，使氣流從口腔迸裂而出所發的聲音就是「塞音」。

在國音裡，塞音有「ㄅ、ㄉ、ㄍ，ㄆ、ㄊ、ㄎ」六個。

2.擦音 (fricative)

擦音也叫做摩擦音。口腔中某部分發音器官相接近，把孔道變得很窄，只留下小小的縫隙，氣流從縫隙中擠出去而發出的聲音就是「擦音」。

在國音裡，擦音有「ㄈ、ㄙ、ㄕ、ㄒ、ㄏ、ㄤ、ㄖ」七個；其中「ㄤ」目前不用。

3.塞擦音 (affricate)

塞擦音是口腔中某部分發音器官，先行緊密靠攏，等到氣流形成適當壓力，然後放鬆以解除口腔的阻塞，使氣流從口腔放鬆的縫隙中擠出去而發出帶有摩擦成分的語音。實際上塞擦音是先發塞音再發擦音的複合動作，但是因為塞音跟擦音的動作結合得很緊密，幾乎是同時發生的，所以我們一向把它當做一個音看待。

在國音裡，塞擦音有「ㄗ、ㄓ、ㄐ，ㄘ、ㄔ、ㄑ」六個。

4.鼻音 (nasal)

鼻音是口腔中某部分發音器官緊密靠攏而小舌（uvula，懸壅垂）下垂，使一部分音流到了口腔受到阻礙，而另外的音流從鼻腔洩出所發出的聲音。一般鼻音都是聲帶顫動的濁音，所以鼻音發音時口鼻都有共振作用。

在國音裡，鼻音有「ㄇ、ㄋ、ㄫ、ㄬ」四個；其中「ㄬ」目前已不用；「ㄫ」只作韻尾。

5. 邊音 (lateral)

　　邊音是口腔中舌尖與上齒齦緊密靠攏，一部分音流受到阻礙而另外的音流從舌體兩邊洩出所發出的聲音。跟鼻音一樣，一般都是聲帶顫動的濁音，發音時只在口腔有共振作用。

　　在國音裡，邊音只有「ㄌ」一個。

6. 送氣音 (aspirate) 與不送氣音 (faible)

　　發塞音、塞擦音時，口腔某部分發音器官必須靠攏，發音器官靠攏而後發出聲音的動作過程，可以分解為三個階段：

　　⑴成阻時期：發音器官靠攏，完成發音的準備動作；肺裡的氣流尚未進入口腔。

　　⑵持阻時期：發音器官保持靠攏，肺裡的氣流進入口腔，使口腔形成緊繃的狀態。

　　⑶除阻時期：發音器官靠攏處鬆開，使口腔裡原來緊繃的氣流洩出而發出聲音。

　　發音動作的主要目的當然是發出聲音，所以「除阻時期」是發塞音與塞擦音的關鍵時刻；這時肺部是否繼續送出氣流，對於塞音與塞擦音的音質影響極大，我們把「除阻時期」肺部繼續送出氣流而發聲的叫做「送氣音」，「除阻時期」肺部不再繼續送出氣流而發聲的叫做「不送氣音」。所以「不送氣音」並不是不要氣流，而是只靠「持阻時期」在口腔形成緊繃狀態的那股氣流發出聲音。比較起來，送氣音比不送氣音的氣流強得多，所以我們可以在嘴巴前點一盞油燈，或把手心放在嘴巴前面，都可以觀察出氣流的強弱，據以分辨發音者發出的聲音是送氣音還是不送氣音。

　　在國音裡，不送氣音有「ㄅ、ㄉ、ㄍ，ㄗ、ㄓ、ㄐ」六個，送氣音有「ㄆ、ㄊ、ㄎ，ㄘ、ㄔ、ㄑ」六個。

7. 濁音 (voice) 與清音 (voiceless)

　　一股呼出的空氣快速通過聲門時，稍微接近的聲帶會產生閉合與彈開（請參閱第二章第一節「語音的生理條件」）的反覆動作，這種反覆動作振動了空氣而產生的音流 (voice-glide) ❶，到了聲道的口、鼻部位，受

❶　音流是與氣流相對立的。當字音從聲轉到韻時，中間有一段時間（據趙元任「語言問題第二講」的說法，約為二十分之一秒）發出的是非聲非韻的「流音」

其調節而製成的語音，帶有很高的樂音成分，聽起來相當響亮，就是「濁音」（濁聲）；因為聲帶顫動，所以又名「帶音」(voiced consonants)。

當氣流通過喉頭時，聲門敞開，空氣通過不會使聲帶閉合，則氣流通過到達聲道的口、鼻受其調節而造成的語音，幾乎沒有樂音的成分，聽起來比較微弱，就叫做清音（清聲）；因為聲帶未顫動，不參與發音工作，所以又名「不帶音」(voiceless consonants)。

我們可以在發音時以手指頭輕按著喉頭 (larynx) 上的喉結 (adam's apple)，就可以感覺到聲帶是否顫動來辨別清濁音，也可以用雙手搗著耳朵，覺得有嗡嗡作響的就是濁音，沒有嗡嗡作響的就是清音。

在國音的聲裡，清音有「ㄅ、ㄉ、ㄍ，ㄆ、ㄊ、ㄎ，ㄗ、ㄓ、ㄐ，ㄘ、ㄔ、ㄑ，ㄈ、ㄙ、ㄕ、ㄒ、ㄏ」共十七個；濁音只有「ㄇ、ㄪ、ㄋ、ㄫ、ㄌ、ㄬ、ㄖ」七個；其中「ㄪ、ㄫ、ㄬ」三個目前不用。

三 聲的發音部位與音值

發音部位指發音時聲道（調節器官）阻擋的部位，國音裡的阻擋部位有七處，由外而內依序說明如下：

1. 雙唇音 (bilabial)

雙唇輕閉，上阻為上唇、下阻為下唇所發出的聲音叫做「雙唇音」。

在國音裡，雙唇音有「ㄅ、ㄆ、ㄇ」三個；其音值及發音過程如下：（每一個聲符後先在 [ ] 中以國際音標記其音值，再於 ( ) 中舉其漢語拼音之符號。以下各類之聲皆同。）

ㄅ [p](b)：雙唇閉攏，聲門鬆開，小舌緊抵後咽壁，氣流迸出發聲，發聲時肺裡不再送出氣流。

ㄆ [p'](p)：雙唇緊閉，聲門鬆開，小舌緊抵後咽壁，氣流迸出發聲，發聲時肺裡仍繼續送出氣流；其動作有點兒像是「利用喉頭的急速向上

(glide)。不送氣的聲之後，流音是聲帶已經開始顫動發出的，叫做音流；送氣的聲之後，發流音時聲帶不會顫動，發出的叫做氣流。這是早期沒有錄音設備，語言研究者用「浪紋計」(kymograph) 實驗語音的解釋 （見汪怡著，《國語發音學》、張博宇編著，《國語教學的理論和實際》）。以現在我們的實驗結果，可定為：一股氣通過聲門時，聲帶顫動使通過聲門的空氣載有音波就是音流；聲門大開，聲帶不顫動，通過聲門的空氣不載有音波就是氣流。發濁輔音或元音時會產生音流，發清音（清輔音）時到達口腔的是氣流。

推動，將喉腔的空氣射出發聲」❷。

ㄇ [m](m)：雙唇緊閉，聲門輕闔，小舌下垂，聲帶顫動之音流受阻轉由鼻腔洩出。

2.唇齒音 (labiodental)

縮下唇觸齒，上阻為上齒，下阻為下唇所發出的聲音叫做「唇齒音」。

在國音裡，唇齒音有「ㄈ、万」兩個，其中「万」目前不用；其音值及發音過程如下：

ㄈ [f](f)：上齒接近下唇，聲門鬆開，小舌緊抵後咽壁，氣流在唇齒之間摩擦而發聲。

万 [v](v)：上齒接近下唇，聲門輕闔，小舌緊抵後咽壁，聲帶顫動之音流在唇齒之間摩擦而發聲。

3.舌尖前音 (alveolar)

舌尖前伸，上阻為齒背，下阻為舌尖所發出的聲音叫做「舌尖前音」。

在國音裡的舌尖前音只有「ㄗ、ㄘ、ㄙ」三個；其音值及發音的過程如下：

ㄗ [ts](z)：舌尖前伸輕觸齒背，聲門鬆開，小舌緊抵後咽壁，氣流先迸出繼而摩擦發聲，發聲時肺裡不再送出氣流。

ㄘ [ts'](c)：舌尖前伸輕觸齒背，聲門鬆開，小舌緊抵後咽壁，氣流迸出繼而摩擦發聲，發聲時肺裡仍繼續送出氣流。

ㄙ [s](s)：舌尖前伸接近齒背，聲門鬆開，小舌緊抵後咽壁，氣流在齒背與舌尖之間摩擦而發聲。

4.舌尖音 (tip consonant)

舌尖上舉，上阻為上齒齦，下阻為舌尖所發出的聲音叫做「舌尖音」。

在國音裡，舌尖音有「ㄉ、ㄊ、ㄋ、ㄌ」四個；其音值及發音的過程如下：

ㄉ [t](d)：舌尖輕觸上齒齦，聲門鬆開，小舌緊抵後咽壁，氣流迸出發聲，發聲時肺裡不再送出氣流。

ㄊ [t'](t)：舌尖輕觸上齒齦，聲門鬆開，小舌緊抵後咽壁，氣流迸出發聲，發聲時肺裡仍繼續送出氣流。

❷　見本書局發行《國音及語言運用》上篇第一章第一節，81 年及 82 年版頁 10，92 年版頁 9。

ㄋ [n](n)：舌尖輕觸上齒齦，聲門輕闔，小舌下垂，聲帶顫動的音流在舌尖與上齒齦之間受阻轉由鼻腔洩出。

ㄌ [l](l)：舌尖輕觸上齒齦，聲門輕闔，小舌緊抵後咽壁，聲帶顫動的音流在舌尖與上齒齦之間受阻轉由舌體兩旁洩出。

5.舌尖後音 (palatal)

舌頭翹起使舌尖往後捲，上阻為前硬顎，下阻為舌尖背後所發出的聲音叫做「舌尖後音」。

在國音裡，舌尖後音有「ㄓ、ㄔ、ㄕ、ㄖ」四個；其音值及發音過程如下：

ㄓ [tʂ](zh)：舌尖翹起後捲，舌尖背面輕觸前硬顎，聲門鬆開，小舌緊抵後咽壁，氣流先迸出繼而摩擦發聲，發聲時肺裡不再送出氣流。

ㄔ [tʂ'](ch)：舌尖翹起後捲，舌尖背面輕觸前硬顎，聲門鬆開，小舌緊抵後咽壁，氣流迸出繼而摩擦發聲，發聲時肺裡仍繼續送出氣流。

ㄕ [ʂ](sh)：舌尖翹起後捲，舌尖背面接近前硬顎，聲門鬆開，小舌緊抵後咽壁，氣流在舌尖背與前硬顎之間摩擦而發聲。

ㄖ [ʐ](r)：舌尖翹起後捲，舌尖背面接近前硬顎，聲門輕闔，小舌緊抵後咽壁，聲帶顫動之音流在舌尖背與前硬顎之間摩擦而發聲。

6.舌面音 (front of tongue)

舌面升高，上阻為前硬顎，下阻為舌面所發出的聲音叫做「舌面音」。

在國音裡，舌面音有「ㄐ、ㄑ、广、ㄒ」四個，其中「广」目前不用；音值及發音過程如下：

ㄐ [tɕ](j)：舌面中部翹起輕觸前硬顎，聲門鬆開，小舌緊抵後咽壁，氣流先迸出繼而摩擦發聲，發聲時肺裡不再送出氣流。

ㄑ [tɕ'](q)：舌面中部翹起輕觸前硬顎，聲門鬆開，小舌緊抵後咽壁，氣流迸出繼而摩擦發聲，發聲時肺裡仍繼續送出氣流。

广 [ɲ](gn)：舌面中部翹起輕觸前硬顎，聲門輕闔，小舌下垂，聲帶顫動之音流在舌面中與前硬顎之間受阻轉由鼻腔洩出。

ㄒ [ɕ](x)：舌面中部翹起接近前硬顎，聲門鬆開，小舌緊抵後咽壁，氣流在舌面中與前硬顎之間摩擦而發聲。

7.舌面後音 (back of tongue)

舌面後升高，上阻為軟顎，下阻為舌面後所發出的聲音叫做「舌面後音」；也有人叫做「舌根聲」(velar)。在國音裡，舌面後（舌根）音有「ㄍ、ㄎ、ㄫ、ㄏ」四個，其中「ㄫ」目前不用；音值及發音過程如下：

ㄍ [k](g)：舌面後部翹起輕觸軟顎，聲門鬆開，小舌緊抵後咽壁，氣流迸出發聲，發聲時肺裡不再送出氣流。

ㄎ [k'](k)：舌面後部翹起輕觸軟顎，聲門鬆開，小舌緊抵後咽壁，氣流迸出發聲，發聲時肺裡仍繼續送出氣流。

ㄫ [ŋ](ng)：舌面後部翹起輕觸軟顎，聲門輕闔，小舌下垂，聲帶顫動之音流在舌面後與軟顎之間受阻轉由鼻腔洩出。

ㄏ [x](h)：舌面後部翹起接近軟顎，聲門鬆開，小舌緊抵後咽壁，氣流在舌面後與軟顎之間摩擦而發聲。

四 聲符（聲母）與聲符名稱

我們按照聲的分類裡所說的發音部位與發音方法，可以發出各種不同的聲音，這些聲音就是聲符的音值（我們習慣上用國際音標標注，其實國際音標也只是一種標記音值的符號而已），但是我們沒有辦法把音值「寫」出來，為了記錄音值，我們制定了「聲符」，可見聲符是代表聲的「注音符號」。前面我們講過：民國七年教育部公布注音字母，在那時聲符叫做聲母，它是指「代表聲的注音字母」。

聲符的音值有些固然響亮，但是有些實在很微弱，在使用班級教學的現代學校裡，一個班級通常有三十多位至四十多位學生，為了教學的方便，我們習慣上在聲符音值的後面加一個使它比較響亮的元音（韻），這個加了元音的聲音，就是「聲符名稱」。國語注音符號的聲符名稱是很整齊的，在「雙唇聲」（ㄅ、ㄆ、ㄇ）與「唇齒聲」（ㄈ）後面習慣加上「ㄜ」音，不過也有人習慣加「ㄛ」音或「ㄨㄛ」音的，「舌尖聲」（ㄉ、ㄊ、ㄋ、ㄌ）與「舌面後聲」（ㄍ、ㄎ、ㄏ）後面習慣上加「ㄜ」音，「舌面聲」（ㄐ、ㄑ、ㄒ）後面習慣上加「ㄧ」音，「舌尖後聲」（ㄓ、ㄔ、ㄕ、ㄖ）後面習慣加一個「帀₁ [ʅ]」音，「舌尖前聲」（ㄗ、ㄘ、ㄙ）後面習慣上加一個「帀₂ [ɿ]」音。

漢字旁注之注音符號印刷體式表

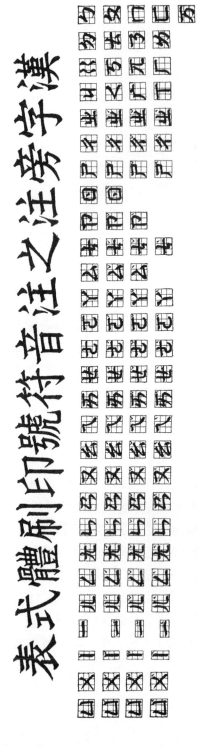

注音漢字拼音排法示例

普通注音符號依式隨時拼排，漢字武式正楷注印，均可用此例。如

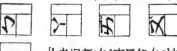

[附] 獨立用之注音符號印刷體式示例

(一) 直行用甲種（作長方形，字模面積約當楷體漢字三分之二）

(二) 直行用乙種（如排在長方體橫長板減為直行正文）

(三) 橫行用（作長方形，字模面積約當楷體漢字橫行正文三分之二）

民國二十四年教育部頒布的「注音符號印刷體式」

五　聲符（聲母）的寫法

聲符（聲母）的寫法必須根據教育部民國二十四年所頒布的「注音符號印刷體式表」，其中以「ㄅ、ㄆ、ㄇ、ㄈ、ㄊ、ㄋ、ㄕ、ㄖ、ㄗ」比較容易寫錯，ㄅ只一筆，不可寫作「ㄅ」；ㄆ有兩筆，不可寫作「ㄆ」、「ㄆ」、「ㄆ」或「文」；ㄇ有兩筆，不可寫作「ㄇ」或「冖」；ㄈ有兩筆，不可寫作「匸」；ㄊ有三筆，上面不可寫作「ㄊ」或寫作「云」；ㄋ只一筆，首橫應稍長，不可寫作「了」；ㄕ只一筆，也可以三筆寫成，但是不可寫作「ㄕ」；ㄖ有三筆，不可寫作「日」；ㄗ有兩筆，不可寫作「ㄗ」。詳列字形及筆順在本篇之後「注音符號練習作業」（見頁123–124），請自行練習。

六　聲的正音

根據民國七十八年一項對小學教師國語發音錯誤的研究報告，以「ㄕ與ㄙ、ㄋ與ㄌ、ㄓ與ㄗ、ㄖ與ㄌ、ㄈ與ㄏ」五種互相混淆者為最多❸，下面編列這幾類錯誤的正音練習資料以供自行練習。

1.ㄕ、ㄙ辨音練習：發ㄕ音時舌尖要翹起。

(1)最小差別詞練習：

失守：廝守　殺手：撒手　曬球：賽球　燒絲：繅絲　收集：蒐集　羶腥：三星　殤子：桑梓　睡時：碎石　栓束：酸素　數色：宿舍

(2)語句練習：

四個四，四個十，四個十四，四個四十，四個四十四；十個四，十個十，十個十四，十個四十，十個四十四；十四個四，十四個十，十四個十四，十四個四十，十四個四十四；四十個四，四十個十，四十個十

---

❸ 根據民國七十八年對參加「臺灣地區國語文競賽」演說項目的小學教師演說錄音帶二百七十九篇的分析，發音部分聲母錯誤的有十五種，其中「ㄕ誤作ㄙ」有五十五人、「ㄙ誤作ㄕ」有九人，合計ㄕㄙ混淆者六十四人。「ㄋ誤作ㄌ」有二十四人、「ㄌ誤作ㄋ」有二十四人，合計ㄋㄌ混淆者四十八人。「ㄓ誤作ㄗ」有二十六人、「ㄗ誤作ㄓ」有四人，合計ㄓㄗ混淆者三十人。「ㄖ誤作ㄌ」有二十四人。「ㄈ誤作ㄏ」有十六人、「ㄏ誤作ㄈ」有三人，合計ㄈㄏ混淆者十九人，而「ㄏ誤作ㄈ」的三人都是客家話做母語的老師。（見廖吉郎、張正男合著，國科會 NSC–79–0301–H–033–01 號報告，頁 23–30）

四，四十個四十，四十個四十四；四十四個四，四十四個十，四十四個十四，四十四個四十，四十四個四十四。

2.ㄋ、ㄌ辨音練習：發ㄋ音由鼻腔出氣，發ㄌ音時由舌體兩邊出氣。

⑴最小差別詞練習：

那肉：臘肉　惱怒：老鹿　難求：籃球　能角：稜角　牛形：流行
年成：連城　怒容：鹿茸　濃情：隆情　男女：襤褸　腦獅：老師

⑵語句練習：

門外有四輛四輪大馬車，你愛拉哪兩輛拉哪兩輛。

3.ㄓ、ㄗ辨音練習：發ㄓ音時舌尖要翹起。

⑴最小差別詞練習：

知識：姿勢　至今：自今　札記：雜技　哲人：責人　窄巷：宰相
招難：遭難　找齊：早期　召集：躁急　皺紋：奏聞　證言：贈言

⑵語句練習：

①有智慧的人自會自我反省，沒有智慧的人自然喜歡責怪別人。

②城鎮爭自治，鄉村也爭自治；爭得條文逐字斟酌。

4.ㄖ、ㄌ辨音練習：發ㄖ音時舌尖要翹起，發ㄌ音由舌體兩邊出氣。

⑴最小差別詞練習：

熱狗：勒狗　擾人：老人　揉藍：樓蘭　燃料：藍料　攘外：廊外
讓人：浪人　如火：爐火　入門：路門　若何：洛河　軟翼：卵翼

⑵語句練習：

①老人整天擾人，如若仍然不改，將會落得沒人理睬。

②饒蘆惠拿一盤滷肉要換勞如慧的半磅乳酪。

5.ㄈ、ㄏ辨音練習：發ㄈ音時上齒輕觸下唇。

⑴最小差別詞練習：

飛機：黑雞　煩心：寒心　梵文：漢文　粉紅：很紅　防守：行首
發源：花園　番洗：歡喜　費事：匯市　發誓：花市　廢話：繪畫

⑵語句練習：

①馮府佛堂方桌上，有一個粉紅花兒的大海碗，大海碗底下，扣著個大花活蛤蟆。

②桌子有圓有四方，四角掛了四鳳凰：白鳳凰、黃鳳凰、粉白鳳凰、紅鳳凰。

第二節　韻的意義分類及發音練習

一 韻 (final) 的意義與元音 (vowel)

　　韻是指漢語語音後部的元音及其後所附的輔音。

　　例如「虎豹」的「虎」，字音是「ㄏㄨˇ」，有兩個音素，「ㄏ」是前一節所說的「聲」，我們將它除去以後，剩下的「ㄨ」這個音屬於「元音」的性質，它就是「虎」字的韻。至於「豹」的字音「ㄅㄠˋ」也是兩個注音字母，但是仔細一聽，「ㄠ」的音是由「ㄚㄨ [ɑu]」兩個音連起來的，儘管如此，這些音也屬於「元音」的性質，我們也可以籠統的說「ㄠ（ㄚㄨ）」就是「豹」字的韻。再如「碗盤」的「盤」字音是「ㄆㄢˊ」，有兩個注音字母，仔細聽可以聽出「ㄢ」是由「ㄚㄋ [an]」兩個音連起來的，雖然「ㄢ」的「ㄚ [a]」是元音，可是「ㄋ [n]」卻是「輔音」，跟「ㄚㄨ [ɑu]」的 [u] 不一樣，儘管如此，這些音都居於「後音」（前面有聲）的位置，所以我們也說「ㄢ（ㄚㄋ）[an]」就是「盤」字的韻，在元音「ㄚ [a]」之後的輔音「ㄋ [n]」是「韻」的尾部。那麼「碗盤」的「碗」又怎樣呢？「碗」字注音作「ㄨㄢˇ」，雖然是兩個字母，但是跟「虎」、「豹、盤」都不一樣，它沒有「聲母」，是「無聲母」的字音，因為它的「ㄨ [u]」音就是「元音」，而元音之後的音都算作韻的一部分，所以我們判定「ㄨㄢ（ㄨㄚㄋ）[uan]」都是「碗」字的韻。所以也有人說，國字字音裡，除去「聲」與「調」的部分，剩下的都是「韻」。

　　代表韻的注音字母就是韻母，在注音符號裡則叫做韻符。

　　元音是純由聲帶發出的喉頭原音受調節器官「共振作用」所形成的語音，在英語教學上習慣譯作「母音」。前面我們說：輔音是「發音時氣流受發音調節器官阻擋而成的語音」，有一部分輔音（如鼻音、邊音）也有口鼻或口腔的共振作用，所以，「共振作用」只是元音必定具備的特性，不是區別元音與輔音的條件；元音與輔音的區別要看氣流是否受聲道的某些部位阻擋而定。

二 韻的分類

前面我們舉了「虎」、「豹」、「碗」、「盤」等字來說明「韻」，發現這四個字的情況都不一樣，那麼「韻」究竟可以分為幾類呢？下面我們就從分類中來研究每個韻的發音方法。

韻有單韻、複韻、聲隨韻、捲舌韻、結合韻等類，現開列「國音韻符表」如下：

類別 呼別	單　韻			複　韻		聲隨韻		捲舌韻
開口呼	ㄚ ㄛ ㄜ ㄝ		ㄞ ㄟ ㄠ ㄡ			ㄢ ㄣ ㄤ ㄥ		ㄦ
齊齒呼		結　　合　　韻						
	ㄧ	ㄧㄚ ㄧㄛ ㄧㄝ	ㄧㄞ	ㄧㄠ ㄧㄡ		ㄧㄢ ㄧㄣ ㄧㄤ ㄧㄥ		
合口呼	ㄨ ㄨㄚ ㄨㄛ		ㄨㄞ ㄨㄟ			ㄨㄢ ㄨㄣ ㄨㄤ ㄨㄥ		
撮口呼	ㄩ	ㄩㄝ				ㄩㄢ ㄩㄣ	ㄩㄥ	

1.單韻

韻的成分裡必定有元音，而元音的音色主要是由口腔調節形成的，口腔調節元音最靈活的莫過於舌頭；平常吃東西舌頭除了感覺百味之外，還負責推送食物到適當的牙齒地區以便咀嚼，而要發出聲音時，它的升高、降低、前伸、後縮，配合口腔的開闔、嘴唇的展圓，就能夠立刻改變口腔共振區域的大小、深淺等形狀，以形成各種各類互不相同的音色。

發元音時口腔的開闔、舌位的高低與前後、嘴唇的展圓始終沒有改變的，其聲音單純、沒有變化，叫做單元音，在國音裡就是單韻。國音裡的單韻有「ㄧ、ㄨ、ㄩ，ㄚ、ㄛ、ㄜ、ㄝ」七個舌面音及「帀₁、帀₂」兩個舌尖元音。

⑴舌面單韻（元音）

平常發單元音時，舌頭的最高點為舌面者，就是舌面單元音。我們為了便於說明各種音色的特點，常常從舌位的高低、舌位升高部位的前後以及嘴唇的圓展三項加以區別：

①舌位的高低：

舌面升高會使口腔的共振空間改變，因而改變元音的音色，所以舌

位的高低，成為區分元音音色的第一項要點。例如：把嘴巴張開，舌頭隨著下巴而下降，這樣發出來的聲音就是「ㄚ [a]」音；嘴巴半閉，舌頭隨著下巴稍微升高了一些，這樣發出的聲音是「ㄝ [e]」音或是「ㄛ [o]」音；嘴巴幾乎關閉，舌頭又隨著下巴升得更高，這樣發出的聲音是「ㄧ [i]」音或是「ㄨ [u]」音。「ㄚ、ㄝ、ㄧ」或「ㄚ、ㄛ、ㄨ」的聲音聽起來不一樣，就是舌位高低不同的結果。

在國音裡，從這項特點我們可以這麼分：「ㄧ、ㄨ、ㄩ」是最高的元音；「ㄛ、ㄜ、ㄝ」是中間不高不低的元音，其中「ㄜ」比「ㄛ、ㄝ」還稍微高了一些些；「ㄚ」是最低的元音。

②舌位的前後：

我們如不改變舌位的高低，把嘴巴張到最開的程度，使舌頭降到最低以後，仍舊可以將舌頭向前伸使舌面前部升高一些、向後縮使舌面後部升高一些。向前伸時發出的聲音與向後縮時所發出的「ㄚ」音並不一樣：向前伸發出的是 [a] 音，而向後縮時發出的是 [ɑ] 音；我們把舌位升高後，前伸發出的是「ㄧ [i]」音，而向後縮時發出的是「ㄨ [u]」音；這就是舌位的前後對聲音發生影響的現象。

在國音裡，從這項特點我們可以分：「ㄧ、ㄩ、ㄝ」是前元音，「ㄨ、ㄛ、ㄜ」是後元音，「ㄚ」是不前不後的央元音。

③嘴唇的圓展：

我們控制舌位的前後發音時，舌頭前伸發「ㄧ [i]」的聲音，嘴唇自然會向兩旁咧開，舌頭後縮發「ㄨ [u]」的聲音，嘴唇又自然會噘成尖尖圓圓的形狀，這兩種嘴唇的形狀，對聲音的影響也很明顯。我們更可以保持舌頭前伸高舉，特別用力把嘴唇撮成像發「ㄨ [u]」音的形狀，這時發出的聲音就變成「ㄩ [y]」了。這就是嘴唇展開與撮圓對聲音發生的影響。

在國音裡，從這項特點我們可以分：「ㄧ、ㄝ、ㄜ」是展唇元音，「ㄨ、ㄩ、ㄛ」是圓唇元音，「ㄚ」是不展不圓的自然唇音，也有人把它歸入展唇音。

現在將舌面單韻（元音）依照口腔舌位作成「舌面元音舌位圖」如下：

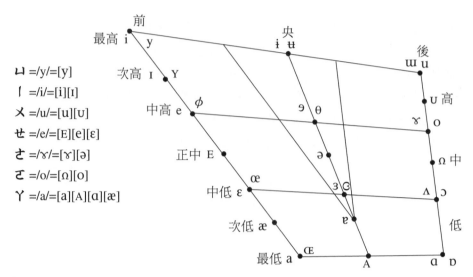

ㄩ =/y/=[y]
ㄧ =/i/=[i][ɪ]
ㄨ =/u/=[u][ʊ]
ㄝ =/e/=[E][e][ɛ]
ㄜ =/ɤ/=[ɤ][ə]
ㄛ =/o/=[Ω][o]
ㄚ =/a/=[a][A][ɑ][æ]

圖表說明：1.高低前後即指舌面之位置，高低計有七級，分別是 a 最高、b 次高、
c 中高、d 正中、e 中低、f 次低、g 最低；前後計有三級，分別是 A
前、B 央、C 後。

2.國際音標符號在縱線之右者為圓唇音，符號在縱線左面者為展唇音。

3.中央部分為央元音區，中央元音 [ə] 用於複韻聲隨韻，與後元音之 [ɤ]
僅出現在獨用或拼聲母者不同。

4.國語注音符號之後先以 / / 譯其音之音位符號，繼以 [ ] 示其涵蓋之
音值。

⑵舌尖單韻（元音）

當發出元音時舌頭的最高點為舌尖者，就是舌尖單元音；國音裡有
「帀₁ [ʅ]」、「帀₂ [ɿ]」兩個。至於「（ㄖ）[ɹ]」只在「ㄦ [ɚ]」的韻尾或
「兒化韻」出現，不是單韻；因為它有跟前面央元音合一而分不開的趨
勢，雖然是一個舌尖捲起的元音，卻是一個「不成音節的語位」，不能算
是舌尖單韻。

「帀₁ [ʅ]」這個舌尖後高元音，只出現在「ㄓ、ㄔ、ㄕ、ㄖ」後面。
當我們以聲符名稱讀注音符號「ㄓ、ㄔ、ㄕ、ㄖ」時，後面就是拼上一
個「帀₁ [ʅ]」；只要發「知、吃、師、日」把尾音拉長就可聽出這個音。

「帀₂ [ɿ]」這個舌尖前高元音，只出現在「ㄗ、ㄘ、ㄙ」後面，當我
們以聲符名稱讀注音符號「ㄗ、ㄘ、ㄙ」時，後面就是拼上一個「帀₂ [ɿ]」；
只要發「資、疵、私」把尾音拉長就可以聽出這個音。

　　這兩個「韻」不像別的韻有「獨自構成字音」的現象，只在「ㄓ、ㄔ、ㄕ、ㄖ，ㄗ、ㄘ、ㄙ」後面出現；製訂注音字母（注音符號）時省略了它們，我們現在用「ㄓ」的倒寫「帀」作說明音理時的符號，有人把它們叫做「倒ㄓ韻」。

　　當它們在「ㄓ、ㄔ、ㄕ、ㄖ，ㄗ、ㄘ、ㄙ」後面時，可以省略，使「立志」的「志」注音作「ㄓˋ」、「城池」的「池」注音作「ㄔˊ」、「假使」的「使」注音作「ㄕˇ」，「自個兒」的「自」注音作「ㄗˋ」、「仁慈」的「慈」注音作「ㄘˊ」；形成「ㄓ、ㄔ、ㄕ、ㄖ，ㄗ、ㄘ、ㄙ」可以單獨注音的現象，有人名之曰「空韻」；在《國音簡說》裡則「帀」與「ㄦ」並稱為「聲化韻」。

　2.複韻

　　複韻是由兩個單韻緊密結合所構成的韻。我們可以根據其尾音的不同，把「ㄞ、ㄟ、ㄠ、ㄡ」四個複韻再細分為兩類：

　　(1)收前元音「ㄧ」的複韻

　　以前元音「ㄧ」為收音的複韻，有「ㄞ」、「ㄟ」兩個。

　　(2)收後元音「ㄨ」的複韻

　　以後元音「ㄨ」為收音的複韻，有「ㄠ」、「ㄡ」兩個。

　3.聲隨韻

　　聲隨韻是由一個鼻音緊密跟隨在單韻之後所構成的韻。我們可以根據鼻音的不同，把「ㄢ、ㄣ、ㄤ、ㄥ」四個聲隨韻再細分為兩類：

　　(1)收舌尖鼻音「ㄋ」的聲隨韻

　　以舌尖鼻音「ㄋ」為收音的聲隨韻，有「ㄢ」、「ㄣ」兩個。

　　(2)收舌面後鼻音「ㄫ」的聲隨韻

　　以舌面後鼻音「ㄫ」為收音的聲隨韻，有「ㄤ」、「ㄥ」兩個。

　4.捲舌韻

　　捲舌韻是由一個捲舌音緊密跟隨在單韻之後所構成的韻。國音的捲舌韻只有一個「ㄦ」，所以不能再細分。

　5.結合韻

　　結合韻是結合兩個韻來標注字音的韻，我們可以根據起音的不同，把二十二個結合韻再細分為三類：

　　(1)以「ㄧ」為起音的結合韻

以「ㄧ」為起音的結合韻，有「ㄧㄚ、ㄧㄛ、ㄧㄝ，ㄧㄞ、ㄧㄠ、ㄧㄡ，ㄧㄢ、ㄧㄣ、ㄧㄤ、ㄧㄥ」，總共十個。

(2)以「ㄨ」為起音的結合韻

以「ㄨ」為起音的結合韻，有「ㄨㄚ、ㄨㄛ，ㄨㄞ、ㄨㄟ，ㄨㄢ、ㄨㄣ、ㄨㄤ、ㄨㄥ」，總共八個。

(3)以「ㄩ」為起音的結合韻

以「ㄩ」為起音的結合韻，有「ㄩㄝ，ㄩㄢ、ㄩㄣ、ㄩㄥ」四個。

三）韻的發音

以下分別說明單韻、複韻、聲隨韻、捲舌韻、結合韻各類韻的發音：

1.單韻

發音時口腔的開闔、舌位的高低與前後、嘴唇的展圓始終沒有改變的就是單韻；國音裡的單韻有「ㄧ、ㄨ、ㄩ，ㄚ、ㄛ、ㄜ、ㄝ」七個舌面音及「帀$_1$、帀$_2$」兩個舌尖元音，九個單韻發音方法說明如次：(每一個韻符後先在 [ ] 中以國際音標注明音值，再於 ( ) 中舉其漢語拼音之符號。以下各類之韻皆同。)

ㄧ [i](i)：聲門輕闔，小舌緊抵後咽壁，舌面向前升到不接觸口蓋之最高點，嘴唇儘量咧開；聲帶顫動之音流受口腔之共振而發音。

ㄨ [u](u)：聲門輕闔，小舌緊抵後咽壁，舌面向後升到不接觸口蓋之最高點，嘴唇儘量撮圓；聲帶顫動之音流受口腔之共振而發音。

ㄩ [y](ü)：聲門輕闔，小舌緊抵後咽壁，舌面向前升到不接觸口蓋之最高點，嘴唇特別撮圓；聲帶顫動之音流受口腔之共振而發音。

ㄚ [A](a)：聲門輕闔，小舌緊抵後咽壁，口腔張大，舌面自然下降到最低點；聲帶顫動之音流受口腔之共振而發音。

ㄛ [Ω](o)：聲門輕闔，小舌緊抵後咽壁，口腔半開，舌面向後保持在半高點；聲帶顫動之音流受口腔之共振而發音。

ㄜ [ɤ](e)：聲門輕闔，小舌緊抵後咽壁，口腔半開，舌面向後保持在比半高略高點，嘴唇特別平咧；聲帶顫動之音流受口腔之共振而發音。

ㄝ [E](ê)：聲門輕闔，小舌緊抵後咽壁，口腔半開，舌面向前保持在半高點，嘴唇略咧開；聲帶顫動之音流受口腔之共振而發音。

帀$_1$ [ʅ]/ɿ/(i)：聲門輕闔，小舌緊抵後咽壁，口腔半開，舌尖翹起後捲，

舌尖背面接近前硬顎；聲帶顫動之音流受口腔之共振而發音。

　　ㄧ₂ [ɿ]/i/(i)：聲門輕闔，小舌緊抵後咽壁，口腔半開，舌尖前伸接近齒背；聲帶顫動之音流受口腔之共振而發音。其國際音標與「ㄧ₁」都可共用音位符號 /i/。

　2.複韻

　　複韻是發音時從響度大的元音轉移到響度小的元音的複合韻母。在英語裡的雙母音，有從響度大的元音轉移到響度小的元音的下降複元音，也有從響度小的元音移到響度大的元音的上升複元音；但是國音的複韻只限於下降複元音。由於元音響度的大小與舌位的高低有著相反的關係，舌位高的元音響度小，舌位低的元音響度大，所以也可以說：複韻是由中、低元音轉到高元音的韻，雖是「下降複元音」，舌位卻是上升的。

　　在國音裡有「ㄞ、ㄟ、ㄠ、ㄡ」四個複韻母。其發音過程說明如次：

　　ㄞ [ai](ai)：由舌面前低元音「ㄚ [a]」轉到舌面前高元音「ㄧ [i]」。

　　ㄟ [ei](ei)：由舌面前中高元音「ㄝ [e]」轉到舌面前最高元音「ㄧ [i]」❹。

　　ㄠ [au](ao)：由舌面後中元音「ㄚ [ɑ]」轉到舌面後高元音「ㄨ [u]」。

　　ㄡ [ou](ou)：由舌面後中元音「ㄛ [o]」轉到舌面後高元音「ㄨ [u]」。

　　這四個複韻母，起頭的「ㄚ、ㄝ、ㄛ」是低、中元音，是元音群裡響度比較大的元音，所以叫做「主要元音」，它居於整個韻起頭的位置，又稱為「起音」；收尾的「ㄧ、ㄨ」都是高元音，居於整個韻收尾的位置，就叫做「收音」或「韻尾」。

　3.聲隨韻

　　聲隨韻是從元音轉到輔音的複合韻母。它與複韻同為兩個音素複合而成，而且響度也都由大變小；不同的是：複韻的韻尾是單韻母（元音），而聲隨韻的韻尾是韻化的聲（濁輔音），《國音簡說》裡又名「附聲韻」。

　　在國音裡聲隨韻有「ㄢ、ㄣ、ㄤ、ㄥ」四個。其發音方法說明如次：

　　ㄢ [an](an)：由舌面前低元音「ㄚ [a]」轉到舌尖鼻音「ㄋ [n]」（去掉聲符名稱所加的尾音ㄜ）。

---

❹　《中華新韻》所附《國音簡說》及《國音字典》附〈注音符號發音表說明〉裡皆作ㄟ＝ㄜ＋ㄧ，本書據趙元任《中國話的文法》頁 14 之韻母表作 [ei]，定為ㄟ＝ㄝ＋ㄧ。

ㄣ [ən](en)：由舌面中央元音「ㄜ [ə]」轉到舌尖鼻音「ㄋ [n]」（去掉聲符名稱所加的尾音ㄜ）。

ㄤ [ɑŋ](ang)：由舌面中低元音「ㄚ [ɑ]」轉到舌面後鼻音「ㄫ [ŋ]」（去掉聲符名稱所加的尾音ㄜ）。

ㄥ [əŋ](eng)：由舌面中央元音「ㄜ [ə]」轉到舌面後鼻音「ㄫ [ŋ]」（去掉聲符名稱所加的尾音ㄜ）。

這四個聲隨韻母，起頭的主要元音「ㄚ、ㄜ」都是低、中元音；收尾的「ㄋ、ㄫ」都是濁輔音中的鼻音；實際上「ㄋ、ㄫ」是已經韻化的輔音。因為國音裡聲隨韻在末尾的音都是鼻音，所以又叫做「鼻聲隨」。

4.捲舌韻

捲舌韻是從舌面元音轉到捲舌近音的複合韻母。它與「複韻」一樣，都是從一個元音轉到另一個元音，但是也不完全相同，複韻的韻尾是高元音，捲舌韻的韻尾是舌面中捲舌近音。在國音裡捲舌韻只有一個「ㄦ [ɚ]」，它以「ㄜ [ə]」為主要元音，以舌面中捲舌近音「(ㄖ) [ɹ]」為韻尾；這個韻尾的音發音時舌尖是捲起來的，所以叫做捲舌音。因為捲舌韻可能不是漢語裡原有的語音❺，在字音裡只單獨出現，不跟其他聲、韻拼合；所以使用的機會比較少，發音不準確的人比較多❻，必須特別留意練習。

國音這個捲舌韻的發音方法是：

ㄦ [ɚ](er)：由舌面中央元音「ㄜ [ə]」轉到舌尖翹起的舌面中捲舌近音「(ㄖ) [ɹ]」（舌位比ㄖ略低並且去掉摩擦音）。

要練習這個音，可以常念這首「天然歌」：

「一二三，三二一；一二三四五六七，七六五四三二一；二三一，

---

❺　字音「ㄦ」可能是漢語受北方胡語影響而產生的字音，其時代約在元、明之際。詳見民國七十八年六月臺灣師大《國文學報》第十三期，頁 207–221〈兒韻字的音讀與教學〉。

❻　李堂儀在《國語正音淺說》（空中雜誌社，民國六十六年元月二十日出版）裡說：「根據筆者所作的一項調查統計，在一四六位大專學生中，翹舌音（ㄓㄔㄕ）與平舌音（ㄗㄘㄙ）辨認不清的有一二五人，占百分之八十五點六，忽略ㄣㄥ音的有一三二人，占百分之九十點三，ㄋㄌ不分的有十四人，ㄏㄈ、ㄧㄩ混淆不清的有十一人，ㄦ音不能標準發出的有一四三人，占百分之九十七點九。」

三二一；三二三四五六七，四二三四五六七；一一二二三三四，四四三三二二一。」

5.結合韻

標注一個字音的韻必須用兩個韻符的，把兩個韻符結合起來作一個韻的就是結合韻。

前面說明複韻時，我們曾說：只有從低元音轉到高元音的才是複韻，這是因為雙母音裡，響度由小變大的上升複元音，在國音裡歸屬於結合韻。例如：「悲哀」的「哀」注音作「ㄞ」，其音素雖然有「ㄚㄧ [ai]」兩音，卻合做一個符號「ㄞ」；但是「寒鴉」的「鴉」也是有兩個音素「ㄧㄚ [iA]」，它的注音則必須用「ㄧㄚ」兩個注音符號來記錄，這個「ㄧㄚ」就是結合韻。因此，我們可以說：國音裡從低元音轉到高元音的是複韻，從高元音轉到低元音的是結合韻。不過，這並不是說所有的結合韻都是複元音；它還有輔音為韻尾的複合音，更有三個音素的三合音。

因為所有結合韻都是以高元音為起音（韻頭）的，而做起音（韻頭）的高元音只有「ㄧ、ㄨ、ㄩ」三個，所以我們可以根據「ㄧ、ㄨ、ㄩ」三個起音（韻頭）做分類來介紹結合韻；這三個高元音為起音，放在聲母跟另外的韻母之間，很像是居中介紹，所以習慣上又叫做「介音」。

⑴韻頭「ㄧ [i]」的結合韻（齊齒呼）：

以ㄧ [i] 為韻頭的結合韻有：ㄧㄚ、ㄧㄛ、ㄧㄝ，ㄧㄞ、ㄧㄠ、ㄧㄡ，ㄧㄢ、ㄧㄣ、ㄧㄤ、ㄧㄥ；總共十個。因為發「ㄧ [i]」音時兩個嘴角向兩旁咧開，好像要使嘴唇向牙齒靠齊，所以這些以「ㄧ [i]」為韻頭的結合韻以及「ㄧ」音，習慣上稱為齊齒呼。

ㄧㄚ [iA](ia)：由舌面前高元音「ㄧ [i]」轉到舌面央低元音「ㄚ [A]」。通用拼音於聲之後作 [ia]，無聲母作 [ya]，以下皆同。

ㄧㄛ [iɒ](io)：由舌面前高元音「ㄧ [i]」轉到舌面後中元音「ㄛ [ɒ]」。

ㄧㄝ [iE](ie)：由舌面前高元音「ㄧ [i]」轉到舌面前中元音「ㄝ [E]」。

ㄧㄞ [iaI](iai)：由舌面前高元音「ㄧ [i]」轉到舌面前低元音「ㄚ [a]」再轉回舌面前次高元音「ㄧ [I]」。

ㄧㄠ [iɑʊ](iao)：由舌面前高元音「ㄧ [i]」轉到舌面後低元音「ㄚ [ɑ]」再轉到舌面後次高元音「ㄨ [ʊ]」。

ㄧㄡ [ioʊ](iou)：由舌面前高元音「ㄧ [i]」轉到舌面後中高元音「ㄛ

[o]」再轉到舌面後次高元音「ㄨ [ʊ]」。一部分北京人在平聲字裡的主要元音「ㄛ [o]」弱化到聲音很小。

ㄧㄢ [iɛn](ian)：由舌面前高元音「ㄧ [i]」轉到舌面前中低元音「ㄝ [ɛ]」再轉到舌尖鼻音「ㄋ [n]」（去掉聲符名稱所加的尾音ㄜ）。

ㄧㄣ [in](in)：由舌面前高元音「ㄧ [i]」轉到舌尖鼻音「ㄋ [n]」（去掉聲符名稱所加的尾音ㄜ）。

ㄧㄤ [iɑŋ](iang)：由舌面前高元音「ㄧ [i]」轉到舌面後低元音「ㄚ [ɑ]」再轉到舌面後鼻音「ㄫ [ŋ]」（去掉聲符名稱所加的尾音ㄜ）。

ㄧㄥ [iŋ](ing)：由舌面前高元音「ㄧ [i]」轉到舌面後鼻音「ㄫ [ŋ]」（去掉聲符名稱所加的尾音ㄜ）。

⑵韻頭「ㄨ [u]」的結合韻（合口呼）：

以ㄨ [u] 為韻頭的結合韻有：ㄨㄚ、ㄨㄛ，ㄨㄞ、ㄨㄟ，ㄨㄢ、ㄨㄣ、ㄨㄤ、ㄨㄥ；總共八個。因為發「ㄨ [u]」音時，嘴唇聚合，其前面呈圓形，所以這些以「ㄨ [u]」為韻頭的結合韻以及「ㄨ」音，習慣上稱為合口呼。

ㄨㄚ [uʌ](ua)：由舌面後高元音「ㄨ [u]」轉到舌面央低元音「ㄚ [ʌ]」。

ㄨㄛ [uɒ](uo)：由舌面後高元音「ㄨ [u]」轉到舌面後中元音「ㄛ [ɒ]」。

ㄨㄞ [uaɪ](uai)：由舌面後高元音「ㄨ [u]」轉到舌面前低元音「ㄚ [a]」再轉到舌面前次高元音「ㄧ [ɪ]」。

ㄨㄟ [uei](uei)：平聲調由舌面後高元音「ㄨ [u]」轉到舌面前中高元音「ㄝ [e]」作過渡音即迅速轉到舌面前高元音「ㄧ [i]」；上聲與去聲由舌面後高元音「ㄨ [u]」轉到舌面前中元音「ㄝ [e]」再轉到舌面前次高元音「ㄧ [ɪ]」。

ㄨㄢ [uan](uan)：由舌面後高元音「ㄨ [u]」轉到舌面前低元音「ㄚ [a]」再轉到舌尖鼻音「ㄋ [n]」（去掉聲符名稱所加的尾音ㄜ）。

ㄨㄣ [uən](uen)：平聲調由舌面後高元音「ㄨ [u]」轉到舌面中央元音「ㄜ [ə]」作過渡音即迅速轉到舌尖鼻音「ㄋ [n]」（去掉聲符名稱所加的尾音ㄜ）。上聲與去聲由舌面後高元音「ㄨ [u]」轉到舌面中央元音「ㄜ [ə]」再轉到舌尖鼻音「ㄋ [n]」（去掉聲符名稱所加的尾音ㄜ）。

ㄨㄤ [uɑŋ](uang)：由舌面後高元音「ㄨ [u]」轉到舌面後低元音「ㄚ [ɑ]」再轉到舌面後鼻音「ㄫ [ŋ]」（去掉聲符名稱所加的尾音ㄜ）。

ㄨㄥ [－uŋ/uəŋ](ong/weng)：前有聲母時直接由舌面後次高元音「ㄨ [u]」轉到舌面後鼻音「ㄤ [ŋ]」（去掉聲符名稱所加的尾音ㄜ）。前無聲母時由舌面後高元音「ㄨ [u]」轉到舌面中央元音「ㄜ [ə]」再轉到舌面後鼻音「ㄤ [ŋ]」（去掉聲符名稱所加的尾音ㄜ）。

⑶韻頭「ㄩ [y]」的結合韻（撮口呼）：

以ㄩ [y] 為韻頭的結合韻有：ㄩㄝ，ㄩㄢ、ㄩㄣ、ㄩㄥ；總共四個。因為發「ㄩ [y]」音時，嘴唇特別用力撮聚而使前面也呈圓形，所以這些以「ㄩ [y]」為韻頭的結合韻以及「ㄩ」音，習慣上稱為撮口呼。

ㄩㄝ [yɛ](ue)：由舌面前圓唇高元音「ㄩ [y]」轉到舌面前中元音「ㄝ [ɛ]」。

ㄩㄢ [yæan](uan)：由舌面前圓唇高元音「ㄩ [y]」轉到舌面前次低元音「ㄚ [æ]」再轉到舌尖鼻音「ㄋ [n]」（去掉聲符名稱所加的尾音ㄜ）。

ㄩㄣ [yn](un)：由舌面前圓唇高元音「ㄩ [y]」直接轉到舌尖鼻音「ㄋ [n]」（去掉聲符名稱所加的尾音ㄜ）。

ㄩㄥ [iyuŋ](iong)：由舌面前圓唇高元音「ㄩ [y]」迅速轉到舌面後次高元音「ㄨ [u]」再轉到舌面後鼻音「ㄤ [ŋ]」（去掉聲符名稱所加的尾音ㄜ）；因為從舌面前圓唇高元音「ㄩ」迅速轉到舌面後次高元音「ㄨ」之動作頗劇，所以分解成舌面前高元音「ㄧ [i]」與流音舌面前圓唇高元音「ㄩ [y]」再迅速轉到舌面後次高元音「ㄨ [u]」。

6.四呼與結合韻的變音

為了區別字音中三個高元音「ㄧ、ㄨ、ㄩ」的有無，凡是沒有「ㄧ、ㄨ、ㄩ」三個高元音者，稱之為「開口呼」；這與字音中有「ㄧ」的「齊齒呼」、有「ㄨ」的「合口呼」、有「ㄩ」的「撮口呼」並立，就是字音的四呼。

在三合音裡，最響亮的主要元音常常居於中間，前有韻頭，後有韻尾，中間部分相當於韻的腹部，所以又叫做「韻腹」，這個「韻腹」之名還擴大到可以稱所有的主要元音。

照道理，這二十二個結合韻，都應該像「ㄧㄚ」一樣，從「ㄧ」音轉到「ㄚ」音就好了；但是，實際上不然，因為語音內部的個個音素會互相影響而產生調整的「內在變化」，所以民國三十年公布的《中華新韻》所附〈國音簡說〉裡有特別說明；現在據其說明列舉如下：

(1)ㄧㄢ：（ㄧㄢ≠ㄧㄚㄋ；ㄧㄢ→ㄧㄝㄋ [iɛn]）

結合韻「ㄧㄢ」的「ㄢ」，本來的音素是「ㄚㄋ [an]」，但是受到前面高元音「ㄧ [i]」做韻頭的影響，主要元音（韻腹）「ㄚ [a]」舌位提高變成「ㄝ [ɛ]」。

(2)ㄧㄣ：（ㄧㄣ≠ㄧㄜㄋ；ㄧㄣ→ㄧㄋ [in]）

結合韻「ㄧㄣ」的「ㄣ」，本來的音素是「ㄜㄋ [ən]」，但是受到前面高元音「ㄧ [i]」做韻頭的影響，主要元音（韻腹）「ㄜ [ə]」消失；變成以「ㄧ [i]」兼作主要元音（韻腹）。

(3)ㄧㄥ：（ㄧㄥ≠ㄧㄜㄫ；ㄧㄥ→ㄧㄫ [iŋ]）

結合韻「ㄧㄥ」的「ㄥ」，本來的音素是「ㄜㄫ [əŋ]」，但是受到前面高元音「ㄧ [i]」做韻頭的影響，主要元音（韻腹）「ㄜ [ə]」消失；變成以「ㄧ [i]」兼作主要元音（韻腹）。

(4)ㄩㄣ：（ㄩㄣ≠ㄩㄜㄋ；ㄩㄣ→ㄩㄋ [yn]）

結合韻「ㄩㄣ」的「ㄣ」，本來的音素是「ㄜㄋ [ən]」，但是受到前面高元音「ㄩ [y]」做韻頭的影響，主要元音（韻腹）「ㄜ [ə]」消失；變成以「ㄩ [y]」兼作主要元音（韻腹）。

(5)ㄩㄥ：（ㄩㄥ≠ㄩㄜㄫ；ㄩㄥ→ㄩㄫ [yŋ] → ㄧㄨㄫ [iuŋ]）（此ㄨ稍開）

結合韻「ㄩㄥ」的「ㄥ」，本來的音素是「ㄜㄫ [əŋ]」，但是受到前面高元音「ㄩ [y]」做韻頭的影響，主要元音（韻腹）「ㄜ [ə]」消失；變成以「ㄩ [y]」兼作主要元音（韻腹）；但是「ㄩㄫ」撮口舌面前高原音與舌面後鼻音的連結也不方便，所以又把撮口舌面前高原音的「ㄩ」分解為「ㄧㄨ [iu]」；只是這個作主要元音的「ㄨ」已經不是最高元音 [u]，是次高舌位比較低、口型比較張開一些的 [ʊ]。

(6)ㄧㄨㄥ：（ㄧㄨㄥ≠ㄧㄨㄜㄫ；ㄧㄨㄥ→ㄧㄨㄫ [uŋ]）（此ㄨ稍開）

結合韻「ㄧㄨㄥ」的「ㄥ」，本來的音素是「ㄜㄫ [əŋ]」，但是受到前面高元音「ㄨ [u]」做韻頭的影響，主要元音（韻腹）「ㄜ」消失；變成以口型稍微張開一些的「ㄨ [ʊ]」兼作主要元音（韻腹）。而「ㄧㄨㄥ」前面的「ㄧ」表示任何聲母，所以「ㄧㄨㄥ」的變音是前有聲母才必須變的，在無聲母的「ㄨㄥ」沒有變音的現象，這也可以讓我們更明白：變音完全是前後音素彼此遷就而調整的，如果時間寬緩充裕，變音非必

要的時候，就不會產生變音現象了。

　　至於《國音字典》附〈注音符號發音表說明〉又說：「字有部分變音的：ㄧㄡ平聲字不等於ㄧㄛㄨ，變做ㄧㄨ；ㄨㄟ在拼ㄉ、ㄓ、ㄗ等聲母時，不再是ㄨㄛㄧ而變做ㄨㄟ；ㄨㄣ在拼ㄉ、ㄓ、ㄗ等聲母時，不再是ㄨㄛㄋ而變做ㄨㄣ。」而鍾露升的《國語語音學》則說：「ㄧㄡ [iou]」在平聲有的北京人把 [o] 念得很小，有的大一些，上、去則作 [iou]；ㄨㄟ [uei]」在平聲字裡的 [e] 發音很小，上、去則作 [uEI]；ㄨㄣ [uən] 在平聲字裡的 [ə] 發音很小，上、去則作 [un]」。這些變音不是全面的，我們暫時不去深究。

四）韻符（韻母）的寫法

　　韻符（韻母）的寫法也必須根據教育部民國二十四年所頒布的「注音符號印刷體式表」，其中以「ㄝ、ㄟ、ㄡ、ㄤ、ㄦ」比較容易寫錯，ㄝ三筆寫成，不可作「也」；ㄟ只一筆，不可作「丶」或「乀」；ㄠ三筆寫成，不可作「幺」；ㄡ兩筆寫成，不可作「又」；ㄤ三筆寫成，不可作「尢」；ㄦ兩筆寫成，不可作「ㄦ」或「儿」；詳列字形及筆順在本篇之後「注音符號練習作業」（見頁 128–129），請自行練習。

五）韻（韻母）的正音

　　根據民國七十七年對參加高中（職）學生演說代表國語發音錯誤的研究報告，以「ㄣ誤作ㄥ」為最多，其次為「ㄦ誤作ㄛ」「ㄥ誤作ㄛㄤ」「ㄩ誤作ㄩㄧ」「ㄡ誤作ㄛ、ㄨㄛ誤作ㄛ」「ㄤ誤作ㄢ」 ❼。下面編列這幾類錯誤的正音練習資料以供自行練習。

　　1. ㄣ、ㄥ辨音練習

　　發ㄣ音末尾舌尖抵住牙床，口形由略開變關閉；發ㄥ音末尾舌面後

---

❼ 根據民國七十七年一項對參加「臺灣地區國語文競賽」高中（職）學生演說十九場次演說錄音帶一百九十五篇的分析資料，字音韻母發音錯誤的有二十四種，其中「ㄣ誤作ㄥ」有一百六十六人為最多（佔85%），其次「ㄦ誤作ㄛ」有五十七人，「ㄥ誤作ㄛㄤ」有三十七人，「ㄩ誤作ㄩㄧ」有十三人；「ㄡ誤作ㄛ」有十人，「ㄨㄛ誤作ㄛ」有七人，合計誤作ㄛ者十七人；「ㄤ誤作ㄢ」有八人。（見廖吉郎、張正男合著，國科會 NSC–78–0301–H–033–06 號報告，頁 3–12）

升高，口形由略開變得更開。

(1)最小差別詞練習：

瀕臨：兵臨　貧民：平明　門館：蒙館　分號：封號　您想：鈴響
吝嗇：令色　根深：更生　恨死：橫死　今夕：京戲　新興：興心

(2)語句練習：

老陳拿盆子捉蚊子，老程用繩子打蠅子；老陳的盆子碰著了老程的繩子，老程的繩子也碰著了老陳的盆子；老陳沒捉著蚊子，老程也沒打著蠅子。

2.ㄦ、ㄜ辨音練習

發ㄦ音時，在ㄜ音之後把舌尖往上捲起。

(1)最小差別詞練習：

兒子：額子　而言：訛言　兒面：額面　爾心：噁心　二虎：餓虎
二人：惡人　已而：以訛　親兒：親額　小兒：小額　爾爾：俄爾

(2)語句練習：

惡臣貳心，餓死二老，爾怎不噁心。

3.ㄥ、ㄛㄨ辨音練習

發ㄥ音時起音是ㄜ，不可受唇音聲母影響變作ㄛ。

(1)最小差別詞練習：

天崩：天公　朋友：農友　猛獸：統售　門縫：門洞　迸裂：凍裂
烹調：通條　蒙昧：榮妹　奉承：種成　碰面：送麵　夢中：洞中

(2)語句練習：

①少年朋友碰面總是蹦蹦跳跳的。

②人生有夢最美，逐夢踏實卻頗為不易。

4.ㄩ、ㄩㄧ辨音練習

發ㄩ音時嘴唇不能輕易放開。

(1)最小差別詞練習：

鬱鬱：意義　玉器：意氣　趣味：迄未　允許：營洗　甜菊：田籍
語句：已記　有趣：有氣　快欲：快意　鯉魚：旅宜　女兒：禮額

(2)語句練習：

院前住個袁眼圓，院後住個嚴圓眼，二人來到院裡來比眼；不知是袁眼圓的眼圓，還是嚴圓眼的眼圓。

5.ㄡ、ㄛ、ㄨㄛ辨音練習

發ㄛ音時口形固定，發ㄡ音時口形由大變小，發ㄨㄛ音時口形由小變大。

⑴最小差別詞練習：

走路：左路　多破：多過　苟且：國且　活佛：活活　怒吼：怒火後世：或是：漠視　脅迫：協作：鞋臭　托福：偷服：摸拂　不夠：不過：不迫　香臭：相錯：香末　多壽：兜售：撥錯

⑵語句練習：

小偷偷拖車，又被迫拖著拖車偷走泡沫車。

6.ㄤ、ㄢ辨音練習

發ㄤ音末尾舌面後升高，發ㄢ音末尾舌尖抵住牙床。發ㄤ音口形始終張開，發ㄢ音口形由略開變關閉。

⑴最小差別詞練習：

綁住：板柱　旁邊：盤邊　芒果：蠻裏　床上：船上　蕩然：淡然堂皇：彈簧　囊括：南瓜　浪人：爛人　抗戰：看賬　行情：含情

⑵語句練習：

襄陽甜麵醬，年年變樣，樣樣甜香。

第三節　調的意義分類及發音練習

一 調 (tone) 的意義

國音的聲調，是指字音或語音中聲音高低升降的曲線類別。對於漢語而言，聲調是重要的辨義條件。

通常在漢語裡的聲調，專指與聲、韻鼎足而三，有重要辨義作用的字調而言，所以又名「本調」；不是指詞句中變化的「詞調、句調、語調」。例如「水溝」跟「水垢」兩個詞，其第二個字的聲、韻完全相同，但是音高的高低升降曲線不一樣，所以我們知道是兩個不同的語詞，說的是不同的概念；就像「福氣」跟「壽氣」的聲母不同，說的就不是相同的概念一樣。

二 調的分類與控制

國音的字調，只有「陰平、陽平、上聲、去聲」四類，通稱「第一聲、第二聲、第三聲、第四聲」。這跟聲母有二十一個、韻母有十六個比起來，要簡單多了。不過，一個字可以沒有「聲」，卻不可以沒有「韻」或「調」。（「師」字注音作「ㄕ」，實際上是省略了韻母「ㄭ」未標注，並不是沒有韻。）辨別字調的高低升降，完全靠聲帶顫動頻率的變化，當我們講話的時候，聲帶顫動頻率有變化，所發出的語音，才有高低音的區別。至於發音時以喉頭肌肉調整聲帶的情況則頗為精密，控制聲調的是喉頭肌肉協調合作的成果。

三 調的音值

調的音值簡稱「調值」，它既是音高變化的情況，可以用物理學上的音長與音高加以說明。為了便於記錄，我們把一個人說話時的最高音與最低音之間，分成五等分，由低而高分別標註一到五的順序，則一為最低，二為次低，三為正中，四為次高，五為最高，製成座標圖，就可以記錄聲調的調值了。

當我們念「天然效果」四個字的字音時，可以感覺「天」的字音聲音都很高，其頻率始終沒有什麼變化，座標圖上應該是在最高一格畫平線；用數字描述，應該是從五到五。「然」的字音起頭在不高不低的地方，逐漸升高到最高處，座標圖上應該是從中央往上爬升到最高點；用數字描述，應該是從三升高到五。「效」的字音起點很高，然後漸漸下降，最後降到最低處，座標圖上應該是從最高降到最低；用數字描述，應該是從五下降到一。「果」的字音起點比較低，然後降到最低點，接著拐彎爬升到相當高的地方，座標圖上應該是從次低的地方降到最低再回轉爬升到相當高的次高處；用數字描述，應該是從二降到一再轉彎升高到四。

這樣畫下的曲線圖，跟趙元任所畫的「北平的四聲軌跡圖」❽比較，

---

❽ 圖見於根據趙元任先生演講稿出版的《語言問題》第五講「四聲」（臺灣商務印書館六十一年七月版第六十頁）。又見於香港中文大學出版社一九八〇年十二月初版，丁邦新譯，趙元任著，《中國話的文法》(A Grammer of Spoken Chinese)，頁 15。

就可以看出：「天」字跟「陰平 55：」相同，「然」字跟「陽平 35：」相同，「效」字跟「去聲 51：」相同，「果」字跟「上聲 214：」相同。這個「天：陰平，55：（讀作五五度）。然：陽平，35：（讀作三五度）。果：上聲，214：（讀作二一四度）。效：去聲，51：（讀作五一度）。就是國音四聲各調的音值。

四）調的符號及其寫法

調的符號簡稱「調號」。國音的調號是根據調值曲線圖簡化而成的，很容易辨認。

陰平 55：調形為平線「－」，調號作「－」。陽平 35：調形為斜向「ˊ」，調號作「ˊ」。上聲 214：調形為勾狀的「ˇ」，調號作「ˇ」。去聲 51：調形為撇線「ˋ」，調號作「ˋ」。

陰平調號「－」，國語注音符號省略不標，國際音標後加縱座標作「⌐」標在字音最後，漢語拼音標在主要元音上頭。

陽平調號「ˊ」、上聲調號「ˇ」、去聲調號「ˋ」，國語注音符號標在最後一個符號的右上角，國際音標後加縱座標作「⌐」、「⌐」、「⌐」標在字音最後，漢語拼音標在主要元音上頭。舉例如下：

國語注音符號直式	天然效果	ㄊㄧㄢ	ㄖㄢˊ	ㄒㄧㄠˇ	ㄍㄨㄛˇ
國語注音符號橫式	天然效果	ㄊㄧㄢ	ㄖㄢˊ	ㄒㄧㄠˇ	ㄍㄨㄛˇ
國際音標	天然效果	tiɛn⌐	zan⌐	ɕiɑu⌐	guɔ⌐
漢語拼音	天然效果	tian	ran	xiǎo	guǒ

五）聲調發音練習與正音

練習聲調的發音，在明白四種聲調的調值以後，可以採用四聲混雜排列順序不一樣的四言成語做材料。底下編一小段以供練習，練習時要特別注意上聲作末尾時，不可以只念下降的聲音，必須讀出最後上升的全上調值。

人生百態，無奇不有；百無禁忌，天南地北；未達目的，絕不終止。
猛虎下山，虛有其表；滄海遺珠，早知如此；義無反顧，死而後已；
始終如一，絕無虛假；痛改前非，滿堂稱許；勤奮努力，反覆練習。

第四節　拼音的意義分類及教學法

一 拼音的意義

拼音是將分別標注的聲、韻、調三部分拼合成原來之字音。在歐美
使用拼音文字的國家，拼音是用字母書寫文字，與我們所說的拼音略有
不同。

我國字音、語音之有聲、韻、調，當源於印度梵文傳入後所啟發的
反切，時至今日，各式字母符號盛行。以下我們只就注音符號來說。

二 拼音字母的類型

按照拼音字母的類型，一個字的拼音可以分為三類：

1.單拼

單獨用一個注音符號來標注的字音，不論它是韻母或是聲母，只要
把聲調拼合上去，就完成拼音工作；這種就是屬於單拼的字音。但是我
們一仔細觀察，會發現有真單拼和假單拼兩種。

⑴真單拼：韻母獨用。

用韻母單獨注音是國音裡的正常現象，漢語字音是以元音為核心的，
前面可以加上一個輔音，也可以沒有輔音，當沒有輔音作「聲」的時候，
韻母就獨自出現了。不過，每個韻母獨用的現象並不一樣，除了「舌尖
韻」（倒ㄓ韻）的「帀」不是正式韻母沒有獨自使用以外，「ㄝ、ㄟ」兩
個韻母都只有感歎詞「誒、欸」等字，有些人不把它算做正式字音。

⑵假單拼（聲母獨用）

漢語字音一定要有「韻」，但是我們介紹「韻」的時候曾說過有個舌
尖單韻「帀」，只在「ㄓ、ㄔ、ㄕ、ㄖ，ㄗ、ㄘ、ㄙ」後面出現；製訂注
音字母（注音符號）時省略了它們，形成「ㄓ、ㄔ、ㄕ、ㄖ，ㄗ、ㄘ、ㄙ」

可以單獨注音的現象。(見頁 41)這就是「假單拼」。聲母獨用的假單拼只有「ㄓ、ㄔ、ㄕ、ㄖ，ㄗ、ㄘ、ㄙ」七個。

　　2.雙拼：

　　由兩個注音字母（符號）來標注的，就是雙拼的字音；不論它們是兩個韻母或是一個聲母一個韻母，都可以先把聲調拼在末尾的韻上，然後與前面的音拼合在一起；也有人用先拼前面兩個符號的音，最後再將聲調拼合上去。從雙拼裡兩個符號的屬性不同，我們分為「聲韻拼合」跟「結合韻」兩類。

　　⑴聲韻拼合（一個聲母配一個韻母）

　　這是很普通的一般現象，雖然有些聲韻不拼合，並不是這兩個音不能夠相拼，而是國音沒有用這個拼合的聲音作字音而已。例如：「ㄅ」在國音裡不跟「ㄛ」、「ㄝ」拼，可是閩南話就有「ㄅㄛ」、「ㄅㄝ」為聲韻的字音。

　　⑵結合韻

　　一個高元音韻母配一個非高元音韻母成為結合韻，也是雙拼。結合韻的發音在「結合韻」（見頁 45–49）時已經說過，不再重複。

　　3.三拼

　　由三個注音字母（符號）來標注的，就是屬於三拼的字音，它們必定是兩個韻母加上一個聲母所組成的。只要先把聲調拼在最末尾的韻母上，然後與前面的兩個音拼合在一起；也有人先把三個字母拼在一起，最後再拼聲調。

三 聲的拼讀法

　　學習聲符的發音，有人從最原始的發音部位、發音方法去控制、練習，也有人靠別人帶領著做發音練習；照發音部位、發音方法去發音的人，所發出來的音是聲符本身的「音值」；別人帶領著作發音練習時，為了明確響亮，往往在聲符本身的音值之後加上響亮的元音，所以學得的是「聲符名稱」。因為學習聲符的方法不同，使用聲符拼音時的技術也就不一樣了，所以聲的拼讀法有「名稱拼讀法」和「音值拼讀法」兩種。

　　1.名稱拼讀法

　　字音拼合時念出聲符名稱的拼音法，就是名稱拼讀法。

例如「保護」兩字，拼音時口中念著：「ㄅㄜ、ㄠˇ，ㄅㄠˇ；ㄏㄜ、ㄨˋ，ㄏㄨˋ；ㄅㄠˇ ㄏㄨˋ。」因為在念聲符的時候，所念出來的是拼上「ㄜ」的聲符名稱，所以叫做「名稱拼讀法」。

2.音值拼讀法

字音拼合時不念聲符名稱而只發音值的拼音法，就是音值拼讀法。

例如「保護」兩字，拼音時口中只念：「ㄅ、ㄠˇ，ㄅㄠˇ；ㄏ、ㄨˋ，ㄏㄨˋ；ㄅㄠˇ ㄏㄨˋ。」因為在念聲符的時候，不像名稱拼讀法念出拼上「ㄜ」的聲符名稱，而是只發聲符音值本身不送氣雙唇清塞音或舌面後清擦音的聲音，所以叫做「音值拼讀法」。

至於「音值拼讀法」和「名稱拼讀法」哪一個好？這是因人而異的。任何方法的好壞，要根據實用功能來評斷，實用功能則恆受環境的影響，所以這兩種方法沒有絕對的好壞之分。只是在講究教學效率、採用班級教學制度的學校裡，一個教室同時有相當多的學生，一個老師採用名稱拼讀法比較方便；但是對於聰明的學生，可以自行根據書上的說明練習，那就不一定要用名稱拼讀法，使用音值拼讀法反而可以省去聲符名稱的雜音，也不是沒有優點的。

四）韻的拼讀法

在韻的拼讀上，單拼、雙拼都簡單，沒有特別的困擾，但是在三拼的時候，就有「正則拼讀法」、「聲介合符法」、「介音重用法」等特別的技術了。

1.正則拼讀法（先拼結合韻再拼聲）

先把字音中的結合韻部分，按照結合韻的音值跟聲調拼合，其結合韻有變音情況的也照結合韻變音原則發音，最後再將連調的結合韻與聲母拼合成字音。例如「乾坤」兩字這樣拼音：「ㄧ、ㄢˊ、ㄧㄝㄢˊ、ㄑㄧ、ㄧㄝㄢˊ、ㄑㄧㄢˊ；ㄨ、ㄣ、ㄨㄣ，ㄎ、ㄨㄣ、ㄎㄨㄣ；ㄑㄧㄢˊ ㄎㄨㄣ」。這是最普通、最原始的方法，稱為正則拼讀法。

2.聲介合符法（聲母與介音合成聲介合符再拼最後的韻）

把聲母與介音先拼成聲介合符的方法，是王照（字小航）在其「官話合聲字母」裡最早使用的，所以又名「王小航法」。例如「家庭」兩字這樣拼音：「ㄐㄧ、ㄧ、ㄐㄧ，ㄐㄧ、ㄚ、ㄐㄧㄚ；ㄊㄧ、ㄧ、ㄊㄧ，

ㄊㄧ、ㄥˊ、ㄊㄧㄥˊ；ㄐㄧㄚㄊㄧㄥˊ」。這種方法的好處是化三拼為兩拼，而且也免除聲符名稱使拼合字音夾雜一個元音的困擾。現在將這種方法所拼成的「聲介合符」列舉如下：

　　齊齒呼：ㄅㄧ、ㄆㄧ、ㄇㄧ，ㄉㄧ、ㄊㄧ、ㄋㄧ、ㄌㄧ，ㄐㄧ、ㄑㄧ、ㄒㄧ。

　　合口呼：ㄅㄨ、ㄆㄨ、ㄇㄨ、ㄈㄨ，ㄉㄨ、ㄊㄨ、ㄋㄨ、ㄌㄨ、ㄍㄨ、ㄎㄨ、ㄏㄨ，ㄓㄨ、ㄔㄨ、ㄕㄨ、ㄖㄨ，ㄗㄨ、ㄘㄨ、ㄙㄨ。

　　撮口呼：ㄋㄩ、ㄌㄩ，ㄐㄩ、ㄑㄩ、ㄒㄩ。

　　3.介音重用法（以聲介合符與結合韻拼合）

　　聲介合符法化三拼為兩拼，雖然有其優點，但是碰到結合韻必須變音的情況，拼出的字音卻不準確，所以蕭家霖提出這種改善的方法。例如「乾坤」兩字這樣拼音：「ㄑㄧ、ㄧ、ㄑㄧ，ㄧ、ㄢ、ㄧㄝㄢˊ，ㄑㄧ、ㄧㄝㄢˊ、ㄑㄧㄢˊ；ㄎㄜ、ㄨ、ㄎㄨ，ㄨ、ㄣ、ㄨㄣ，ㄎㄨ、ㄨㄣ、ㄎㄨㄣ；ㄑㄧㄢˊㄎㄨㄣ」。這種方法比聲介合符法及正則拼讀法都多了一道手續，但是所拼合的字音很正確。是蕭家霖所提出的，所以稱為「蕭家霖法」。

（五）調的拼讀法

　　因為教育部在民國二十四年所頒布的「注音符號印刷體式表」（見頁37）裡，聲調符號標在最末一個注音符號的右上角，使調號除聲母單拼以外永遠跟著韻母走，而其他的譯音符號調號標在主要元音上，所以把聲調先跟韻拼合成帶調的韻非常方便。現在大家都習慣這種「韻母連調法」了。雖然前面所舉的都是這種方法，但是在國語教學的歷史上，曾經用過「逐調呼讀法」，可能現在還有使用過的人在；我們也分別加以說明：

　　1.逐調呼讀法（用陰平調拼合再逐一呼拼字調）

　　在聲、韻拼合時不考慮字調，省去開始拼音時受到字調的干擾；等字音用陰平調拼合以後，再按照「陰平、陽平、上聲、去聲」的順序逐一拼在字音上呼讀，最後確認字調讀出正確的字音。例如「乾坤」兩字要這樣拼音：「ㄧ、ㄢ、ㄧㄝㄢˊ，ㄑㄧ、ㄧㄝㄢˊ、ㄑㄧㄢˊ，ㄑㄧㄢˊ、ㄑㄧㄢˇ、ㄑㄧㄢˋ、二聲ㄑㄧㄢˊ；ㄨ、ㄣ、ㄨㄣ，ㄎㄜ、

ㄨㄣˊ、ㄎㄨㄣ；ㄎㄨㄣ、ㄎㄨㄣˊ、ㄎㄨㄣˇ、ㄎㄨㄣˋ、一聲ㄎㄨㄣ；ㄑㄧㄢˊㄎㄨㄣ」。

　　這樣拼聲調雖然麻煩一些，但是對需要充分練習的學生而言，多練習是有益處的，只是在拼音過程中會出現國音所沒有的字音，是不合理的現象。

　　2.韻母連調法（用連調韻母拼合字音）

　　因為用注音符號標注字音已經規定聲調符號標在最後一個韻母的右上角，所以就把韻、調先行拼合，省去呼讀聲調的麻煩。例如「乾坤」兩字拼音作：「ㄧˊ、ㄢˊ、ㄧㄝㄢˊ，ㄑㄧ、ㄧㄝㄢˊ、ㄑㄧㄢˊ；ㄨ、ㄣ、ㄨㄣ，ㄎㄜ、ㄨㄣ、ㄎㄨㄣ；ㄑㄧㄢˊㄎㄨㄣ」，就是韻母連調法。

第四章　國語變音

　　語言文字實際應用時，不是字字孤立，而是積字成詞、積詞成句的。當積字成詞、成句的時候，兩字之間彼此會互相影響，為了便於發音或易於區別，都會引起變化，這就是語言的變音現象。尤其在白話文裡，雙音節詞比文言文多得多，例如文言的「桌、椅」本為一個字的單音詞，到白話裡就變成「桌子、椅子」的雙音節詞了。在雙音節詞的兩字之間緊密結合以後，往往就更需要變音了。

　　國語字音內部的變音（內在變化）在第三章「國字字音」的第二節講「結合韻變音」時已經說明過了（見頁 47–49），現在來探討兩字之間的外在變化。

　　國語字音外部的變音，主要類別有「同化作用」、「異化作用」及「弱化作用」。

　　所謂同化作用是原本不同的兩個音素，因構詞、組句而緊密連結，彼此適應變成相同的音素（全部同化）或相似的音素（部分同化）。在同化作用裡，前音影響後音就是「順同化」，又叫做「前向同化」，前音受後音影響就是「逆同化」，又叫做「後向同化」。

　　例如：麵包「ㄇㄧㄢˋ [mien] ㄅㄠ」的「麵」字，受到後面「包」的聲母影響說成「ㄇㄧㄇˋ [miem]」；又如「蘋果」的「蘋」本來讀作「ㄆㄧㄣˊ [pʻin]」，受到後面「果」字的聲母影響讀作「ㄆㄧㄥˊ [pʻiŋ]」；這些都是後一個字的音素使前一個字的音素產生變化的，就是「逆同化」。

　　又如：「嫦娥」的「嫦」讀作「ㄔㄤˊ [tʂʻaŋ]」，其尾音是舌面後鼻音，所以使得原來沒有聲母的「娥 [ɤ]」字，變成有舌面後鼻音「ㄫ [ŋ]」作聲母的「ㄫㄜˊ [ŋɤ]」了；又如「弟弟」的第二個字本來讀作「‧ㄉㄧ [ti]」，是不送氣舌尖清塞音，但是實際上講「弟弟」這個語詞時的第二個字是發「不送氣舌尖清濁音」的 [di] 音；這些都是前一個字的音素使後一個字的音素產生變化的，就是「順同化」。

至於「他啊！」的「啊」本為「‧ㄚ」音，與「他」的韻母無異，所以加了「ㄧ」音變成「‧ㄧㄚ」而寫作「他呀！」，這種兩個相同的音素在緊鄰或相當鄰近的位置出現，因為不夠明顯或發音不方便，所以就改變音素或增加音素者，就是「異化作用。」

又例如：「圖書館」一詞的「ㄕㄨ」音，因為處於在中間的音節，所以發得最微弱；「觔斗」本音作「ㄐㄧㄣ ㄉㄡˇ」，因為是慣熟雙音節的語詞，所以說成「ㄍㄣ ‧ㄊㄡ」，甚至有人把字也寫成「跟頭」了。像這種音綴（節）受前後音綴（節）影響而音量變弱、音高升降幅度變小的，就是「弱化作用」。

以下我們將分為「輕重音、輕聲、上聲變調、古入聲字一七八不變調、指示形容詞的連音變化、語助詞的變音、兒化韻變音」等節逐一說明。

第一節　國語字音輕重與輕聲

一語音輕重的現象

輕重音在國語裡是音量、音高和音長的相對變化；這裡的相對變化是指一個人本身說話語音比較性的變化。兩個人說同一句話時，其音量、音高和音長都可能不同，所以要拿兩個人比較是很難拿捏的。

一個人說話中的某一些字、詞，有意的加以加重，是指將該字、詞的音量放大、音高的升降幅度拉大、音長也拖得比較長；反過來說，對於某一些字、詞，有意的加以減輕，就是把該字、詞的音量縮小、音高的升降幅度減少、音長也變得比較短。

為了確實知道某一些字、詞是加重了或是減輕了，我們首先必須研究「不加重、不減輕」是怎麼樣的；我們可以試試下面各組語詞、語句的輕重情況：

第一組、灰心 ：心灰　　　第五組、紅花 ：花紅
第二組、中庭 ：庭中　　　第六組、前門 ：門前
第三組、飛鳥 ：鳥飛　　　第七組、少事 ：事少
第四組、親事 ：事親　　　第八組、便利 ：利便

如果我們把這八組語詞、語句，讓一個不知道要測量什麼的北京人念一遍，錄下音來再拿到機器上測量分析，就會發現：

「灰心」的心比「心灰」的心強；「心灰」的灰比「灰心」的灰強。

「中庭」的庭比「庭中」的庭強；「庭中」的中比「中庭」的中強。

「飛鳥」的鳥比「鳥飛」的鳥強；「鳥飛」的飛比「飛鳥」的飛強。

「親事」的事比「事親」的事強；「事親」的親比「親事」的親強。

「紅花」的花比「花紅」的花強；「花紅」的紅比「紅花」的紅強。

「前門」的門比「門前」的門強；「門前」的前比「前門」的前強。

「少事」的事比「事少」的事強；「事少」的少比「少事」的少強。

「便利」的利比「利便」的利強；「利便」的便比「便利」的便強。

這八組都相同的情況中，尤其是「飛鳥：鳥飛」與「少事：事少」最明顯。這就得到了國音裡「不加重、不減輕」的平常語音輕重是「後一個字（音節）比前一個字（音節）強」的結論。

讓我們再拿「讀死書、讀書死，書死讀、書讀死，死讀書、死書讀」做實驗，會發現：所有放在中間的字，不論是「讀」「書」「死」的任何一個字，都是最輕、短而微弱的，而放在最後的字，都是最強、最長而且最響亮的。這又得到了國音三音節的詞句裡，「不加重、不減輕」的平常語音輕重是「後一個字（音節）最強，中間的字（音節）最弱」的「後強中弱式」之結論。

這種「後強中弱式」就是國音裡詞句輕重的普遍規律。如果與「後強中弱式」不一樣的，顯得比較「輕、短而微弱」的就是輕化，變得「強、長而響亮」的就是加重。

二 國語的重音

如果有一個人從臺北出差一趟臺東，搭火車要六、七個鐘頭，比起到臺中的距離差別很大，但是因為「東」「中」兩字的韻、調完全相同，聲母又都是清聲，聲音輕微弱小，聽起來很容易混淆，所以當他說：「我要出差臺東一趟。」時，會故意把「臺東」的「東」字說得特別強、長而響亮。這是怕人聽不清楚引起混淆而特別加重、變強的情況。

在胡適之先生的〈新生活〉一文裡有「我為什麼要幹這個？為什麼不幹那個？回答得出，方才可算是一個人的生活」一段，「方才可算是一

個人的生活」這句話，如果只按照「後強中弱式」的語調念，實在不知道究竟要談的是什麼；如果要談的是「單身一個人與結婚後的生活」，就可以在「一個」的「一」字特別加重讀音，然而我們從前文，知道適之先生是說「人與非人的生活」，那麼我們應該在「一個人」的「人」字特別加重讀音。朱自清先生的〈匆匆〉一文裡也有一句「像針尖上一滴水滴在大海裡」，也必須把第二個「滴」字特別加重，才能夠讓人明白文句的意義。這與前面「臺東」的「東」字加重有同樣使語句明確的功能。

如果換個問句，則句子裡的某一個字加重，更會有不一樣的結果。例如一個公司裡，男男女女十幾個年輕未婚的同事，其中以老黃最能幹，而張小姐最聰明美麗，他們發展出「辦公室戀情」是很正常的，讓小王、老林羨慕得要命。每到週末前幾天，他們都老早安排了完美的「度假活動」，可是這一次，星期五中午老闆突然召見老黃，面授機宜，要他立刻前往香港辦事；小王眼尖看到了，買了兩張星期六晚上音樂廳的票送給張小姐，然後約定陪她欣賞音樂會；這種「乘人之危」的事，使老林很不舒服，等老黃從香港回來，就加油添醋的向他「告密」，激得老黃向張小姐追問：「妳為什麼陪他上音樂廳去？」假使老黃盛怒之下把開頭的「妳」字加強，張小姐會感受到被指責，很可能自衛性的說：「你管我陪誰上音樂廳！」兩人的感情可能要吹了。如果老黃略加忍耐，把加強的重音放在「他」上，張小姐所感受到的是：朋友受到指責了，也很可能要保護小王而說：「他有什麼不好？人家也是公司裡的同事！」老黃聽了也許會吃醋，後果就很難預料了。聰明的老黃卻很有理智，下班後約了張小姐喝咖啡，把從香港買回來的禮物親手交到張小姐手上，然後很感性的說：「妳為什麼陪他到音樂廳去？」把重音放在「為什麼」上，張小姐感愧之餘，可能回答：「你出差去了，剩下人家一個人嘛！音樂廳……」一片烏雲輕輕飄過後，兩人還是沐浴在春暖花開的氣氛裡。這也是加強重音運用得當的功勞啊！

像這樣，說話時遇到了容易混淆或特別要緊的字詞，必須特別加強其字音，使人聽得明確或者特別注意的，就是「特強重音」。其加重的分量比平常雙音節、三音節的「重音」要顯得「特別」一些，有人就把它叫做「特強重音」。

跟「特強重音」比起來，前面所說的那種「後強中弱式」的重音，

是屬於一般的、平常的語調；這種沒有特別加重某個字、詞之重音的情況，叫做「普通重音」。

　　就一般情況來說：「特強重音」比「普通重音」的音量放得更大、音高的升降幅度也更多、音長顯得比較長。例如一個母親責問其女兒花錢太兇，那女兒理直氣壯地說：「我買了三本書！」時，重音也許還是放在「書」字，不過，那個重音比起一般的普通重音還重，當然也算是「特強重音」。

三 國語的輕聲

　　跟重音相反，輕聲是語音變輕，也就是比較微弱、字調的高低幅度縮小、音長也縮短，一般說來音長只有普通音長的一半，音高幾乎沒有變化。至於輕聲所呈現的語意，也跟重音相反：是不重要的字眼兒，甚至是虛字類的詞尾、助詞。為了便於說明，我們把聲音只變得比較微弱、字調的高低幅度只變得比較小、時間也只變得比較短一些的字音，叫做「比較輕聲」；在實用情況上，這些比較輕聲的字在注音時，不一定注出輕聲，也有人不讀輕聲，所以可以說它是「可輕可不輕」的字或是「非固定輕聲」；其發音特點是把發音器官放鬆、放軟，所以許多學者把它叫做「軟音」。

　　而另外有些輕聲字，聲音變得非常微弱，字調的高低幅度變得幾乎消失而沒有起伏，音長也只剩下普通字音之音長的一半，我們叫它「絕對輕聲」；又因為這些字在注音時一定注出輕聲，說話時非說成輕聲不可，所以也說它是「固定輕聲」。

四 國語輕重音的物理現象及規律

　　從前面的說明可知，國語的輕重音在物理現象上就是音量、音長、音高的變化，也就是重音的音量較大而響亮，音高升降的幅度比較大，聲音的音長也比較長。輕聲則相反，在比較輕聲（可輕可不輕、非固定輕聲、軟音）裡，音量雖然沒什麼變化，音高升降的幅度縮小，音長也略為縮短一些；絕對輕聲（固定輕聲）裡，音長只有普通字音的一半，聲音高低的變化消失，字音顯得輕短微弱，甚至有些還會使其「聲」、「韻」模糊而引起變音現象。

從各級輕重音的比較來說：特強重音比普通重音強，固定輕聲比軟音(比較輕聲)弱。

依照強弱大小的順序排列應是：

特強重音＞普通重音＞軟音＞固定輕聲

國音裡的語詞、語句，在中性語調裡輕重的規律如下：

1.雙音節詞

兩個字組成的語詞，是現代漢語（包括國語以及現代白話作品）最普通的格式，其輕重規律有兩種：

⑴中重格式

例如：說話、做事、清晨、深夜，都是後一個字的聲音比前一個重的「中重」格式。

⑵重輕格式

這是輕聲語詞的規律，例如：桌子、椅子、太陽、月亮、星星，都是後一個字輕讀變成重音前移的「重輕」格式。

2.三音節詞

三個字組成語詞，一般都可以分成前兩個字先結合及後兩個字先結合的構詞方式，其輕重規律則有兩種：

⑴中輕重格式

第一種中輕重格式的是不論前兩個字先結合成語詞或後兩個字先結合成語詞，只要沒有輕讀字，都作這種格式。例如：應用文、圖書館、白花錢、別多心，都是這種中間一個字的聲音最輕的「中輕重」格式。

第二種中輕重格式的是前兩個字先結合成語詞，而且兩字結合即有輕讀的字。例如：豆腐乾（兒）、奶子酒、琉璃瓦、糊塗蟲，因為先結合成輕讀的詞在三音節的中間，所以也是「中輕重」的格式。

⑵中重輕格式

這是後兩個字先結合成語詞，而且兩字結合即有輕讀的字。例如：磨豆腐、陪不是、黑猩猩、老糊塗，都是先結合成輕讀的詞在後邊，讀作「中重輕」格式。

3.四音節詞

四個字的語詞，有一大半兒是成語，而說話中引用的慣熟成語有輕讀的現象，其輕讀的規律有兩種：

(1)中輕中重格式

說話中引用的慣熟成語，產生輕讀的現象後，就形成「中輕中重」的格式。例如：慌裡慌張、柳暗花明、胡說八道，這些是普通第二音節最輕的「中輕中重」格式。

(2)中輕重輕格式

說話中遇到用雙音節動詞重疊以表示試試看的意思的，必須把原雙音節動詞的第二音節輕讀。例如：考慮考慮、研究研究。這一類是特殊構詞情況所造成的，不只四音節裡第二個音節最輕，第四個音節也讀輕聲，把重音向前移成為「中輕重輕」的格式。

五）國語輕聲的調值及符號

輕聲的調值可以從「音長」、「音高」兩方面加以說明：

音長方面：輕聲的調值只有普通字音長度的一半，以普通慢說語❶而言，國語裡每分鐘平均講一百八十個字，相當於每一個字有三分之一秒的時間，那麼輕聲的字就只有六分之一秒的時間了。

音高方面：輕聲的調值雖然不再有高低起伏，但是還有其音高存在，而且也有些不同。如果我們很快的念著「桌子、盤子、椅子、筷子」四個詞，念順口以後把「桌、盤、椅、筷」四字的聲音降低、最後甚至不念它們，就會覺得這剩下的四個「子」的聲音有著高低的不同。經過實驗研究，發現輕聲字音高的不同，與其本身字調的類別無關，而是決定於它的前面那一個字（習慣上是中、重級的字音）字音的調類，例如「桌子、盤子、椅子、筷子」的「子」決定於其前面的「桌、盤、椅、筷」諸字。結論是這樣的：

1.平聲字之後讀中短調三度

因為平聲字尾音在最高的第五度，緊接輕聲讀第三度，從五度到三度是下降的，聽起來像是下降的去聲，所以「挑剔、親戚、玫瑰」的「剔、戚、瑰」本來是陰平調，卻有許多人誤作去聲調了。

---

❶ 普通慢說語是平常教師在教室裡上課或演說者對五十至八十人的群眾演講的語速，比會話時的語速稍慢一些。各種語言的語速不同，用中文（例如國語、閩南語、客家話）演講或上課時，每分鐘大約講一百八十個字，平均每秒鐘講三個音節。至於日語比較快，每分鐘大約講三百個音節。

2.上聲字之後讀次高短調四度

在上聲字之後的輕聲字，讀為次高短調的第四度。因為上聲字後再有別的音節時，高揚至第四度的尾音消失，而其後的輕聲升至第四度，所以聽起來成為高而平的調子，很像國音高平調的陰平；有些人把「耳朵」的「朵」讀成陰平調，可能是輕聲的誤讀。

3.去聲字之後讀低短調一度

在去聲字之後的輕聲字，讀作低短調的一度。因為去聲字尾音在最低的第一度，其後面的輕聲字卻又保持在最低的第一度，使人誤以為還是去聲調，所以有些人會把「氣氛、意思」的「氛、思」誤讀作去聲字。

4.輕聲字後之輕聲讀更低一度

在輕聲字之後的輕聲字，讀得比前面輕聲更低一度。在國音裡，如：「多著呢！好了啊！人家的啊！」都是兩個或兩個以上的輕聲字連用的，這種情況輕聲字字音已很短，聲音也微弱，音高也就越來越低，如果前一個是上聲調（如：好了啊！），其後的輕聲讀次高短調的第四度，這個最後面的輕聲（啊）就讀中短調的第三度；如果前一個是平聲字（如：多著呢！），其後的輕聲字讀中短調的第三度，這個後面的輕聲（呢）就讀次低短調的第二度；如果前一個是去聲字（如：綠的啊！），其後的輕聲字讀低短調的一度，這個後面的輕聲（啊）就讀比低短調一度更低一些了。

至於輕聲調號，在注音符號裡是以一個圓點「‧」，標在注音符號的最前面。例如：桌子注作「ㄓㄨㄛ ‧ㄗ」。國際音標則在座標後面加上「‧」點，跟四聲調勢線條加在座標直線之前不一樣；譯音符號裡，漢語拼音不標聲調符號，有必要時可以加「‧」在字首之前方。其他譯音系統也各不同，本書從略不論。

六 輕聲的運用

輕聲是語音弱化的結果，至於其功用，基本上是調整語句中字詞的輕重以適合生理需要、省時省力以提高信號效率，變化輕重增加語音的美感。所以，當一個字單獨出現的時候，除非是輕聲產生後再合音而造的新字（如「的啊」兩字合成「吶」），單單一個字是不會說成輕聲字的；在詞句的開頭第一個字，也不會說成輕聲；又因為輕聲純是口語某些字

音弱化的結果，所以只有口語、白話才有輕聲，文言文、古詩詞（包括唐宋近體詩）是不應該讀成輕聲的，戲曲中多為文言也絕少輕聲。

　　口語中相沿成習的輕聲詞，用慣了以後，卻產生改變詞性、特定詞義的功能，這一種改變詞義或詞性的輕聲詞，對於非標準語區的人是一大負擔，但是既然要有標準的「規範」，這是非學習不可的功課，只好從文獻（如《國語辭典》、《重編國語辭典》）中詳細查閱。底下分項列舉比較常用而易於誤解者數條以供參考：

1.區別詞義的輕聲

　　語詞字面相同，讀輕聲與不讀輕聲詞義有別；一般說來，是因為詞義專門化、特定化而生別義作用。

買　賣 ㄇㄞˇ ㄇㄞˋ：（法律）以金錢的給付達到財產權轉移的行為。

　　　　ㄇㄞˇ ·ㄇㄞ：商業上的交易，即做生意，如「他在街頭擺個書攤，做小買賣過活。」

地　方 ㄉㄧˋ ㄈㄤ：(1)區域。(2)指本地。(3)對國家或中央而言，如地方官、地方稅。(4)處所，如「你住在什麼地方？」(5)某部分，如「他說的話有些地方是錯的。」

　　　　ㄉㄧˋ ·ㄈㄤ：地保的俗稱。

地　道 ㄉㄧˋ ㄉㄠˋ：(1)地下隧道。(2)地的道理。

　　　　ㄉㄧˋ ·ㄉㄠ：真實、不虛偽，如地道貨；或作道地。

東　西 ㄉㄨㄥ ㄒㄧ：東方與西方，如「東西文化文流。」

　　　　ㄉㄨㄥ ·ㄒㄧ：(1)物品，如買東西。(2)譏罵人的話，如「你是什麼東西？竟敢如此放肆！」

告　訴 ㄍㄠˋ ㄙㄨˋ：（法律）被害者向法院告發，稱為告訴。

　　　　ㄍㄠˋ ·ㄙㄨ：通知，如「請你告訴他準時與會。」

姑　娘 ㄍㄨ ㄋㄧㄤˊ：姑母的俗稱。

　　　　ㄍㄨ ·ㄋㄧㄤ：(1)未出嫁的女子。(2)父母對女兒的稱呼。(3)稱別人的女兒。(4)稱妓女；亦稱姑娘兒。(5)稱妾。

下　水 ㄒㄧㄚˋ ㄕㄨㄟˇ：(1)（造船）當船殼建造主要工程完成後，將船體移至水中的過程，稱為下水。(2)入水，如下水游泳、下水捉魚。(3)船行順流

而下。⑷放水使下。⑸比喻被誘入歧途，指嫖賭等，如拖人下水。⑹衣服或衣料入水洗濯，稱為下水。

ㄒㄧㄚˋ‧ㄕㄨㄟ：牲畜的內臟，如豬下水。

兄　弟　ㄒㄩㄥ ㄉㄧˋ：⑴同胞先出生的男子為兄，後出生者為弟。⑵猶族親。⑶稱同姓為兄弟。⑷謂婚姻嫁娶。⑸星相家十二宮之一，主兄弟之事。

ㄒㄩㄥ‧ㄉㄧ：⑴稱呼弟弟。⑵稱親朋同輩年少的人。⑶對人自稱的謙詞。

四　海　ㄙˋ ㄏㄞˇ：⑴古代認為中國四周環海，因而稱四方為四海。⑵（中醫）為髓海、血海、氣海、水穀之海的總稱。

ㄙˋ‧ㄏㄞ：指人的性情豪爽慷慨，如「為人極其四海。」

2. 區別詞性的輕聲

語詞字面相同，讀輕聲與不讀輕聲詞性詞義有別。

語詞讀輕聲是「弱化」的結果，至於「區別詞性、區別詞義」則是後來的使用習慣使然；而且「區別詞性」往往跟「區別詞義」同時發生，「人家」就是一個典型的例子。「人家」一詞詞義的區別如下：

人　家　ㄖㄣˊ ㄐㄧㄚ：⑴人的住宅，如「幾戶人家」。⑵別人的家宅。⑶門第、家世，如「清白人家」、「富貴人家」。⑷家人從事的職業，如「務農人家」、「作苦工的人家」。⑸妻室。⑹尊稱，如「你老人家好」。

ㄖㄣˊ‧ㄐㄧㄚ：⑴別人，如「人家的事妳不用管」。⑵稱呼他人，略含敬重的意思，如「人家可不能像你那麼胡說」。⑶對人稱自己，如「你成天拿這話氣我，只顧你心裡痛快，不問人家心裡怎麼難過」。⑷表身分之詞，常附在人稱名詞的後面，如「男人家」、「女人家」、「婦道人家」、「女孩兒人家」。

我們再來檢視輕讀與本調兩類詞義，不讀輕聲的人家（ㄖㄣˊ ㄐㄧㄚ）是個名詞，但是讀成輕聲的人家（ㄖㄣˊ‧ㄐㄧㄚ），就很不一

樣了。「人家的事妳不用管」的「人家」相當於「他」或「他們」，是變成「代名詞」了；「人家可不能像你那麼胡說。」的「人家」也相當於「他」或「他們」；「………不問人家心裡怎麼難過。」的「人家」則相當於「我」，如果再找個例句「原來是你呀，差點兒沒把人家嚇死！」還可以體會出其中含有親熱、俏皮的意味，大半是「女子」的口吻。至於「表身分之詞」的「人家」跟「家人從事的職業」對比，就知道「務農人家」的「人家」是有「真正的家」做單位的，「女人家」、「婦道人家」的「人家」是無形體的，只是「類別稱代」的作用。所以，不論是「別人」還是「自己」的「人家」，都是「代名詞」，改變其原為名詞的詞性了。

其他還有：「扶手」的「扶」是及物動詞，「手」是名詞，做扶的動作對象，扶手為扶著手之義；變音作「ㄈㄨˊ　˙ㄕㄡ」則為「供手扶用的器具或設備，如拐杖、樓梯旁的欄杆、轎前的木板。」「打手」的「打」是及物動詞，「手」是名詞，做打的動作對象，打手為打人的手之義；變音作「ㄉㄚˇ　˙ㄕㄡ」則為「受人雇用、幫人打架的人。」「先生」的「生」是動詞，為出生之意，先生就是先出生。變音作「ㄒㄧㄢ　˙ㄕㄥ」則有「(1)對一般人的尊稱。(2)妻子對他人稱自己的丈夫。(3)對老師的尊稱。(4)對父兄的稱呼。(5)稱年長或有道德的人。(6)稱有醫卜星相各種技能的人，如『算命先生』。(7)稱管賬的人，如『賬房先生』。(8)別號的連用語，如『晉陶潛別號五柳先生』。(9)元代稱道士為先生。」諸譯，其生字已經不是動詞，而是與先結合成名詞了。

3.美化音節、活潑語調的輕聲

為使語言活潑、優美，可輕可不輕的種類有下列數種：

(1)常用三音節語詞或語句的中間字，如：財神爺、豬八戒、圖書館。

(2)常用合義複詞的末尾字，如：燒餅、木匠；商量、喜歡。

(3)表示時間的量詞，如：今年、昨日、五月、後天。

(4)名詞或指稱詞後的方位詞，如：天上、底下、屋裡。

(5)四言成語的次音節，如：舒舒服服、甜甜蜜蜜、柳暗花明。

(6)助動詞，如：上去、下來、懂得。

(7)嘗試性疊字動詞的次音節，如：說說、玩玩、想想、試試。

(8)嘗試性動詞之間的「一」或「不」字，如：玩不玩、玩一玩。

習慣上必須說成固定輕聲的類別有下列數種：

⑴雙音節重疊以表示嘗試意義之動詞的第二及第四音節，如：考慮考慮、研究研究。

⑵衍聲複詞之名詞的次音節，如：琉璃、蘿蔔、喇叭、茉莉。

⑶詞尾，如：他們、泥巴、李子、念頭；多麼；喝著、來了。

⑷助詞，如：我吃了、真好玩啊、你好嗎、還多著呢。

⑸介詞，如：我的筆、慢慢兒地玩。

⑹疊字名詞，如：猩猩、蛐蛐。本類之中屬於兒童用語的詞，如：「蛋蛋、車車、球球、飯飯、包包」等為例外，不可輕讀。

⑺疊字稱呼詞，如：媽媽、爸爸。本類之中非北京語詞者，如：「嫂嫂、寶寶、嬸嬸」等為例外，仍可不輕讀。

⑻作數量詞的「個」：三個、十個、五個、六個。

第二節　上聲變調的分析與條例

一 上聲變調的原因與現象

　　國音與各國語言最大的不同是聲調，而聲調在物理上是音波頻率變化的曲線。國音四種字調是聲帶鬆緊變化形成的，由於動作的難易度不一，所以四聲字音的長短也有不一樣。去聲的51：聲帶由最緊的第五度放鬆到最鬆的第一度，聲帶只要放鬆的動作最容易，所以去聲是四聲裡字音最短的；陰平的55：聲帶持續保持在第五度最緊的狀態也很容易，只是比放鬆費力一些，所以陰平調是四聲裡字音次短的一個；陽平的35：聲帶從半緊的第三度拉緊到第五度最緊的情況，兩條環甲肌相當用力才能夠使環狀軟骨朝甲狀軟骨傾斜而拉緊聲帶，所以更需要時間，使陽平調成為四聲裡字音次長的一個；上聲調的214：聲帶從相當鬆的第二度放鬆到最鬆的第一度，然後拉緊到相當緊的第四度，因為這是兩個方向相反的動作，所需要的時間最長，使上聲調成為四聲裡字音最長的一個。據測量，上聲調的音長比別的聲調多大約四分之一個音長，以語速每秒三個音節來算，它比其他聲調長十二分之一秒（約八十毫秒）。

　　在國音的平常重音「後強中弱式」裡，最後一個字聲音發得最長，中間、前邊的字音發得都短。這種規律如果跟四聲長短配合得好，最長

的上聲調放在最後的字，則上聲音長正好發揮長處，可以保持著完完全全的上聲調值 214：；但是國音裡的詞句，上聲做尾音者少，其他聲調做尾音者很多，那使得兩條規律衝突，就必須改變聲調以符合「後強中弱」的原則，產生上聲字變調的現象。

當我們說「好書、好人、好事」時，「好」字並沒有發出 214：的調值，很明顯的為了要比第二音節短，只好「削足適履」的省略高揚到第四度的部分，這是第一種上聲變調的現象。當我們說「下一場好雨」時，「好雨」說得像「豪雨成災」的「豪雨」；說「李廣」時，也聽得像「黎廣」，「淺水」也說得像「潛水」，「美髮」更說得像「沒髮」了，這又是另一類上聲變調的現象 ❶。

二）雙音節上聲變調現象分析與規律

前一節談輕重音時，我們在試驗音節長短曾用兩組有上聲字調的例子：「第三組、飛鳥 ：鳥飛」與「第七組、少事 ：事少」。當我們說「飛鳥」、「事少」時是上聲字放在末尾，讀出完全的 214：，這個原來的字調完全發出來就叫做「全上」；而「鳥飛」、「少事」的「鳥」、「少」，以及「好書」、「好人」、「好事」的「好」字，都沒有讀出完全的 214：，只讀出前面部分而成 211：調值，省略了尾音上升到第四度的聲音，以配合雙音節中前一個音節聲音比較短的規律，這個只前面部分的 211：調值，就是「前半上」，其調號作「˩」 ❷。

現在我們再把「鳥」、「少」合成一個詞，不論「鳥少」或「少鳥」，說起來都必須使前一個音節縮短，但是卻不是 211：，而是省略上聲調開頭成 114：，這個剩下後面部分的上聲字音就叫做「後半上」。「後半上」的 114：聽起來是上升的調勢，跟陽平調 35：方向類似，猛然一聽是分

---

❶ 齊鐵恨認為「美髮」與「沒髮」仍有差別，細究其差異屬於韻尾元音之異者多，音調高度之區別者難以察覺。詳見臺灣師大文學院民國七十三年六月發行，《教學與研究第六期》，頁 259–262，張正男〈論上變陽平與後半上之異〉一文。

❷ 半上調號今作「˩」，早期諸先進學者各有創舉，可參閱張博宇老師編著，臺灣書店民國五十九年四月發行，《國語教學的理論和實際》，頁 264。各家之符號皆因印刷時必須另行刻字而難以通用，自從鍾露昇《國語語音學》創用「˩」為半上（前半上）調號、上變陽平直接做陽平調號「ˊ」，頗符合調型；及電腦發明，以角號「˩」為半上調號輸入簡便，因此半上之調號作「˩」已可定案。

辨不出的，所以「後半上」原本的 114：的調值與陽平 35：的調值混淆了，就把它當做 35：，久而久之，大家不細察它原本是「後半上」的 114：，這就形成「上變陽平」的情況了。說到這裡，我們對於「好雨」說成「豪雨」、「李廣」說成「黎廣」、「淺水」也說得像「潛水」，也就不會覺得奇怪了。

當「後半上」變成陽平調，與其相對的「前半上」也就省稱為「半上」了。所以，最後兩個上聲字變調的現象成為在上聲字之前的上聲字變做陽平調，在不是上聲字之前的上聲字變做半上。簡單的說：

上連上，前上變陽平；上連非上，上變半上。

這就是雙音節上聲變調的規律。

三）上聲字在輕聲前的變調

假使上聲字之後是輕聲字又要怎麼變調呢？

在輕聲字裡頭，我們分成一定讀輕聲的「絕對輕聲」與可輕可不輕的「比較輕聲」兩大類，現在我們要處理上聲字在輕聲前的變調，就跟輕聲字的類別有關。如果輕聲字是「絕對輕聲」，我們把它歸屬於「非上聲」看待；如果輕聲字是「比較輕聲」，我們把它回復本調，根據「雙音節上聲變調的規律」處理。例如：「小姐」是常用合義複詞，屬於「比較輕聲」，我們把「姐」回復本調；因為「姐」字是「上聲」，「上連上，前上變陽平」，所以「小姐」讀作「ㄒㄧㄠˊ・ㄐㄧㄝ」。

「買賣」是常用合義複詞，屬於「比較輕聲」，我們把「賣」回復本調；因為「賣」字是「去（非上）聲」，「上連非上，上變半上」，所以「買賣」讀作「ㄇㄞˇ・ㄇㄞ」。

「好的」的「的」是形容詞詞尾或助詞，屬於「絕對輕聲」，我們把「的」歸屬於「非上」；因為「上連非上，上變半上」，所以「好的」讀作「ㄏㄠˇ・ㄉㄜ」。

「手裡」的「裡」是「名詞後的方位詞」，屬於「比較輕聲」，我們把「裡」回復本調；因為「裡」字是「上聲」，「上連上，前上變陽平」，所以「手裡」讀作「ㄕㄡˊ・ㄌㄧ」。

其他如「老鼠、勉強、可以、走走，耳朵、好了、眼睛、腦袋、打聽、喜歡、躺下、腳上」，雖然變音結果不一樣，但是它怎麼變音，也都

是有其道理的。

四）多音節上聲連讀變調規律

　　三個上聲字連續成詞句或三個以上的上聲字連讀要怎麼變音呢？

　　其實我們也都可以根據「上連上，前上變陽平；上連非上，上變半上」的規律處理，只要能夠把詞句組成情況分析清楚就不難了。例如：「米老鼠」是卡通人物，因為「老鼠」這個有詞頭的詞先合成而讀作「ㄌㄠˊ（˙）ㄕㄨˇ」，所以最後加上「米」的時候接在陽平「ㄌㄠˊ」之前，使「上連陽平（非上），上變半上」，「米老鼠」讀作「ㄇㄧ└ ㄌㄠˊ（˙）ㄕㄨˇ」。「老鼠屎」是老鼠拉出的屎，也因為「老鼠」這個詞先讀作「ㄌㄠˊ（˙）ㄕㄨˇ」，所以最後面加上「屎」的時候，必須把「鼠」字回復本調作上聲，「上連上，前上變陽平」，「老鼠屎」就讀作「ㄌㄠˊ（˙）ㄕㄨˊ ㄕˇ」或「ㄌㄠˊ ㄕㄨˊ ㄕˇ」了❸。

　　這種變音過程，以簡單的符號示意如下：

　　1. A+(B+C)：ˇ ＋（ˇ ＋ ˇ）＝ ˇ ＋ ／ˇ ＝└／ˇ（米老鼠）
　　2. (A+B)+C：（ˇ ＋ ˇ）＋ ˇ ＝ ／ˇ ＋ ˇ ＝ ／／ˇ（老鼠屎）

　　其他如「好幾種」、「比你早」，「有幾種」、「請儘早」應該怎麼變音，也都可以按照這個規律推演。如果遇到構詞不相同的時候，詞義會有區別，讀法也不一樣，如「小米果」指小塊的「米果」讀作「ㄒㄧㄠ└ ㄇㄧˊ ㄍㄨㄛˇ」，指「小米」為原料做成的則讀作「ㄒㄧㄠˊ ㄇㄧˊ ㄍㄨㄛˇ」，變調不同竟然可區別詞義了。

　　至於更多的四個字、五個字、六個字……都無出於此規律之外者。如「老馬往北走」可以分析為「老馬」「往北走」，再分析為「往北」「走」，所以「老馬往北走」變調以後讀作「ㄌㄠˊ ㄇㄚˊ └ ㄨㄤˊ ㄅㄟˊ ㄗㄡˇ」。「找老馬買美酒」可以分析為「找老馬」「買美酒」，再分析為「找」「老馬」「買」「美酒」，所以「找老馬買美酒」變調後讀作

❸　老鼠屎：「老鼠屎」原始變音應讀作「ㄌㄠˊ（˙）ㄕㄨˊ ㄕˇ」，因為「ㄌㄠˊ（˙）ㄕㄨˊ ㄕˇ」裡「ㄌㄠ」陽平尾音為五度，再接「ㄕㄨ」尾音還是五度，念快會使得最高的第五度平線代替陽平35，所以有人把「老鼠屎」讀作「ㄌㄠˊ ㄕㄨ ㄕˇ」。詳見趙元任，《中國話的文法》，丁邦新譯本，第十七頁。

「ㄓㄠˋㄌㄠˊㄇㄚˇㄇㄞˋㄇㄟˊㄐㄧㄡˇ」或「ㄓㄠˋㄌㄠˊㄇㄚˇㄇㄞˋㄇㄟˊㄐㄧㄡˇ」。

其他如「找總統府」是「A+[(B+C)+D]」,「買紙雨傘」是「A+[B+(C+D)]」,「等你好久」是「(A+B)+(C+D)」,「好幾種米」是「[(A+B)+C]+D」,「小土狗死(了)」是「[A+(B+C)]+(D+E)」,按照這個規律都很容易判定該怎麼讀了。

第三節　一七八不變調的介紹

一古入聲字「一七八不」變調的現象

近古音(大約唐朝、宋朝之時,十三世紀以前)中國話的入聲字,是指以塞音為韻尾的字音,像閩南語、廣東話等南方方言的「一、六、七、八、十、百、億」這些數字,尾音都無法拉長,就是入聲字「塞音韻尾」的關係;到了北音「入派三聲」❹以後,入聲的塞音韻尾消失,轉成元音韻尾的陰聲韻或無韻尾的陰聲韻,字調隨其聲紐(聲母)而變化,分別歸入平(陰平與陽平)、上、去三類的聲調裡。但是「一七八不」這四個字,可能是常用而變化比較多,成為「入派三聲」條例的「例外字」;再由於「弱化」的結果,竟然要隨著其後面緊連的字音而讀不同的

---

❹　入派三聲的調類分配,其情況是有規律的;據《國音標準彙編》轉錄常用字彙說明五說:「凡舊韻書的入聲字,北平音都分配在這四聲之中。其分配之條例是與聲紐有關的。現在就唐宋之三十六字母說明其分配之條例如下:

A.幫非端知見精照七母⋯⋯⋯⋯⋯⋯⋯⋯陽平
B.滂敷透徹溪清穿七母⋯⋯⋯⋯⋯⋯⋯⋯去
C.並奉定澄群從床七母⋯⋯⋯⋯⋯⋯⋯⋯陽平
D.明微泥娘疑五母⋯⋯⋯⋯⋯⋯⋯⋯⋯⋯去
E.心審曉三母⋯⋯⋯⋯⋯⋯⋯⋯⋯⋯⋯⋯去
F.邪禪匣三母⋯⋯⋯⋯⋯⋯⋯⋯⋯⋯⋯⋯陽平
G.影喻來日四母⋯⋯⋯⋯⋯⋯⋯⋯⋯⋯⋯去

北平讀大多數的舊入聲字,都是合於這個條例的,但也有很少數的字在例外。此外還有讀上聲的,這是因為元代的北平音把 ABE 三組的字都歸入上聲(看《中原音韻》),現在還有一小部分字未變舊讀之故。各組中又都有讀陰平的字,這是近代的新趨勢。」

聲調，例如「一天、一年、一首、一位」、「七仙、七情、七本、七樣」，
「八珍、八錢、八寶、八字」，「不說、不來、不准、不妙」，每一組讀起
來都在最後去聲前的「一七八不」讀高揚的陽平調，這就是國音裡「一
七八不」變調的現象。

二 古入聲字「一七八不」變調的規則

　　「一七八不」這四個字，雖然是「入派三聲」條例的「例外字」；但
是它們不同的聲調，必定隨著後面緊連的字音而變化，是有規律可循的。
我們分析之後發現：

　1.獨用、詞句末尾讀本調。

　　在不能弱化的單字獨用或詞句末尾的音節，「一七八」這三個字的本
調為陰平，而「不」字的讀本調為去聲；例如「一、二、三」的「一」
讀作陰平調「丨」，「七、八、九」的「七」、「八」也分別讀作陰平的
「ㄑㄧ」、「ㄅㄚ」，「要嗎？不。」的「不」讀作去聲「ㄅㄨˋ」；這都是
單獨使用的情況。又如：「唯一」、「統一」的「一」也讀作「丨」，「三七」
（植物名）的「七」讀作「ㄑㄧ」，「臘八」的「八」讀作「ㄅㄚ」，「來
不？」、「好不？」的「不」都讀作「ㄅㄨˋ」；這些都是用在詞句末尾的
情況。

　　而「一七八」三個都是數目字，與別的數目字並列時也視同獨用，
應該讀本調；例如在「一九一八年、一九一一年、一八七○年、一七七
六年」等年代，都必須讀陰平調的「丨、ㄑㄧ、ㄅㄚ」。

　　我們再比較「一盅酒」的「一」與「第一中學」省稱「一中」的「一」
有不同，「養了八字鬍子」「八字腳」的「八」跟「排八字兒」的「八」
也有不同，「你敢說個不字！」跟「很不自在」的「不」字更有差別；就
知道這些不變音而讀本調的「一七八不」，是因為它們在語句裡照「後強
中弱」的輕重規律，都處於語句重音的位置，居於重音位置的字讀其本
調，雖然不像上聲字音長最長而適得其所，但也是不容置疑的；所以我
們可以說：上聲變調與「一七八不」的變調，都是語音弱化作用所形成
的，不是弱化的音節是不會變調的。

　2.非去聲字之前的「不」字一律讀去聲。

　　「不」的字音本來就是「ㄅㄨˋ」，非去聲字之前的「不」字一律讀

去聲，只是保持原調並沒有變音。在四種國音字調裡，去聲只需將聲帶放鬆，發音動作最為容易，其音長成為最短的一個，而「雙音節詞在普通重音裡為『中重』格式，在輕聲詞是『重輕』格式」。（見頁64）「中重」的前一個字音應該比後一個短，讀去聲的「不」字正符合這條規律，所以不必變調。例如：「不說、不來、不准」三個「不」字都讀「ㄅㄨˋ」音，「說不說、來不來、准不准」三個「不」字也讀「ㄅㄨˋ」音，也是因為它們所居位置的輕重規律要求，跟本調字音輕重完全相符，所以不必變音。

　　3.去聲字之前的「不」字一律變音讀陽平調。

　　　趙元任曾提出「去聲加去聲時，頭一個去聲並不降到最底」（《中國話的文法》，丁譯本頁十七），雖然他沒有堅持，但是也給我們一個重要的啟示：去聲調值降到說話音域的最底部，不利於相連，在其他條件促成下容易起音變。現在原為入聲變成本調去聲的「不」字面臨這種情勢，採取了「異化」的變音路線，將聲音提高以利後面去聲字起音（在音域之高點）的需要，所以變成了35：的陽平調。例如：「不對、不用、不是」三個「不」字，都會變音讀作「ㄅㄨˊ」，「對不對、用不用、是不是」三個「不」字也變音讀作「ㄅㄨˊ」，就是兩個去聲字連接時前一個去字為較弱之音節而「異化」的結果。至於為什麼別的古入聲字不會這樣變，則仍待我們繼續探究❺。

　　4.非去聲字之前的「一」字變讀去聲。

　　　「一」是數目字的第一個字，其出現頻率相當高；而本來在《廣韻》作「於悉切」，「於悉切」今音讀齊齒呼「ㄧ [i]」卻有四種聲調。讀陰平只是近代的新趨勢❻，讀去聲也是合理的。例如：「一張、一條、一碗」，

---

❺　為什麼「不」字會在去聲字之前變讀作陽平調，而別的入聲字儘管後接去聲字並不「異化」成陽平，還有別的條件。語音「異化」作用必須有相當條件，這些條件的有無，決定了「不」字會變讀作陽平調：原來「不」字在《廣韻》裡有「下平十八尤韻甫鳩切」「上聲四十四有韻方久切」「入聲八物韻分勿切」三音，依照切語甫鳩切音ㄈㄡ、方久切音ㄈㄡˇ、分勿切音ㄈㄨˋ，而國音的「ㄅㄨˋ」音是從《韻會》入聲月韻「逋沒切」或《切韻指掌圖》入聲沒韻幫母而來的。「不」的字義與「弗」相近似，所以才有混淆「異化」成陽平調的可能。

❻　「一」字在《廣韻》列在「入五質韻於悉切」是「影母」字，國音裡別的入聲

這三個「一」字都讀作「ㄧˋ」,「買一張、貼一條、剩一碗」還是都讀作
「ㄧˋ」。

　　5.去聲字之前的「一」字一律變讀陽平調。

　　「一」字按照古入聲變音條例是讀去聲的❼,跟「不」字條件一樣,
尤其是「不、一」兩字常常加在疊字嘗試性動詞的中間,如「說說、嘗
嘗、想想、試試,算算、做做、看看」,都可以中間加「不」字,也可以
中間加「一」字;因為「說不說、嘗不嘗、想不想、試不試」的「不」
字,前三個在非去聲之前讀去聲,第四個在去聲之前讀陽平,那麼「說
一說、嘗一嘗、想一想、試一試」的「一」字,也就跟著前三個非去聲
之前讀去聲,第四個去聲之前讀陽平了。當「一」字遇到去聲字受「不」
字所感染起「異化」作用變讀作陽平調後,就可能更擴散到所有去聲調
之前,例如「一對、一片、一件」的「一」也都讀作「ㄧˊ」,「買一對、
來一片、穿一件」的「一」也都讀作「ㄧˊ」;可能這些變調完成後,「一」
字才把「獨用、重音節」變入陰平調。

　　6.非去聲字之前的「七」、「八」兩字都仍讀陰平。

　　如果照「入派三聲」的規律,「七」字是清母該讀去聲,「八」字是
幫母該讀陽平;但是這些入聲字改讀陰平調是近代的新趨勢,所以它們
既然隨著「流行」走,在非去聲字之前的仍讀陰平,是理所當然的。例
如「七天、七年、七首」都讀作「ㄑㄧ」,「八仙、八德、八寶」都讀作
「ㄅㄚ」。

　　7.去聲字前的「七」、「八」字變讀陽平調。

　　「八」字是幫母入聲字,照「入派三聲」的規律應該讀陽平,改讀
陰平調只是近代的新趨勢,有些不趕流行的當然有讀陽平的可能,造成
分歧現象;這時受到「不」、「一」兩字在去聲字前變讀陽平調的感染,
陽平調就保留在去聲字前的情況使用了。至於「七」字,常常跟著「八」
字出現,也就受它的影響變讀陽平調了。例如「七樣」、「八歲」都讀作
陽平「ㄑㄧˊ」、「ㄅㄚˊ」而非陰平。

　　「影母」字歸入去聲,所以「一」字本調陰平是「例外」情況,讀「去聲」反
　　而是「合於常情」的,把「例外」發生時間定在完成其他變調之後,對這些變
　　調現象可以作比較合理的解釋。

❼　同❻。

8.輕聲字前的「一七八不」，按照輕聲字的本調，決定其音讀。

「入派三聲」跟「語音弱化輕讀」這兩種語音演變，並不是同時完成的，「入派三聲」早於「語音弱化」，所以我們必須把跟在「一七八不」之後的輕聲字回復本調，再照著「一七八不」前面七項規則變音。例如「一個、七個、八個」，因為「個」本音是去聲「ㄍㄜ丶」，所以「一七八」三字都讀陽平調。又如「不了」，因為「了」的本音是上聲「ㄌㄧㄠˇ」，所以「不」字讀去聲「ㄅㄨ丶」。

9.重疊字動詞中之「一」、「不」仍照規律變音。

夾在重疊動詞中的「一、不」，雖然讀成軟音，但是仍要符合於變調的規律。軟音只是稍微弱化，仍然聽得出調勢的高低起伏，所以還應該保存「一七八不」各自應讀的聲調。例如「說一說、玩一玩、想一想、試一試」，前三個「一」讀去聲「ㄧ丶」，最後一個「一」讀陽平「ㄧˊ」；「通不通、成不成、久不久、要不要」，也是前三個「不」讀去聲「ㄅㄨ丶」，最後一個「不」讀陽平「ㄅㄨˊ」。

第四節　這那哪的變音

一）「這那哪」變音的現象

「這那哪」三字，除姓氏、譯音、助詞以外，見錄於《重編國語辭典》的音義如下：

1.這

ㄓㄜ丶：⑴[代名詞] 指示代名詞，同文言的「此」。⑵[副詞] 即刻、馬上。⑶[助詞] 句中語氣助詞。所收辭條有十六條。

ㄓㄟ丶：[代名詞]「這一」兩字的合音。所收辭條有七條。

2.那

ㄋㄚ丶：[形容詞] 指示詞，指遠處，反之作這。其下收錄詞條除去譯音詞「那霸、那不勒斯」等條以外，合義詞有十七條。

ㄋㄜ丶：ㄋㄚ丶之語音又讀，如那麼、那麼樣等。《國語辭典》原版還列舉「那麼樣、那們」兩詞。其下皆未收詞條。

ㄋㄟ丶：[代名詞] 單數遠指詞，為「那（ㄋㄚ丶）一」的連音成ㄋㄞ丶，

再轉成ㄋㄟˋ。其下收錄詞條有十四條。

　　ㄋㄚˇ：[副詞] ⑴疑問或詰問詞，猶何。⑵猶怎。下收錄十七條詞條。

　　ㄋㄟˇ：同哪。未收詞條。❽

　3.哪

　　ㄋㄚˇ：[副詞] 疑問詞，同「那」，如哪知、哪能。未收詞條。

　　ㄋㄟˇ：[助詞] 疑問詞，由「哪（ㄋㄚˇ）一」連音成ㄋㄞˇ再轉成ㄋㄟˇ，只列例句「新來的李先生是哪位？」未收詞條。《國語辭典》原註「哪ㄋㄟˇ：詢問詞，蓋『哪（ㄋㄚˇ）一』之合」。

　　《國語一字多音審訂表》歸併時刪去合音字以外，亦刪去「那字又讀ㄋㄜˋ音」。《現代漢語詞典》於「ㄋㄞˇ」音收「哪（那）」註「ㄋㄚˇ的口語音。」此音未見於《重編國語辭典》、《國語辭典》、《國語一字多音審訂表》諸書。

　　從這些辭典字書可歸納出：「這有ㄓㄜˋ、ㄓㄟˋ兩音」、「那有ㄋㄚˋ、ㄋㄟˋ兩音」、「那（哪）有ㄋㄚˇ、ㄋㄟˇ及ㄋㄞˇ三音」，都用「一字音義各有不同」的方式處理，而且其第二音都由第一音與「一」合音而來。

　　在我國的文字中，合音字自古有之，例如：「不可」合成「叵」、「之焉」合成「旃」、「之乎」或「之於」合成「諸」等都是，而語體文裡更有「不用」合成「甭」、「不需要」合成「不消」、「的啊」合成「吋」、「了啊」合成「啦」、「的喔」合成「哆」、「了誒」合成「唡」的例子；現在要把「這那哪」三個字分別與「一」合音作一個字，當然是「有例可援」的；但是，是否「有理可通」則尚須研究。

　　「這」、「那」、「哪」三字的詞性，既可以作指示定詞，也可以作指示代名詞。作指示定詞後面可以緊接著量詞，也可以緊跟方位詞或詞尾「兒」。作指示定詞的「這」、「那」、「哪」，後面有時候會緊接著量詞（如：「這個」、「那張」、「哪省」）；而其緊接著的量詞是標準量詞❾時，往往

---

❽　趙元任在《中國話的文法》頁284的注說：以前「那」跟「哪」（包括他們的別體）都寫作「那」，讀的人就要從上下文來決定到底是作哪一個用法。我在一九二四年建議「那」只念 nah–（ㄋㄚˋ），而 naa–（ㄋㄚˇ）就寫成「哪」，後來就慢慢的通行了。

❾　標準量詞就是正規的量詞，其它非正規的量詞有群體量詞(行)、動作量詞(趟)、部分量詞（堆）、暫時量詞（地）等。詳見趙元任《中國話的文法》，丁邦新譯本，頁295–312。

要加上一個數詞（如：「這一天」、「這一地的泥」）。

作指示定詞的「這」、「那」、「哪」，後面有時候是緊跟方位詞或詞尾「兒」構成地方詞（如：「在這裡」、「在這兒」、「在那裡」、「在那兒」、「在哪裡」、「在哪兒」）。作指示代名詞的「這」、「那」，可以單獨使用作主語（如：「這也不要緊」、「這把我難住了」、「這我不大懂」、「這就難說了」，「那誰都買不起」、「可是那很怪」）。也可以跟數詞、量詞結合使用（如：「這三張紙是證物」、「那五個人很累了」）。

我們研究「這」、「那」、「哪」連音變化要特別注意的是「作指示定詞後面可以緊接著標準量詞加上數詞」以及「作指示代名詞跟數詞、量詞結合使用」這兩種後面有數詞、量詞出現的情況。在這兩種情況下，後面緊接著的數詞可能是「一」，而數詞為「一」時，其數詞可以弱化甚至省略，其「一」字的聲音黏上前面的「指示定詞」或「指示代名詞」的「這」、「那」、「哪」，而引起「合音現象」的音變。例如「作指示定詞後面可以緊接著標準量詞加上數詞」 的 「這一天」 合音說成 「ㄓㄟˋ ㄊㄧㄢ」，也寫作「這天」；「那一輛車子」合音說成 「ㄋㄟˋ ㄌㄧㄤˋ ㄔㄜ・ㄗ」，也寫作 「那輛車子」；「哪一年」 合音說成 「ㄋㄞˇ ㄋㄧㄢˊ」，也寫作「哪年」。「作指示代名詞跟數詞、量詞結合使用」的「這一張紙是證物」合音說成「ㄓㄟˋ ㄓㄤ ㄓˇ ㄕ ˋ ㄓㄥ ˋ ㄨˋ」，也寫作「這張紙是證物」；「那一個人很累了」合音說成「ㄋㄟˋ ・ㄍㄜ ㄖㄣˊ ㄏㄣˇ ㄌㄟˋ ・ㄌㄜ」，也寫作「那個人很累了」。這一來，我們就可以知道前引《重編國語辭典》、《國語辭典》、《國語一字多音審訂表》諸書，收錄「這有ㄓㄜˋ、ㄓㄟˋ 兩音」、「那有ㄋㄚˋ、ㄋㄟˋ 兩音」、「那（哪）有ㄋㄚˇ、ㄋㄟˇ 及ㄋㄞˇ 三音」，並且說第二音（或二、三音）都由第一音與「一」合音而來的道理了。至於「作指示定詞後面可以緊接著標準量詞加上數詞」以及「作指示代名詞跟數詞、量詞結合使用」這兩種後面有數詞、量詞出現的情況，如果後面緊接著的數詞是「一」以外的數目字，根據一句話裡數詞互相排斥的慣例，絕對不會有「一」的意思，更不會有「一」出現（如：「這三張紙」、「那五個人」，「這兩天」、「那四日」）沒有了弱化或省略的「一」，則「這」、「那」、「哪」都不變音。

除此之外，作指示定詞的「這」、「那」、「哪」，後面緊接著的是標準量詞（如：單位詞「這個人」、部分量詞「那堆土」、群體量詞「哪行字」），

不必加上一個數詞就不會變音。作指示定詞後面如果緊跟的是方位詞或詞尾「兒」（如：「這裡」、「那兒」、「哪裡」），不會加上一個數詞就不必變音。作指示代名詞的「這」、「那」單獨使用作主語（如：「這不可以」、「那不算數」），也不會加上一個數詞不必變音。

　　從實例上看，「那」與「一」合成「ㄋㄟˋ」，並沒有「ㄋㄞˋ」音，所以《重編國語辭典》「為那（ㄋㄚˋ）一的連音成ㄋㄞˋ，再轉成ㄋㄟˋ」缺少實際的證據，倒是從「那」的「語音又讀ㄋㄜˋ」與「一」合成「ㄋㄟˋ」比較可能，又受「這」變音作「ㄓㄟˋ」的類化影響，使得「ㄋㄟˋ」存而「ㄋㄞˋ」音完全消失。

二）「這那哪」變音的原理及規則

　　1.「這」與「一」合音作「ㄓㄟˋ」。
　　「這」的字音「ㄓㄜˋ」，韻母「ㄜ」與「一」的字音「ㄧ」合音；「ㄜㄧ」合成「ㄟ」，所以「這」字變音作「ㄓㄟˋ」。
　　2.「那」與「一」合音作「ㄋㄟˋ」。
　　「那」的字音「ㄋㄚˋ」，韻母「ㄚ」與「一」的字音「ㄧ」合音；「ㄚㄧ」雖然合成「ㄞ」，但是受「這」的變音「ㄓㄟˋ」類化影響又變音讀作「ㄋㄟˋ」。另外「那」字還有又讀作「ㄋㄜˋ」的音讀，與「一」的字音「ㄧ」合音也會讀作「ㄋㄟˋ」；因為兩方面都讀成「ㄋㄟˋ」音，所以「那」與「一」的合音只留下「ㄋㄟˋ」音了。
　　3.「哪」與「一」合音作「ㄋㄞˇ」或「ㄋㄟˇ」。
　　「哪」的字音「ㄋㄚˇ」，韻母「ㄚ」與「一」的字音「ㄧ」合音；「ㄚㄧ」合成「ㄞ」，所以「哪」字變音作「ㄋㄞˇ」；受「這」的變音「ㄓㄟˋ」、「那」的變音「ㄋㄟˋ」類化，「哪」字變音也作「ㄋㄟˇ」。
　　4.「這那哪」接「一」以外數字不變音。
　　「這那哪」三字若接了「一」以外的數目字（如：「這三張紙」、「那五個人」，「這兩天」、「那四日」），本來不應、也不會變音的，但是有時候受變音擴散作用的影響，偶爾也有產生不合原理的變音特例。
　　5.「這那哪」作指示代名詞不變音。
　　用於指示代名詞如「這兒」「那麼」「哪能」等詞，是絕對不變音的。「這個」、「那個」兩詞必須依照句中之意義，視詞義、詞性之情況決定

變音或不變音。例如趙元任在其《中國話的文法》頁326「這」字的「ㄓㄟˋ」音之下舉了一個「這是我的三本書」的例句,應該是字音的擴散作用,我們視為例外而暫不論述。

　　6.「這那哪」所接「一」字為重音不變音。

　　　以「一」為重音的詞,不能連於「這、那」,也不會跟前面的「這那哪」合音起變化。如「這一會兒的工夫」、「那一雨成秋的氣候」都絕對不會變音。

第五節　語助詞的變音與隨韻衍聲

一)助詞變音的現象與原理

　　　助詞是在一個句子裡幫助語氣用的,它不是實體詞,我們講輕聲時將它歸屬於「固定輕聲」(參閱頁74)。固定輕聲必須緊跟著前面的字音,假使輕聲詞本身沒有聲(輔音)作為音節的間隔,那就很容易使得前一個字音的尾音跟輕聲詞串連一氣,聽起來像是給輕聲的助詞增添了本來沒有的「前音」。例如國語中很常用的「驚歎助詞『啊』」本來讀作「‧ㄚ」,在「小貓」之後聽起來是「小貓哇!(‧ㄨㄚ)」,在「小雞」之後聽起來是「小雞呀!(‧ㄧㄚ)」,在「小船」之後聽起來是「小船哪!(‧ㄋㄚ)」;但是「小貓的、小雞的、小船的」的「的」字不會起音變;可見這些變音是「在無聲母的條件下,助詞隨著前一個字音的韻而衍生出其前音」,這就是「助詞的變音」,也叫做「隨韻衍聲」。這種現象是語音同化作用中的前向同化(順同化),一般語言都有這種現象。

　　　又在「黃瓜」之後的「啊」聽起來也是「黃瓜呀!(‧ㄧㄚ)」,小孩子在講「小車」之後的「啊」聽起來也是「小車呀!(‧ㄧㄚ)」;這個「呀(‧ㄧㄚ)」的「ㄧ」並不是從前面的字音之韻所衍生出來的,「黃瓜呀!(‧ㄧㄚ)」的「ㄧ」是把「瓜」的「ㄚ」跟助詞「啊」的「ㄚ」區隔開的,小孩子講「小車呀!(‧ㄧㄚ)」的「ㄧ」也不是從前面的字音之韻所衍生出來的,而是要特別使人注意其感歎助詞「啊」而特別加上的。這種把相連的同音或近似音之間,特別加上容易辨別的聲音就是「異化作用」。

二 助詞同化變音的條件與規則

從前面對於助詞變音現象的觀察，我們可以知道助詞變音產生「同化作用」必須有「兩字音緊密連結」及「兩字之間無輔音阻隔」兩個條件。國語中符合這兩個條件的計有助詞「啊（˙ㄚ）、呵（˙ㄛ）、喔（˙ㄛ）、誒（˙ㄝ）、嘔（˙ㄡ）、噢（˙ㄠ）」等字。其中以「啊（˙ㄚ）」使用最普遍，現在以助詞「啊（˙ㄚ）」為例，說明其變音規則如次：

1.變讀作呀（˙丨ㄚ）（變韻）

在單韻「丨、ㄩ、」以及複韻「ㄞ、ㄟ」之後的「啊」變讀作「呀」（˙丨ㄚ）。例如「你呀！別去呀！七月呀！趕快來呀！活受罪呀！」都是。

2.變讀作哇（˙ㄨㄚ）（變韻）

在單韻「ㄨ」及複韻「ㄠ、ㄡ」之後的「啊」變讀作「哇」（˙ㄨㄚ）。例如「小吳哇！好苦哇！真好哇！別鬧哇！老六哇！自由哇！」都是。

3.變讀作哪（˙ㄋㄚ）（變聲）

在聲隨韻「ㄢ、ㄣ」之後的「啊」變讀作「哪」（˙ㄋㄚ）。例如「別喊哪！好辦哪！真狠哪！欺人太甚哪！」都是。

4.變讀作啊（˙ㄫㄚ）（變聲）

在聲隨韻「ㄤ、ㄥ」之後的「啊」變讀作「啊」（˙ㄫㄚ）。例如「小王啊！好忙啊！真硬啊！想也想不通啊！」都是。

5.變讀作啊（˙帀ㄚ）（變韻）

在「倒ㄓ韻」帀之後的「啊」變讀作「啊」（˙帀ㄚ）。例如「不治啊！不遲啊！事實啊！國慶日啊！」及「小四啊！其次啊！不可自私啊！」都是。（有另外的一種說法是：在ㄓ、ㄔ、ㄕ、ㄖ之後作「˙ㄖㄚ音」，在ㄗ、ㄘ、ㄙ之後作「˙ㄙ'ㄚ」音；標示發音部位有區別，可供參考。）

6.變讀作啊（˙ㄖㄚ）（變韻）

在捲舌韻「ㄦ」之後的「啊」變讀作「啊」（˙ㄖㄚ）。例如「老二啊！」便是。

三）助詞異化變音的條件與規則

在語音變化裡，「同化作用」是一般、因應發音方便而產生的，是說話者自己生理需要形成的；但是「異化作用」則比較特別，是為語言傳遞效能而產生的，是說話者為大量刺激聽話人而形成的。如果沒有更充足的理由，在語音變化裡，「異化作用」比較少發生。

從前面所舉的語言實例中我們知道，因為前後兩音完全相同而難以區別時，就具備了「異化作用」的理由；趙元任在《中國話的文法》頁26 說：「有個特別的例子是『啊』，放在開尾元音後頭時，前面往往加個介音 [i]（ㄧ），避免元音連讀。比方『來啊！』[laia!]，聽起來就有個很自然的 [ia]（ㄧㄚ）音。有些人寫文章碰到這種情形，還特別寫個『呀』字。但『他呀』[taia] 的『呀』，就是『啊』的同位語，咱們就照音位寫成『呀』，而不照形態音位寫成『啊』。」在這段的註裡頭，更舉了江蘇淮安話的「他啊」念做「ㄊㄚ ㄨㄚ」，用介音 [u] 避免兩個元音連讀的例子。可見「兩音全同」用以區別的「異化作用」，是非如此不可的現象。

至於「小說呀！小車呀！上學呀！」，兩音相似也加上介音避免兩個元音連讀的，最早可能只出現在小孩子的口語，後來才擴及親暱關係、輕鬆氣氛、表示和氣語境，而關係緊張、莊重典雅、面對大眾講話是很少出現的。但是語言教學是從小孩子做起的，為了親近小孩，大人也需要學習小孩子們的語言，所以這類本來不普遍的「異化變音」也擴散到相當普及的程度了。現在歸納其規則如次：

1. 單韻「ㄚ」後變讀作呀（‧ㄧㄚ）

凡單韻「ㄚ」後的「啊」，其前面特別加上「ㄧ」而變讀作「呀」（‧ㄧㄚ）；這是因為助詞不明顯，特別加上「ㄧ」而變讀（變韻）作「呀」。例如「臘八呀！好可怕呀！白搭呀！黃瓜呀！拔牙呀！」都是。

2. 單韻「ㄛ、ㄜ、ㄝ」後變讀作呀（‧ㄧㄚ）

凡單韻「ㄛ、ㄜ、ㄝ」之後的「啊」，兒童語言中，因助詞不夠明顯，所以也特別加上「ㄧ」而變讀（變韻）作「呀」（‧ㄧㄚ）；現在又從兒童用語擴及全面。例如「廣播呀！婆婆呀！磨墨呀！愛國呀！快活呀！」「小車呀！青蛇呀！記者呀！」「小鱉呀！別捏呀！上學呀！穿新鞋呀！」都是。

四）隨韻衍聲與變聲變韻

「隨韻衍聲」一詞，因為使用久了，有人把它的「聲」分為「聲音」「聲母」兩種不同的解釋，使它有廣狹不同的定義。凡因前字韻尾延長作後字之「聲」者，如「ㄢ、ㄣ」之後「啊」變讀作「哪」（˙ㄋㄚ），「ㄤ、ㄥ」之後的「啊」變讀作「啊」（˙ㄫㄚ）都是狹義的「隨韻衍聲」現象。而所有「助詞同化變音」的情況，都是廣義的「隨韻衍聲」。

從字音改變的情況觀察，凡因前字輔音韻尾之延長，轉作後字之「聲」者，如「ㄢ、ㄣ」之後「啊」變讀哪（˙ㄋㄚ），增加聲母「ㄋ」；「ㄤ、ㄥ」之後的「啊」變讀啊（˙ㄫㄚ），增加聲母「ㄫ」；使其「聲」由無而有，就是「變聲」。凡因前字韻尾延長作後字之「韻頭」或改變原韻頭者，就是「變韻」。

第六節　兒化韻的變音

《說文解字》註「兒：孺子也」，可見在國字裡「兒」之本義為「嬰兒」；由是以「兒」為詞尾者，常使人有「小」義的聯想，但是，據趙元任的說法，詞尾「兒」另外還有「裡」、「日」兩個來源❿，所以不能說「所有以兒為詞尾的詞都表示小的意思」。

在口語中，詞尾的「兒」音，往往弱化到失去單獨音節的程度，沒有自己的音長跟音高，必須寄在「ㄦ」音之前面的「詞幹」，就使它成為末尾帶著「ㄦ」音的「兒化詞」。從這種「兒化詞」歸納出來的韻就是「兒化韻」。

據《中華新韻》韻目第六「兒韻」的附韻，有「一蝦兒、二蠟兒、三鴿兒、四雕兒、五牛兒、六羊兒、七蜂兒、八蟲兒、九蛛兒」九類。其音讀如何「兒化」？「兒化詞」與「兒化」的詞尾有何區別？是否見詞尾為「兒」者就是「兒化詞」？這必須住過北京並且素有講究者才能夠明瞭的，我們必須特別逐一研究。

---

❿　趙元任認為「兒」為詞尾來源有三：一是方位詞「裡」，二是「日」的弱化，三為「小兒」之「兒」。詳見《中國話的文法》頁 124，名詞詞尾。

一、詞尾「兒」字與「兒化」的現象

在《重編國語辭典》裡，收錄了這四條末尾為「兒」的詞：

1. 流浪兒：ㄌㄧㄡˊ ㄌㄤˋ ㄦˊ

   到處流浪、無家可歸的孩子。如「可憐他父母去世後，成了流浪兒。」

2. 安琪兒 (angel)：ㄢ ㄑㄧˊ ㄦˊ

   亦譯作天使，自古為基督教寺院所崇奉，人形有翼，常為男性少年，亦作美麗的人之通稱。

3. 小倆口兒：ㄒㄧㄠˇ ㄌㄧㄤˇ ㄎㄡˇ ㄦ

   俗稱年輕的夫婦，如「別管他們小倆口兒的事。」

4. 板擦（兒）：ㄅㄢˇ ㄘㄚ（ㄦ）

   拭擦黑板上粉筆字跡的用具，或稱粉刷。

這四條詞代表了「兒」字的四種狀況：

第一種流浪兒，是「兒」字本義，與「詞尾兒化」無關。

第二種安琪兒，是譯音詞，也跟「詞尾兒化」無關。

第三種小倆口兒，純以「兒」為詞尾的「兒化詞」。

第四種板擦（兒），是可以加詞尾「兒化」也可以不加。

從這項分析，就可以知道：詞的末尾為「兒」者不一定是「兒化詞」。至於詞尾「兒」也不一定「兒化」，究竟「魚兒魚兒水中游」的「魚兒」是不是「兒化詞」？「既要馬兒跑得好又要馬兒不吃草」的「馬兒」又怎麼讀？這些成語俗諺裡的「兒」字，是跟詩詞曲脫離不了關係的，我們可以從古人的詩詞中研究。杜詩〈水檻遣心〉「細雨魚兒出，微風燕子斜」，徐知白指其「兒」、「子」是詞尾，但是趙元任說：「從功能跟意義上看，這固然不錯，但詩裡『兒』字既然佔著平聲的位置，在音韻上自然表示具有完整的聲調。」⓫音韻上具有完整的聲調，就不是「兒化詞」了。那麼該讀本調還是輕聲呢？胡建雄認為：「ㄦ兒詞尾於文言文中，無論詩詞曲文均仍讀重音陽平；於語體文中，則有輕聲和兒化兩種讀法。」「早期流傳下來的兒尾詞，依詞彙輕重音及詞尾輕聲的原則，都讀作輕聲。」⓬

⓫ 見趙元任著《中國話的文法》，丁邦新譯本，頁 124，註 24。

⓬ 見胡建雄著《ㄦ化韻知多少》，頁 91 及頁 78–84。（民國七十六年六月臺北文豪出版社出版）。

可以作參考。

　　當「兒」從輕聲的詞尾逐漸弱化成為只留下捲舌音的一點兒痕跡，與前面的詞幹之尾音（主要元音或韻尾）融合為一，才完成「兒化」；而詞尾「兒」產生「兒化」作用時，其捲舌音的本身不再增加該詞的音長，也不會改變該詞原有的音高。所以趙元任說：「兒」是非音節性詞尾❸，本身既無音長也無音高。

二）詞尾「兒化」的音變

1.詞尾「兒化」的變韻

　　「兒化」作用時既然使「兒」成為一個「非音節性詞尾」，在原先詞幹的尾音，不論是主要元音或是韻尾，如果是舌面高元音（如舌面前中元音「ㄝ」、舌面前高元音「ㄧ、ㄩ」）或舌尖鼻音（如「ㄋ」），接著發捲舌韻的動作不容易，必須調整其動作，詞幹因而起了變音。其他的尾音則很容易接著發捲舌韻，就不必變音了。

　　現在依照《中華新韻》韻目第六「兒韻」所附九大韻類歸納並分析其變音如下：

　　⑴蝦兒

　　本音：凡詞幹尾音為「ㄚ」者，ㄦ化後作「ㄚㄦ」音，例如「沒法兒」。

　　變音：凡詞幹尾音為「ㄞ」者，ㄦ化使「ㄞ」之韻尾「ㄧ」消失，變作「ㄚㄦ」音，例如「小孩兒」。

　　變音：凡詞幹尾音為「ㄢ」者，ㄦ化使「ㄢ」之韻尾「ㄋ」消失，變作「ㄚㄦ」音，例如「竹竿兒」。

　　⑵蟈兒

　　本音：凡詞幹尾音為「ㄛ」者，ㄦ化後作「ㄛㄦ」音，例如「蟈蟈兒」。

　　⑶鴿兒

　　本音：凡詞幹尾音為「ㄜ」者，ㄦ化後作「ㄜㄦ」音，例如「自個兒」。

❸　見趙元任著《中國話的文法》，丁邦新譯本，頁 124。

變音：凡詞幹尾音為「ㄟ」者，ㄦ化使「ㄟ」之韻尾「ㄧ」消失，
　　　變作「ㄜㄦ」音，例如「寶貝兒」。

變音：凡詞幹尾音為「ㄣ」者，ㄦ化使「ㄣ」之韻尾「ㄋ」消失，
　　　變作「ㄜㄦ」音，例如「打盹兒」。

變音：凡詞幹尾音為「ㄝ」者，ㄦ化使「ㄝ」之舌位下降，變作
　　　「ㄜㄦ」音，例如「肉月兒」。

變音：凡詞幹尾音為「ㄧ」者，ㄦ化使「ㄦ」之主要元音「ㄜ」明
　　　顯化，變作「ㄧㄜㄦ」音，例如「手氣兒」。

變音：凡詞幹尾音為「ㄩ」者，ㄦ化使「ㄦ」之主要元音「ㄜ」明
　　　顯化，變作「ㄩㄜㄦ」音，例如「俗語兒」。

變音：凡詞幹尾音為「ㄭ」者，ㄦ化使「ㄦ」之主要元音「ㄜ」明
　　　顯化，變作「ㄭㄜㄦ」音，例如「絞絲兒」。

(4)鵰兒

本音：凡詞幹尾音為「ㄠ」者，ㄦ化後作「ㄠㄦ」音，例如「藥包
　　　兒」。

(5)牛兒

本音：凡詞幹尾音為「ㄡ」者，ㄦ化後作「ㄡㄦ」音，例如「老頭
　　　兒」。

(6)羊兒

本音：凡詞幹尾音為「ㄤ」者，ㄦ化後「ㄤ」中之韻尾「ŋ」保留鼻
　　　音而舌面後升起之動作省略，將鼻音寄放在主要元音「ㄚ」
　　　身上使它鼻化，然後很自然的綴上ㄦ音，例如「趕趟兒、姑
　　　娘兒」；注音時仍注作「ㄤㄦ」。

(7)蜂兒

本音：凡詞幹尾音為「ㄥ」之開、齊二呼（ㄥ、ㄧㄥ）以及無聲母
　　　合口呼「ㄨㄥ」者，ㄦ化後「ㄥ」音中之韻尾「兀」保留鼻
　　　音而舌面後升起之動作省略，將鼻音寄放在主要元音「ㄜ」
　　　身上使它鼻化，然後很自然的綴上ㄦ音，例如「門縫兒、等
　　　等兒」；注音時仍注作「ㄥㄦ」。

(8)蟲兒

本音：凡詞幹尾音為有聲母之合口呼「－ㄨㄥ」或撮口呼「ㄩㄥ」

者，ㄦ化後「－ㄨㄥ」、「ㄩㄥ」音中之韻尾「兀」保留鼻音
而舌面後升起之動作省略，將鼻音寄放在主要元音「ㄛ」身
上使它鼻化，然後很自然的綴上ㄦ音，例如「小洞兒、小熊
兒」；注音時仍注作「－ㄨㄥㄦ」、「ㄩㄥㄦ」。

(9)蛛兒

本音：凡詞幹尾音為「ㄨ」者，ㄦ化後作「ㄨㄦ」音，例如「媳婦
　　　兒」。

2.詞尾「兒化」的變調

國語構詞方式中，有重疊構詞的情況，這種構詞方式的形容詞或副
詞，其詞尾為「兒」且「兒化」時，形容詞或副詞的第二個音節特別變
為陰平調。例如「胖胖兒的、靜悄悄兒地、好好兒地、黑漆漆兒地」。

這與以重疊構詞方式構成的名詞、動詞有顯著的不同；名詞重疊字
後綴上詞尾「兒」而「兒化」時，其名詞本應讀作輕聲者，仍舊讀輕聲；
例如「蛐蛐兒、蟈蟈兒」。而動詞為重疊字時只讀比較級輕聲（軟音），
綴上詞尾「兒」而「兒化」，則變讀固定輕聲；例如「等等兒、醒醒兒」。

三）詞尾「兒化」的作用

詞尾「兒化」的作用，大略可以分為「韻部、詞義、詞性、詞形」
幾個方面的變化。

1.詞尾「兒化」對韻部的影響

前面說過，《中華新韻》「兒韻」的附韻，把兒化韻歸併為九個韻類，
但是《中華新韻》本身有十八個韻目，可見詞尾「兒化」成「兒化韻」
也將韻部歸併到只剩下一半的數量。其歸併情況請參閱前項 1.詞尾「兒
化」的變韻。

2.詞尾「兒化」對詞義的影響

詞尾「兒化」對詞義的影響最明顯的是具有「小」義。趙元任從《新
國語留聲片乙種課本》到《中國話的文法》都持有這樣的說法，張洵如
在《北平音系小轍編》也是這麼說，這與「兒」字之本義當然有關係。
不過，原本為「指小詞尾」的「兒」尾，擴大到「少、弱」之義以外，
還使詞義因為有「兒」尾而特指化、廣泛化的也不少。例如：

> 過節：⑴渡過節日。⑵在節日慶賀做樂。
> 過節兒：⑴禮節。⑵節日過了以後。⑶嫌隙仇恨。

> 胎兒（ㄊㄞ ㄦˊ）：在母體中未出生的嬰兒。
> 胎兒（ㄊㄚ ㄦ）：⑴器物的底托或骨幹。⑵胎產，如頭胎兒。

> 白麵：麥子麵俗稱白麵。
> 白麵（兒）：毒品名，即海洛因。

> 洞：⑴深穴、窟窿。⑵穿破的孔。
> 洞兒：⑴小縫隙。⑵孔穴。

> 姑娘（ㄍㄨ ㄋㄧㄤˊ）：姑母的俗稱。
> 姑娘（ㄍㄨ ·ㄋㄧㄤ）：⑴未出嫁的女子。⑵父母對女兒的稱呼。
> 　　⑶稱別人的女兒。⑷稱妓女；亦稱姑娘兒。⑸稱妾。
> 姑娘（兒）（ㄍㄨ ·ㄋㄧㄤ ㄦ）：專稱妓女。

> 老婆（ㄌㄠˇ ·ㄆㄛ）：俗稱妻子。
> 老婆兒（ㄌㄠˇ ㄆㄛˊ ㄦ）：老婦。

3.詞尾「兒化」對詞性的影響

　　詞尾本是構詞的成分，雖然詞尾「兒」不是完整的音節，但是對於詞性，還是會引起改變作用：有許多是動詞、形容詞加了詞尾「兒」以後，就變成名詞的；例如：乾字為乾燥，是溼的相反，又形容枯竭狀態；兒化作「乾兒」，專指食物經日曬風吹而成乾之物，像豆乾兒、小魚乾兒、蘿蔔乾兒之類。絲字為蠶吐之絲物，又做絲織品總稱；兒化作「絲兒」，泛指絲狀之物，像鐵絲兒、鋼絲兒、肉絲兒、蔥絲兒。捲字為把東西彎轉成圓筒狀，兒化作「捲兒」，泛指彎轉收聚成圓筒狀的東西，像鋪蓋捲兒、魷魚捲兒、蛋捲兒、花捲兒。

　　這些詞尾「兒化」後在改變詞義之際也同時改變了詞性。其他還有許多改變詞性的例子，可以參閱《北平音系小轍編》。

4.詞尾「兒化」對詞形的影響

　　使用「兒化詞」的型態，替代了其他原本「詞彙」的寫法，就是詞尾「兒化」而改變詞形。最顯著的有下列兩種：

　　⑴嘗試性動詞以疊字式構成者，寫成「兒化詞」改變詞形。

　　例如：「坐坐」、「躺躺」，除了中間可加上「一」成為「坐一坐」、「躺一躺」之外，也可以用「兒化詞」的詞形作「坐坐兒」、「躺躺兒」。

⑵名詞詞尾兒化或詞類簡化,改變詞形。

　例如:俗稱山東人的「山東兒」,就是以「山東兒」替代「山東人」的詞形。現在我們已把這個方式擴大到用「＊＊兒」來廣泛指的稱稱屬於「＊＊式」或由「＊＊所產」的事物。至於把「名聲」寫作「名兒」、「信息」寫作「信兒」、「東道」寫作「東兒」、「哪裡」寫作「哪兒」、「最小的兒女或妻妾」寫作「小的兒」,都是詞類簡化改變了詞形最明顯的例子。

　至於詞尾兒化使音節響亮,也有親切溫柔、嬌小可愛、逗歡討喜、滑稽可笑等情況,可見其功能不一而足,在活潑的北京口語是很有作用的;要學好國語的人不可等閒視之。另外,詞尾兒化是詞彙性的,並不是任何語詞都可以兒化,不是生活在標準語區(北京)的人,日用口語的習慣可能跟北京當地人有異,語感也有不同,講話時千萬不可任意「兒化」,尤其教師出題目、製作考卷時更要慎重;最好勤查辭典、專書,以免貽笑大方。

附錄　國語變音綜合練習

1. 幸福的火車就要開,有錢沒錢都上來;不分老少和男女,同聲歡笑樂開懷。
2. 小小子兒,去趕集,人家騎馬我騎驢;回頭看見推車漢,比上不足,比下有餘。
3. 天上下雪,雪化成水,身上流血,血裡有水;雪是雪,血是血;雪不是血,血不是雪。
4. 劉老頭,蓋所樓,養頭牛,餵隻猴。猴咬牛,牛觸猴,碰塌樓,砸死牛。不知猴先咬牛,還是牛先觸猴。
5. 爸爸的爸爸怕爸爸的媽媽,爸爸的媽媽怕媽媽的爸爸,媽媽的爸爸怕媽媽的媽媽,媽媽的媽媽怕爸爸的爸爸。
6. 高高山頂有一家,十間房子九間塌,一個老頭兒雙手麻,一個老太太雙眼瞎,一隻狗,三條腿,一隻貓,沒尾巴。
7. 出南門,走向南,有個麵鋪面朝南,麵鋪門口兒掛著藍布棉門帘;掀開藍布棉門帘,看見麵鋪面朝南;放下藍布棉門帘,還是麵鋪面朝南。

8. 樑上兩對倒吊鳥，泥裡兩對鳥倒吊。可憐樑上的兩對倒吊鳥，惦念著泥裡的兩對鳥倒吊；可憐泥裡的兩對鳥倒吊，也惦念著樑上的兩對倒吊鳥。

9. 冬瓜冬瓜，兩頭開花，開花結子，結子開花：一個冬瓜，兩個冬瓜，三個冬瓜，四個冬瓜，五個冬瓜，六個冬瓜，七個冬瓜，八個冬瓜，九個冬瓜，十個冬瓜，十一個冬瓜，十二個冬瓜，十三個冬瓜，十四個冬瓜，十五個冬瓜，十六個冬瓜，十七個冬瓜，十八個大冬瓜。

10. 不得兒不得兒喝涼水兒，一個蛤蟆四條腿兒，兩隻眼睛一個嘴兒；不得兒不得兒喝涼水兒，兩個蛤蟆八條腿兒，四隻眼睛兩個嘴兒；不得兒不得兒喝涼水兒，三個蛤蟆十二條腿兒，六隻眼睛三個嘴兒；不得兒不得兒喝涼水兒，四個蛤蟆十六條腿兒，八隻眼睛四個嘴兒；不得兒不得兒喝涼水兒，五個蛤蟆二十條腿兒，十隻眼睛五個嘴兒；不得兒不得兒喝涼水兒，六個蛤蟆二十四條腿兒，十二隻眼睛六個嘴兒。

第五章　一字多音

第一節　國字的形音義

㊀ 國字形音義概說

我國文字素稱單音節的方塊字，每一個字都各有其字形、字音與字義。例如：「一」字只寫一橫，「二」字要寫兩橫而且一長一短，「三」字要寫三橫而且中間最短，就是字形。「一」字讀作「ㄧ」，「二」字讀作「ㄦˋ」，「三」字讀作「ㄙㄢ」，就是字音。「一」字是「數名」、「數之始也」、「滿」、「整」、「全」，「二」字是「數名」、「並」、「次」，「三」字是「數名」、「泛指多數」，就是字義。

但是，文字的形、音、義之間，卻產生許多交錯的情況，要求其每個文字都一形一音一義，不但不可能也不必要；因此，文字的音義，有許多重重疊疊的情形。

㊁ 國字形音義的異同

以下就從文字之「形、音、義」三者的異同現象，逐項加以說明：

1. 同形同音異義的多義字。

一個字有幾個意義，是各國文字普遍的現象，連拼音文字的英文、法文都一樣；而我國文字使用時更有轉注、假借、引申諸法，多義字當然很多。就《說文解字》而言，就有「佚：佚民也，一曰佚忽也」、「淪：小波為淪，一曰沒也」，現在隨便翻開字典的哪一頁，要找一個沒有多義的字都很難。

2. 異形同音同義的異體字。

字有異體，不只古今異文、篆隸殊體、草楷有別，就在正式楷體裡，從前和今日都有許多不同。例如「票」、「風」兩字合成「飄」，從前是東

風西風都是飄，今以標準字體統一作「飄」；「多」、「句」兩字合成「夠」，從前是東多西多都是夠，今以標準字體統一作「夠」；「君」、「羊」兩字合成「群」，從前是上君下羊、左君右羊都是群，今以標準字體統一作「群」。至於個人筆錄的省筆簡化、筆畫增繁、藝術美化更非標準字體所能干預，因此異體字只能軟性勸說求其統一，無法用嚴刑峻法加以禁絕；只有做最合理的取捨以後，以最務實的語文教育政策徹底執行一段時間，才能夠見其功效。

3.同形異音同義的又讀字。

又讀字的存在也許很久了，但是正式在國音裡給「又讀字」地位，始於民國十三年。

民國十三年國語統一籌備會大會停開，十二月二十一日吳敬恆主持談話會，討論《國音字典》增修問題，決定以北京音為標準，但是為了顧及讀音和古今異同的問題，「酌古準今」多來幾個「又讀」。可見「又讀」字的地位是和北京音同時取得國音地位的。民國二十一年五月七日，教育部公布以北京話作標準音的《國音常用字彙》說明第十三條說：「有一義異讀，皆頗習用，未便舉一廢一者，則兩音兼列，以其一注『又讀』。（此類字，以北平的音與其他官話區域的音有差異者占多數）」這時「又讀」雖然跟北京音同時標出，卻已經把為了古今音所設的「又讀」變成收錄地區音異的「又讀」，而古今異讀則另作「讀音語音」了。其後《國語辭典》、《國音字典》、《重編國語辭典》裡，都與《國音常用字彙》一脈相承，有標注地區音異的「又讀」。直到民國八十八年三月卅一日公告的《國語一字多音審訂表》，才對又讀字加以省併。現在我們已經沒有「伐音ㄈㄚ又讀ㄈㄚˊ、儲音ㄔㄨˊ又讀ㄔㄨˇ、微音ㄨㄟˊ又讀ㄨㄟ」之類的地區音異「又讀」了。

至於最早「為顧及讀音和古今異同，酌古準今的又讀」，從《國音常用字彙》定名做「讀音語音」以後，《國語辭典》、《國音字典》、《重編國語辭典》也都承襲下來，到《國語一字多音審訂表》才加以歸併，現在剩下「削烙爪翹車頰」六個字，以「凡讀文言文以及古詩詞用讀音，在白話口語則用語音」為區隔，抄錄原文如次：

削：1.ㄒㄩㄝˋ　讀　削壁、削足適履、瘦削。

2.ㄒㄧㄠ　語　刀削麵、削鉛筆。

　　　　備注：取ㄒㄩㄝˋ、ㄒㄧㄠ兩音。語音單用時，用ㄒㄧㄠ。
烙：1.ㄌㄨㄛˋ　　讀　炮烙。
　　2.ㄌㄠˋ　　　語　烙餅、烙印。
爪：1.ㄓㄠˇ　　　讀　爪痕、雞爪、爪牙。
　　2.ㄓㄨㄚˇ　　語　爪子、三爪鍋。
　　　　備注：凡「爪」加詞綴「子」時，「爪」一律讀ㄓㄨㄚˇ。
翹：1.ㄑㄧㄠˊ　　讀　翹楚、翹首、翹舌。
　　2.ㄑㄧㄠˋ　　語　翹翹板、翹辮子。
車：1.ㄐㄩ　　　　讀　車馬炮、學富五車。
　　2.ㄔㄜ　　　　語　汽車、試車、車衣服、姓（如漢代有車順）。
頦：1.ㄏㄞˊ　　　讀　下頦。
　　2.ㄎㄜ　　　　語　下巴頦兒。

4.異形異音同義的同義字。

　　文字製造非一人一時所完成的，是我們歷代先祖因應需要而創製的；創製者時間空間既然不同，各人思考的著眼點也不一定相似，對同一個意義造出不同字形是很有可能的。另外，文字功能之一在描寫語言，各地方言土語每多歧異，記其語言之文字也當然不同，因此，國字之中有些是形異音殊而義同、可以交替使用、相互為訓的字。例如「足、腳」，「首、頭」，「聲、音」之類，我們用起來很方便，也從來沒有人提出要把同義字加以統一的。

5.異形同音異義的同音字。

　　字有同音，在拼音文字雖然不合情理，但是在方塊文字乃屬正常情況，否則就國音而言，連同四聲異調也只不過一六四一音，其中還包括無字者三百六十個，有字的音級總計一二八一音；字形方面，漢許慎《說文》有九四三一個單字，宋代《廣韻》已有二六一九四個字，清朝《康熙字典》更增加到四萬九千多字，就拿《國音常用字彙》來算，據張博宇老師統計有九九一一字，安放在一二八一音裡，每一個音平均分到七個字以上。所以國字要沒有「工、公」，「惕、悌」，「生、升」之類的同音字是絕對不可能的。

6.同形歧音異義的破音字。

　　破音別義之例，源於古書假借，今俗則專稱歧音異義字。其音之異

有聲同韻異者（如「都」、「覺」），有聲異韻同者（如「期」、「差」），更多聲韻皆同而異其調者（如「倒」、「中」、「監」、「難」）；究其別義亦多詞性轉品，事實上不是完全由一個字形分出異音，也有兩個字恰巧同形的（如「膀」、「暴」）❶。數量有多少很難確認，到《國語一字多音審訂表》已經刪併到剩下九百五十七個多音字，扣除「讀音語音」六字，還有九百五十一個字，我們可以把它歸納作「限讀歧音異義字、通假歧音異義字、其他歧音異義字」三類。

這裡頭最麻煩的要算字面全同因為音讀不同而別義的「破音詞」，例如「轉向：1.ㄓㄨㄢˇㄒㄧㄤˋ改變方向或改變政治立場。 2.ㄓㄨㄢˋㄒㄧㄤˋ迷失方向或思想傾向轉變。」真使學習者感覺困擾，這方面可以查閱《常用破音詞典》（蘇瑞章編著，國語日報出版社）。

第二節　現行一字多音的情況

從前有許多「同字又讀」、「讀音語音」、「歧音異義（破音字）」的多音字，給非標準語區的教師及學習國語的人帶來困擾。教育部國語推行委員會為解決這些困擾，於民國七十六年七月組成「國音正讀」專案研究審音小組，審訂多音字四二五三個做併音研究，對於無法決定分音或併讀的情況則以問卷取決於多數語文專家學者與社會人士的意見，到八十三年五月完成審訂初稿，經試用後修訂定案出版，這就是民國八十八年三月卅一日，以臺（八八）語字第八八○三四六○○號公告的《國語一字多音審訂表》。下面分「限讀」、「通假」、「其他」三類加以說明，「讀音語音」六字見前不再重複。

一）限讀歧音異義字

一個字在某特定語詞有特殊音讀時，《審訂表》在「審訂音」欄該音之下註「限讀」，並在「限讀說明」欄說明其限制。例如：

---

❶　國字之歧音異義，有「假借用字之讀破、字義引申之讀破、譯語用字之讀破、口語借字之讀破、口語變音之讀破、特殊音讀之保留、切語歧音之讀破、造字重形而歧音、隸楷混淆而歧音」等來源，詳見民國六十一年六月臺灣師大《國文學報》第一期，頁 219–226，〈國字今讀歧音異義釋例〉（張正男）。

撣：1.ㄉㄢˇ 2.ㄕㄢˋ，……2.限於「撣族」（民族名）一詞音ㄕㄢˋ。

法：1.ㄈㄚˇ 2.ㄈㄚˊ，……2.限於「法子」一詞音ㄈㄚˊ・ㄗ。

這種歧音異義字有很多是特殊名詞，也有的是古書專名或口語變音的，只要把它當做一個特殊的詞彙記住就可學會了。

二 通假歧音異義字

文字之通假字與本字異音，按照「通假字讀如本字」的條例而產生多音現象，這種通假字造成的歧音異義字，《審訂表》在「審訂音」欄不標注該音，並在「通假說明」欄說明通某字時讀什麼音。例如：

田：ㄊㄧㄢˊ，……通「佃」時，音ㄉㄧㄢˋ。

溺：ㄋㄧˋ，……通「尿」時，音ㄋㄧㄠˋ。

這種歧音異義字比較麻煩，必須知道該字的意義與通假字的意義，才能夠作正確的判斷；不過，終究還是一個可以「類推」的情況，既然來自通假，只要從字的本義與通假義去思索，還是可以解決問題的。

三 其他歧音異義字

這雖然是無法「類推」的歧音異義字，但是還是有路徑可循；有的是引申義造成歧音，有的是轉品詞造成歧音，甚至是專名、姓氏、合音字等的特殊音讀。雖然有些難以明其究竟，但是還是有許多能夠找出其所以然，可以明確分辨的。下節列舉常見的一字多音字以供參考。

第三節　常見的一字多音舉例

為省篇幅凡使用率低、古文專用，或眾所周知、少有錯誤者從略。

ㄅ

扒　1.ㄅㄚ　　　扒衣服　扒住　扒拉算盤

　　2.ㄆㄚˊ　　扒取　扒手　牛扒

把　1.ㄅㄚˇ　　　把柄　把守　把手　把握　火把　一把傘

　　2.ㄅㄚˋ　　　刀把（器物之柄）

暴　1.ㄅㄠˋ　　　暴虐　暴斃　殘暴　強暴　姓氏（本字下為大十）

　　2.ㄆㄨˋ　　　暴露　一暴十寒　暴曬（又作曝）（本字下為米）

般　1.ㄅㄢ　　百般　一般
　　2.ㄆㄢˊ　般樂　般桓
　　3.ㄅㄛ　　般若（ㄅㄛ ㄖㄜˇ，古梵語）
膀　1.ㄅㄤˇ　肩膀　翅膀
　　2.ㄆㄤˊ　膀胱
　　3.ㄆㄤ　　膀腫　奶膀子
　　4.ㄅㄤˋ　吊膀子（男女互相引誘）
磅　1.ㄅㄤˋ　磅秤　一磅牛肉
　　2.ㄆㄤˊ　磅礡
繃　1.ㄅㄥ　　繃帶　繃緊　繃絮
　　2.ㄅㄥˇ　繃著臉　繃不住
　　3.ㄅㄥˋ　繃裂　繃開
比　1.ㄅㄧˇ　比例　比較　比賽　比擬　賦比興
　　2.ㄅㄧˋ　比卦　比鄰　比年　朋比
　　◎舊有通「皮」音ㄆㄧˊ，只見於古書，今省略未收。
奔：ㄅㄣ　　舊有「直往、投向（如投奔）」音ㄅㄣˋ，今已廢棄。

ㄆ

魄　1.ㄆㄛˋ　魂魄　體魄　月魄　失魂落魄
　　2.ㄊㄨㄛˋ　落魄（ㄌㄨㄛˋ ㄊㄨㄛˋ，窮困潦倒不得志），字有作
　　　　　　　瑰者。
刨　1.ㄆㄠˊ　刨根　刨除　刨土　刨草
　　2.ㄅㄠˋ　刨刀　刨削　刨冰，字又作鉋。
炮　1.ㄆㄠˊ　炮烙　炮煉　炮製
　　2.ㄆㄠˋ　炮竹　炮彈　槍炮　炮火連天，字有作砲者。
　　3.ㄅㄠ　　炮羊肚　醬炮肉，字有作煲者。
泡　1.ㄆㄠˋ　泡沫　泡茶　起泡　水泡
　　2.ㄆㄠ　　一泡尿（古字作脬，膀胱也）　鬆泡泡
澎　1.ㄆㄥ　　澎湃洶湧　澎了一身水
　　2.ㄆㄥˊ　澎湖群島（地名）
埤　1.ㄆㄧˊ　埤益　水埤

　　2.ㄅㄟ　　　埠頭鄉　　虎頭埤(臺灣地名常用字,指人造水邊土岸)
　　3.ㄅㄧˋ　　　松柏不生埤(下濕之地也)
撇　1.ㄆㄧㄝ　　撇下　撇清　撇不開
　　2.ㄆㄧㄝˇ　撇嘴　一撇(引申為筆畫專名)
瀑　1.ㄆㄨˋ　　瀑布　飛瀑(有人因暴之多音而誤讀)
　　2.ㄅㄠˋ　　瀑雨(迅疾也)　　姓氏

ㄇ

磨　1.ㄇㄛˊ　　磨刀　磨滅　磨墨　磨刀石　好事多磨
　　2.ㄇㄛˋ　　磨麵　石磨　磨豆腐
抹　1.ㄇㄛˇ　　抹布　塗抹
　　2.ㄇㄛˋ　　抹胸　拐彎抹角
埋　1.ㄇㄞˊ　　埋葬　埋伏　隱姓埋名
　　2.ㄇㄢˊ　　埋怨(責怪別人)
謾　1.ㄇㄢˊ　　欺謾(俗作「欺瞞」)
　　2.ㄇㄢˋ　　謾罵
悶　1.ㄇㄣˋ　　悶得慌(心裡煩悶)　　鬱悶
　　2.ㄇㄣ　　悶熱　悶販　悶得慌(天氣或屋內不通風)
矇　1.ㄇㄥˊ　　矇矓
　　2.ㄇㄥ　　矇騙

ㄈ

法　1.ㄈㄚˇ　　法律　辦法　法國
　　2.ㄈㄚˊ　　法子
◎舊有ㄈㄚˋ音,用於法國,今廢。
菲　1.ㄈㄟˇ　　菲菜　菲薄
　　2.ㄈㄟ　　菲律賓　菲菲　芳菲(芳香也)
分　1.ㄈㄣ　　分別　分寸　分數　分辨　分配　分身
　　2.ㄈㄣˋ　分量　職分　部分　雙分　情分　身分證
夫　1.ㄈㄨ　　夫婿　匹夫
　　2.ㄈㄨˊ　夫差(ㄈㄨˊ ㄔㄞ)　夫人不言(發語詞也)

父 1.ㄈㄨˋ　　父母　叔父

　　2.ㄈㄨˇ　　漁父　仲父

ㄉ

打：ㄉㄚˇ　　舊有ㄉㄚˊ音，用於十二之單位詞，今廢。

倒 1.ㄉㄠˇ　　倒塌　倒店　倒下　跌倒　倒地　傾倒（跌倒、感佩）

　　2.ㄉㄠˋ　　倒立　倒退　倒水　倒反　倒垃圾　傾倒（倒出、暢言）

大 1.ㄉㄚˋ　　大小　大夫（古官名、尊稱）

　　2.ㄉㄞˋ　　大夫（ㄉㄞˋ・ㄈㄨ，醫生的俗稱）

　　3.ㄊㄞˋ　　通太（如：大子）

逮 1.ㄉㄞˋ　　力有未逮（及，達到）

　　2.ㄉㄞˇ　　逮捕　逮住　貓逮老鼠（捕捉）

　◎《現代漢語詞典》逮捕（捉拿罪犯）音ㄉㄞˋ，捉（貓逮老鼠）

　　音ㄉㄞˇ。

當 1.ㄉㄤ　　當值　當面　當選　當作（應當作）　當年（那一年）擔當　姓氏

　　2.ㄉㄤˋ　　當鋪　當作（認為是）　當年（同一年）

　　3.ㄉㄤˇ　　通「擋」（「屏當」即「屏擋」）

地 1.ㄉㄧˋ　　地區　地理

　　2.・ㄉㄜ　　輕輕地（副詞後詞尾）

肚 1.ㄉㄨˋ　　肚子　肚皮

　　2.ㄉㄨˇ　　牛肚　豬肚

度 1.ㄉㄨˋ　　度量　度量衡　制度　氣度　限度　數度　溫度　姓氏

　　2.ㄉㄨㄛˋ　　量度（ㄉㄧㄤˊㄉㄨㄛˋ）　忖度

ㄊ

叨 1.ㄊㄠ　　叨光　叨擾　叨陪末座

　　2.ㄉㄠ　　叨嘮　叨叨　嘮叨　叨登　叨念

挑 1.ㄊㄧㄠ　　挑選　挑剔　挑水

　2.ㄊㄧㄠˇ　　挑撥　挑逗　挑戰　挑燈
聽 1.ㄊㄧㄥ　　聽說　聽覺　姓氏
　2.ㄊㄧㄥˋ　　聽任　聽政　聽其自然
吐 1.ㄊㄨˇ　　　吐屬　吐痰　談吐　吞吐量　姓氏
　2.ㄊㄨˋ　　　吐血　嘔吐

ㄋ

那 1.ㄋㄚˋ　　　那個　那麼著　剎那
　◎舊有語音又讀ㄋㄜˋ，今廢棄。
　2.ㄋㄟˋ　　　那面旗子
　3.ㄋㄚˇ　　　那有　那怕　那裡
　4.ㄋㄟˇ　　　那件事
　5.ㄋㄚ　　　　姓氏（西魏有名「那椿」者）
　6.ㄋㄨㄛˊ　　通「挪」（那步）　受福不那　有那其居　棄甲則那
　　　　　　　　古國名（今四川茂縣）　姓氏（楚有名「那處」者，
　　　　　　　　出丹陽）
　7.˙ㄋㄚ　　　通「哪」（肯不肯那？）
　◎舊有ㄋㄨㄛˋ音，作驚歎助詞，今廢棄。

ㄌ

累 1.ㄌㄟˇ　　　累積　累次　係累　累贅
　2.ㄌㄟˋ　　　勞累　家累　連累
　◎舊有ㄌㄟˊ音，用於累贅，今廢棄。
倆 1.ㄌㄧㄤˇ　　伎倆
　2.ㄌㄧㄚˇ　　母女倆　哥兒倆（兩個也，為「兩人」的合音字）
量 1.ㄌㄧㄤˋ　　量力而為　度量衡　數量　限量　度量
　2.ㄌㄧㄤˊ　　量體重　商量　思量　量度
落 1.ㄌㄨㄛˋ　　落花　落款　部落　村落　零落　姓氏
　2.ㄌㄠˋ　　　落子　蓮花落　鳥兒落在樹上
　3.ㄌㄚˋ　　　落在後頭　落了字　丟三落四

《

葛 1.ㄍㄜˊ　　　葛草　糾葛　諸葛（複姓）
　　2.ㄍㄜˇ　　　姓氏

扛 1.ㄍㄤ　　　　扛桌子（共抬一物）　扛鼎（兩手舉重物）
　　2.ㄎㄤ　　　　扛槍（以肩荷物）　扛起責任

龜 1.ㄍㄨㄟ　　　龜孫子　烏龜
　　2.ㄐㄩㄣ　　　龜裂（同「皸」）
　　3.ㄑㄧㄡ　　　龜茲（ㄑㄧㄡ ㄘˊ，漢時西域國名）

觀 1.ㄍㄨㄢ　　　觀看　觀察　景觀
　　2.ㄍㄨㄢˋ　　觀卦　道觀　貞觀之治　姓氏

冠 1.ㄍㄨㄢ　　　冠冕　雞冠　衣冠　皇冠　冠冕堂皇
　　2.ㄍㄨㄢˋ　　冠禮　冠軍　豔冠群芳　冠絕一時

ㄏ

橫 1.ㄏㄥˊ　　　橫木　橫貫公路　縱橫　玉體橫陳　姓氏
　　2.ㄏㄥˋ　　　橫逆　橫死　蠻橫

哄 1.ㄏㄨㄥ　　　哄傳　哄動　哄堂大笑　一哄而散
　　2.ㄏㄨㄥˇ　　哄騙　哄小孩

ㄐ

給 1.ㄐㄧˇ　　　給與　給假　薪給　供給　補給品　姓氏
　　2.ㄍㄟˇ　　　給我　交給他

假 1.ㄐㄧㄚˇ　　假借　假如　虛假　姓氏
　　2.ㄐㄧㄚˋ　　假期　暑假　請假　放假

結 1.ㄐㄧㄝˊ　　結繩　結構　切結書　了結　結實（植物結果實）
　　　　　　　　　姓氏
　　2.ㄐㄧㄝ　　　結巴　結子（花草結種子）　結實（堅固、強健）

藉 1.ㄐㄧㄝˋ　　藉故　慰藉　憑藉　枕藉
　　2.ㄐㄧˊ　　　藉藉（雜亂眾多貌）　狼藉（散亂不整貌）

角 1.ㄐㄧㄠˇ　　角落　角頭　角力　八角　牛角　直角　口角
　　2.ㄐㄩㄝˊ　　角色　角宿　宮商角徵羽（古代五音）

　　　3.ㄌㄨˋ　　　角里（地名、複姓）

教　1.ㄐㄧㄠˋ　教導　教誨　教材　教法　宗教　教唆　教人為難
　　　　　　　　姓氏

　　　2.ㄐㄧㄠ　　教書（傳授）　教人勤學

　　◎同為「教學」，在「教書」之義讀作ㄐㄧㄠ，在「對學科的教授
　　　與學習」之義讀作ㄐㄧㄠˋ；一般單個字的動詞讀ㄐㄧㄠ，雙字
　　　的動詞讀作ㄐㄧㄠˋ。

禁　1.ㄐㄧㄣˋ　禁菸　宮禁　囚禁　入國問禁　姓氏

　　　2.ㄐㄧㄣ　　弱不禁風　很禁穿

ㄑ

期　1.ㄑㄧˊ　　期限　期約　期望　日期

　　　2.ㄐㄧ　　　期年　期服

強　1.ㄑㄧㄤˊ　強盛　強暴　強壯　姓氏

　　　2.ㄑㄧㄤˇ　強迫　勉強

　　　3.ㄐㄧㄤˋ　倔強　強脾氣

曲　1.ㄑㄩ　　　曲直　曲線　曲全　彎曲　歪曲　委曲　姓氏

　　　2.ㄑㄩˇ　　曲調　歌曲　戲曲

ㄒ

繫　1.ㄒㄧˋ　　　繫念　繫馬　聯繫

　　　2.ㄐㄧˋ　　　繫鞋帶

　　◎ㄐㄧˋ僅用於綁、扣、結之白話詞，餘皆音ㄒㄧˋ。

校　1.ㄒㄧㄠˋ　校友會　校官　學校

　　　2.ㄐㄧㄠˋ　校對　校正　校閱

鮮　1.ㄒㄧㄢ　　鮮魚　鮮美　新鮮　姓氏

　　　2.ㄒㄧㄢˇ　鮮少　鮮見　寡廉鮮恥

相　1.ㄒㄧㄤ　　相送　互相　相親相愛

　　　2.ㄒㄧㄤˋ　相貌　相聲　宰相　相親

ㄓ

炸　1.ㄓㄚˋ　　　炸藥　爆炸　炸彈

2.ㄓㄚˋ　　炸醬麵　油炸　炸油條　炸雞塊

折 1.ㄓㄜˊ　　折扣　折損　折斷　折服　折疊　曲折　姓氏

　 2.ㄕㄜˊ　　折本兒（虧損）　腿折了（斷了）

　 3.ㄓㄜ　　 折騰　折跟頭（翻轉）

召 1.ㄓㄠˋ　　召見　應召

　 2.ㄕㄠˋ　　召陵　姓氏

漲 1.ㄓㄤˇ　　漲價　漲潮

　 2.ㄓㄤˋ　　膨漲　熱漲冷縮

正 1.ㄓㄥ　　 正規　正負　正確　正直　正好

　 2.ㄓㄥ　　 正月　正旦

著 1.ㄓㄨˋ　　著名　著作　顯著

　 2.ㄓㄨㄛˊ　著實　著手　棋高一著

　 3.ㄓㄠˊ　　著火　睡著了　用得著

　 4.ㄓㄠ　　 著涼　著急

　 5.˙ㄓㄜ　　走著　坐著（語尾助詞）

轉 1.ㄓㄨㄢˇ　轉換　轉送　轉身　運轉　轉動　旋轉（改變方向）

　 2.ㄓㄨㄢˋ　轉圈兒　暈頭轉向　旋轉（有軸而原地旋繞者）

ㄔ

扠 1.ㄔㄚ　　 扠腰

　 2.ㄓㄚˇ　　扠一扠　三扠寬

差 1.ㄔㄚ　　 差失　差數　差別　差不多

　 2.ㄔㄞ　　 差遣　郵差　出差

　 3.ㄘ　　　 等差　參差

　 4.ㄘㄨㄛ　 景差（人名）

　 ◎舊有ㄔㄚˋ音，今廢棄。又今增ㄘㄨㄛ音，用於「景差」。

臭 1.ㄔㄡˋ　　臭臉　香臭　臭味兒

　 2.ㄒㄧㄡˋ　臭味相投　無色無臭

稱 1.ㄔㄥ　　 稱讚　稱號　稱述　名稱　姓氏

　 2.ㄔㄥˋ　　稱職　稱心如意　對稱　磅稱（秤）

　 ◎舊有ㄔㄣˋ音，今廢棄。

處 1.ㄔㄨˋ　　處所　到處　好處　行政處
　　2.ㄔㄨˇ　　處士　處理　處女　相處　姓氏
創 1.ㄔㄨㄤˋ　創造　創始　開創　懲創
　　2.ㄔㄨㄤ　　創傷　痔創（瘡）
衝 1.ㄔㄨㄥ　　衝突　衝鋒陷陣　要衝
　　2.ㄔㄨㄥˋ　衝南走　衝著你　太衝了

ㄕ

殺 1.ㄕㄚ　　殺人　殺死　痛殺人
　　2.ㄕㄞˋ　　殺減　降殺　等殺之愛
煞 1.ㄕㄚˋ　　煞是好看　凶煞　神煞
　　2.ㄕㄚ　　煞車　煞尾
蛇 1.ㄕㄜˊ　　蛇毒　蛇行　蛇類
　　2.ㄧˊ　　　蛇蛇（安舒貌）　委蛇（從容自得貌、蜿蜒屈曲貌、
　　　　　　　　順從貌）
上 1.ㄕㄤˋ　　上下　山上　上車
　　2.ㄕㄤˇ　　上聲（四聲專名）
勝 1.ㄕㄥˋ　　勝過　得勝　名勝　優勝
　　2.ㄕㄥ　　勝任　不勝枚舉　姓氏
屬 1.ㄕㄨˇ　　屬下　屬於　親屬
　　2.ㄓㄨˇ　　屬文　屬託
署 1.ㄕㄨˇ　　官署　姓氏
　　2.ㄕㄨˋ　　署名　署理　簽署　部署

ㄗ

載 1.ㄗㄞˋ　　載物　載歌載舞　乘載　裝載　滿載　記載　下載
　　　　　　　　姓氏
　　2.ㄗㄞˇ　　三載　千年萬載（年）
縱 1.ㄗㄨㄥˋ　縱情　縱使　縱犬傷人　放縱　姓氏
　　2.ㄗㄨㄥ　　縱隊　縱橫　縱貫線　花東縱谷

ㄘ

從　1.ㄘㄨㄥˊ　　從命　從事　跟從　隨從
　　2.ㄗㄨㄥ　　　從犯　從兄弟　從一品　侍從　僕從
　　3.ㄘㄨㄥ　　　從容
　　4.ㄗㄨㄥ　　　從橫

ㄙ

撒　1.ㄙㄚ　　　　撒手　撒謊　撒野　姓氏
　　2.ㄙㄚˇ　　　撒布　撒了一地
塞　1.ㄙㄜˋ　　　阻塞　充塞　填塞　敷衍塞責
　　2.ㄙㄞˋ　　　邊塞　要塞　塞外風光
　　3.ㄙㄞ　　　　塞車　瓶塞　活塞
散　1.ㄙㄢˋ　　　散播　散步　散熱　解散
　　2.ㄙㄢˇ　　　散文　散曲名　藥散　閒散　姓氏
喪　1.ㄙㄤ　　　　喪亡　喪假　死喪　居喪　喪服　姓氏
　　2.ㄙㄤˋ　　　喪失　喪心病狂　沮喪

ㄧ

養　1.ㄧㄤˇ　　　養育　養護　飼養　教養　保養　修養　姓氏
　　2.ㄧㄤˋ　　　奉養長輩　供養父母（晚輩對長輩）
耶：ㄧㄝˊ　　　　舊有ㄧㄝ音，專用於耶穌，今廢棄。

ㄨ

文　1.ㄨㄣˊ　　　文字　文明　文質彬彬　姓氏
　　2.ㄨㄣˋ　　　文過飾非　文飾（動詞）

ㄩ

與　1.ㄩˇ　　　　與國　與其　與虎謀皮　給與　姓氏
　　2.ㄩˋ　　　　與聞其事　參與　與會
　　3.ㄩˊ　　　　孝弟也者其為人之本與（同「歟」，語末助詞）

ㄜ

阿 1.ㄜ　　　　阿房宮　阿諛　山阿　姓氏
　 2.ㄚ　　　　阿伯　阿斗　阿拉伯　阿波羅（為發語詞或譯外語）
惡 1.ㄜˋ　　　 惡疾　穢惡　邪惡　善惡
　 2.ㄜˇ　　　 惡心
　 3.ㄨˋ　　　 憎惡　羞惡　交惡
　 4.ㄨ　　　　惡是何言也（發語詞或感歎詞）

第六章　國音句調跟語調

第一節　語言調類及其重要性

一）調的意義與類別

國音裡音長、音高及音量的變化，都名之曰「調」；包括字調、詞調、句調及語調。字調是一個字發音時從頭到尾音高升降的情況，具有區別字義的功能，所以又名「本調」，我們在第三章〈國字字音〉的第三節已經研究過了；詞調是一個語詞各音節之音高、音長及音量的組合情況，是我們在第四章〈國語變音〉裡所研究的。現在我們再進一步探討句調及語調的問題。

二）語調的重要性

兩個人朗讀同一篇文章，或是兩個人演講同樣的演講稿，他們所得到的效果會有不同，這是因為兩個人的語調型態不一樣，使人覺得他們對相同的語句有不同的詮釋；可見，不論講哪一種話，其注重的不只學會正確的基本字音（如國音的聲韻調）和語詞的輕重音與變音，還必須學習句調跟語調，並且有效地利用它們，才能夠順利地駕馭這種語言作為表情達意的工具，把自己的思想、意見、訊息傳達給對方。

我們在「語音輕重」中所介紹的「特強重音」、「普通重音」，不只是詞調，也是一般正常情況的句調；至於有些比較特殊的句調，是戲劇演員才用得到，我們在日常生活裡並不常見的，暫且略而不論；下面只說日常會話及演講的句調跟語調。

第二節　演說及講話之句調

　　句調是指一句話裡各詞的高低。一句話裡面，有些詞該高、有些詞該低，有些詞要強一些、有些詞要弱一些，就像在一個樂章裡，用各種不同的方式來表達情景、感情與意念一樣；而不同句子裡的同一個詞，也常常有不同的說法，究竟是該高還是該低、該強還是該弱，就要看它所表示的情感及意義了。下面介紹幾種最常見的句調以供參考：

一句末音節下降輕短

　　普通談話的句末常是輕聲字，遇到末尾輕聲的句子，那句話的最末一個音是下降而輕短的。例如：「這是一件稀鬆平常的事情。」「情」是輕聲字，所以在「事」字強音之後，「情」字下降成輕短的弱音。「我們把事情做好了」也一樣末音下降輕短；近年有些人反而把該下降的末尾輕聲字高揚拉長，就不合適了。至於末尾的字不是輕聲的，當然是一個重的音節；只是句尾經常不落在輕聲或軟音的字，說出來是強硬的語句，一點兒也沒有親切的韻味。

二句中重點上揚

　　說話的時候為了使聽的人特別注意重點，往往會使用強音來加強重點的力量。例如：「我們有『鋼鐵』般的意志。」意志已不是下降輕短的輕聲詞，而「鋼鐵」更是這句話的重點形容詞，就必須用上揚而堅決的「特強重音」說出來，要不然就失去表達意志堅決的力量了。

三驚歎揚升、憤怒高強

　　寫文章很多人會用驚歎號，到了說話時也得把驚歎號表達出來才好。驚歎的語句，整句話音階都比較高、聲音都比較大，尤其是從第一個字詞就揚升，不是到了中間再加強，而且驚歎語句末尾的助詞要拉長而響亮。例如：「怎麼！你不喜歡哪！」要從「怎麼」就揚升到相當的高度，末尾「哪」也是個響亮而拉長的聲音。「笑話！我怎麼會喜歡！」比前一句更高更強，這是因為憤怒的句調要每個字音都提高加強的關係，尤其

是「怎麼會喜歡！」更是一個字比一個字響亮高強的；不過，也有人把「笑話！」的「笑」拉長一些，再把「怎麼會喜歡！」的「怎」字加重，也能表現出憤怒到極點的情緒。語句調勢是約定俗成的❶，實際使用時還有許多個別差異的存在。

四 問句尾音上升、反問更升

一般語言在問句、反問句都有句尾輕揚上升的調勢，不只在國語才這樣；可是很多人學英語懂得問句上揚，卻不記得國語也要那樣了，這可能是「國語教師」沒有提醒，甚至自己做了錯誤的示範，歸根究柢則在於「看字學話」的誤差。既然知道缺陷，就該趕緊改正，最少「問句上升、反問更升」的句調要把握住。例如「你昨兒怎麼提前走了？」這個「了」字不但是輕聲，還得拉長尾音並且上揚，像在後頭有個高音的助詞「啦」一樣，才是個問句的調子。又如「這不是你所盼望的嗎？」這個「嗎」字固然是輕聲，尾音上揚得比前一句的「了」還要高，如果尾音拉長而不上揚，就成了另外的句子「這不是你所盼望的嘛！」意思出入很大。仔細比較「這是你所盼望的。」「這不是你所盼望的。」「這是你所盼望的嘛！」「這是你所盼望的嗎？」「這不是你所盼望的嘛！」「這不是你所盼望的嗎？」句子中間的重音有些不同，句末尾音更不一樣，就能掌握「重點上揚、問句上升、反問更升」的要領了。

五 呼格揚起

說話裡遇到呼喊名稱的時候，會很自然的把呼喊「名詞」（不論是專名或是稱呼）整個提高音量、音高，成為明顯揚起的句調。例如「各位同學！沒趣味的事情誰耐得了煩？」的「各位同學！」、「爸爸！快來呀！」的「爸爸！」，都是呼格要揚起。但是並非句子中或開頭的名詞都高揚，像「各位同學的筆記本兒」「爸爸最疼我」的「各位同學、爸爸」都不是呼格，就不宜揚起，否則會顯得很奇怪。

---

❶ 指事物之名稱或某種社會之習慣，由人們經過長期之實踐而認定或形成的。語言本身的語音與語意的對應關係、語詞的構詞方式、語句的組成條件、語調的抑揚頓挫，無一不是約定俗成的。

六 失望下降

　　說話中要表示失望的情緒，當然會有失望的表情，失望的表情沒有人是抬頭挺胸、眉飛色舞的，當然話語的句調也就音量輕微、語速緩慢、句尾下降了。例如「今天的事情，使老師很失望！」「很失望」三字是漸慢、漸弱、漸低而下降的，跟「今天的事情，使老師很高興！」有很大的差別。

七 鄙斥強而緩慢

　　做個老師，像公眾人物一樣，不可對同事、長官、家長、學生心存鄙視，發出斥責之語；但是生活中還是會碰到有人說鄙視斥責的話，我們不能聽不懂。鄙視斥責的語句，句調常常會強而緩慢。例如：「像他那樣到處『賴債』的人，還談得上什麼『人格』嗎？」整個句子說起來要緩慢，引號裡面的詞則發音比較強一些。語言會養成習慣，習慣會形成思想，思想會控制行為，行為將直接決定人生的禍福；我們最好不要說這種鄙視斥責的語句，以免危及個人幸福美滿的人生。

　　一句話裡，有些詞該高、有些詞該低，有些詞該強、有些詞該弱，就像在一個樂章裡，用各種不同的方式來表達情景、感情與意義。而不同句子裡的同一個詞，常有不同的說法，究竟該高、該低、該強、該弱，是要看它所表示的意義而決定的。只要把握上面的七項原則常常練習，演說及講話的句調就可更臻於理想的境界了。

第三節　演說的語調

　　平常說話是一句話一句話說的，但是教師講課、演說者演講的時候，就像一篇文章，是連續許多句話一貫說下去的，這就要更進一步講究整篇講詞高低快慢、抑揚頓挫的語調了。

　　演說或講課的時候，全篇語句的音調，不能平板地一直說下去，否則將像催眠曲一般，平淡無味而令人聽得昏昏欲睡；必須有高低起伏的變化；但是，所謂「抑揚頓挫」既不可以規律性的變化，又不是隨意的變化。必須符合內容與情境，做自然而生動的演出；更要符合生理的條

件，發揮個人的特質，給聽眾最適切的渲染力。

　　普通一個人每分鐘呼吸十二到十八次，平均呼吸一口氣大約四秒鐘，根據統計，平常演講或上課，每分鐘平均約講一百八十到兩百字之間，所以講一句話最自然的應在十二個字左右。這種語速，可以叫它為普通慢說語。最近幾年來由於科技進步，許多小眾傳播應運而生，語言的速度也有越來越快的趨勢；就中小學教師而言，一間教室總在七十多平方公尺以上，學生人數也往往超過三十人，語速實在不宜太快，才容易加上表情動作成為生動活潑的教學或演講活動。而一場好的教學或演講活動，其講詞全篇可像音樂一樣，不但一聲一聲地扣動聽眾的耳膜，並且一句一句地顫動聽眾的心坎，操縱聽眾的情緒，形成聽者與講者心靈的共鳴，達到意見、感情甚至精神、人格的交流融合。

　　整篇講話的高低起伏，雖然也有許多高低程度的區別，但是為了便於掌握、便於學習，我們只約略分為基本調、高調、低調三種。一個人所常用的基本語調和所能發出的高調或低調，儘管跟另外一個人不一樣，但是都可以分出基本調、高調、低調的不同。我們只要就自己原本具備的音色、音量，適當的調節運用，適切的起伏變化，掌握基本調、高調、低調三種變化的原則，就可避免平板單調而枯燥乏味，可以比較長時間保持聽眾的趣味，增加語言的力量了。

一 基本調

　　基本調是心平氣和、不高不低的語調，最像平常說話所用的調子。一場談話起首的稱呼、問候語，結尾的祝福、道謝語，或是中間許多敘述解說、平鋪報告的地方，都必須採用這種心平氣和、不高不低的基本調；因此在講課、演說時，基本調是用得最多的。

二 高調

　　高調是拉緊聲帶、加強氣流所發出來的高亢強烈的語調。一篇講話要有它的最高峰，它是意義或情緒的頂點，當然要用最高亢的語調。一堂課、一場演說都會有激昂慷慨、興奮震盪的時候，這種激昂慷慨、興奮震盪的感情強烈之處，當然也只有用高調才能夠表達這種強烈的感情。還有遇到警策的語句、全篇思想或意見的核心，為使聽眾特別注意，也

一定要用這種高亢強烈的語調。

三 低調

　　低調是指放鬆聲帶、減輕氣流強度所形成的沉抑低微、黯淡柔弱的調子。其中低調又有強弱之分：低而強的低調用於慎重沉毅的語句，低而弱的低調用在悲哀失望的語句。講課或演說時，遇到慎重顧慮或悲哀失望的時候都可以適切的使用低調；不過，低調必須用得恰到好處，否則比高調更受排斥，濫用高調只招致「愛唱高調」之譏，用錯了低調會使人覺得肉麻而令人瞧不起。

四 演說語調的實例

　　語調的高低、快慢，決定於語言的內容和表現的情緒，不是矯揉造作、強定節拍的。底下以美國林肯總統 (Abraham Lincoln, 1809 ～ 1865) 的成名講詞〈永懷先烈——蓋提斯堡公墓獻辭〉(11.19, 1863) 中文譯稿為例，說明三種語調的使用。基本調不標符號，高調詞句前後以〈 〉號括起，低調之強者以 [ ] 號括起，低調之弱者以 ( ) 號括起。

　　同胞們：

　　八十七年前，我們的祖先，在這塊新大陸上，創立了〈一個「主張自由」，並且信奉「人類生而平等」的新國家。〉（我們的內戰，是要）考驗任何一個懷有這種信仰及主張的國家，能否永遠生存下去。

　　我們聚會的這裡，是一個偉大的戰場；把戰場的一角，奉獻給先烈們作為安眠之所，〈那是最恰當，也是最合理的。〉

　　[不過，我們這樣做，並沒有使這片土地，更加神聖、更為光榮。] 那些在這戰場上流血流汗的將士們，已經〈使它成為最光榮的聖地了。〉今天我們在這兒所說的話，人們可能毫不在意，更不可能永遠牢記；但是，任何人絕對不會忘記〈他們拋頭顱、灑熱血的偉績。〉還活著的我們，能夠不〈繼承先烈們的志業？能夠讓先烈們白白的犧牲嗎？〉

　　我們應該效法先烈們的精神，使國家在上帝的庇佑下，得到自由的新生，〈使「民有、民治、民享」的政府，〉永遠適存於大地。

第四節　影響語調的嗓音

一)嗓音的意義與作用

　　嗓音是指一個人說話時聲音的音質、音量，配合清濁音所給人的感受。例如有人嗓音甜美、有人嗓音低沉、有人嗓音沙啞、有人嗓音渾厚。每一個人的聲音，形形色色，包羅萬象，卻很少有相同。有的聽起來令人悅耳舒服，有的聽起來令人厭煩，甚至引起心中的不快。一個教師或演講者的聲音，必須清晰而宏亮，才能夠妥善運用語調的高低，來傳達不同的意見與情感。

二)怎樣善用嗓音

　　從第二章第二節「語音的物理現象」裡，我們得知：人的聲音是由音勢的強弱、音高的高低、音長時間的長短、音色品質的良窳四個因素構成的；其中雖然有些決定於天生的成分，但是，透過後天的練習與修養，也可能收到相當的功效。

　　想要具備富有魅力的嗓音，平常必須注意身體的保健，保護自己的呼吸器官，過正常規律的生活，不酗酒，不熬夜，少吃油炸食物，經常做適度運動；更要留意自己說話時口腔的開闔，掌握正確的發音部位與方法，不做過度的大喊大叫，不濫用聲帶形成傷害。大多數人先天嗓音不會太差，只要好好保護、小心使用、不再受損，使自己說話的聲音不會變得更壞；保有這樣原先的發音能力，就夠用於學習正確的發音。

　　所謂「相由心轉」，容貌善惡與心態有關，而心態善惡更直接影響說話的口氣、音質，所以要保持一顆謙和愉悅的心，多欣賞、讚美別人的優點和長處，多關心別人、尊重別人，經常對人展現親切的微笑。能夠這樣持之以恆，天生的聲音不但不會受傷害，還會使嗓音變得更慈祥、親切、平和而溫暖，就可以展現出與眾不同的特色，發揮引人入勝的魅力了。

　　如果發音上有特殊的缺陷或生理上的問題，可以找聲帶整形復健的專科醫師協助矯正，目前許多醫院設有聲帶整形、語音復健的專科，有

相當成熟的技術，可以解決生理性的病變或傷害問題。至於發音技術，只要追隨有經驗的好老師，虛心受教、下點兒功夫研習，都可以矯正。

整體說來，只要用對方法、及早努力，任何一個年輕人，都可以擁有富有魅力的嗓音，並且一生受用不盡，用它作為開創幸福美滿前程的資本。

第五節　語調練習的方式──朗讀

練習語調的方法，有朗讀、講故事、說笑話、話劇表演、專題演講、即席演說、辯論遊戲等等。我們限於篇幅只介紹朗讀的練習，其他項目可另找專書參閱。

㈠朗讀的定義

在《國語辭典》裡說「朗讀：猶朗誦」「朗誦：高聲誦讀」，似乎兩者是相同的，但是在實際上朗讀與朗誦並不相同。

朗讀是與默讀相對立的名詞，就是把文章高聲地讀出來。不是像朗誦那樣「拉長腔調」讀文章，頂多只是有充分的高低起伏、抑揚頓挫來表達文章的聲情之美而已。

㈡朗讀在語文教學的用處

在語文教學的活動裡，朗讀是不可或缺的重要項目。教師講授新課文最先要引起學生學習動機的「範讀」、教師講解課文以後希望學生吸收消化而帶領學生讀文章的「領讀」或「伴讀」、學生為求純熟的「齊讀、輪流讀、接讀」，都是使用朗讀的方法。一個擅長朗讀文章的教師，教起語文課程來可以得心應手，而不懂得或不擅長朗讀文章的教師，就比較麻煩，必須找別人協助或利用輔助的錄音帶、錄影帶等教具；一個語文教師最好要具備朗讀的技巧。

㈢朗讀的基本條件

一篇文章要朗讀得精彩，最少要具備三大要件：

1.讀出正確的字音

　　文章是積字成詞、積詞成句、積句成段、積段成篇章的，每一個字詞的意義都要體會得準確無誤，才能夠使自己精確地了解文章的精髓；每一句話的意義都要表達得清楚明白，才能夠使別人真正的感受到文章的精義與美妙；所以把每一個字詞的聲、韻、調、變音都查清楚、讀正確，是讀好一篇文章的基本功夫，不容有誤。

2.表現適當的文氣

　　一篇文章要朗讀得精彩，必須把其氣勢韻味淋漓盡致的表達出來；人的外貌受精神狀態所左右，文章的精神則決定於氣勢韻味的強弱短長。所以，一個擅長朗讀文章的人，一定能深刻體會文章的氣勢韻味，利用朗讀的口氣語調、抑揚頓挫恰如其分的把文章精義發揮出來。

　　表現文氣的技巧，可分為停連、輕重、強弱、緩急、抑揚、鬆緊六項，說明如下：

　　⑴停連：朗讀文章的聲音，其中有的中斷、有的延續。中斷時，此時無聲勝有聲，是最美妙的休止符；延續處，抽刀斷水水還流，是綿延不絕的天籟。尤其是停頓的運用，最講究的是：語法的停頓、邏輯的停頓、心理的停頓，每一個停頓，都必須停得恰到好處。

　　⑵輕重：朗讀文章時運用音量與音長的配合，可以表現出文氣的輕重。其原理原則，約略跟字音輕重（第四章第一節）相似。要運用「特強重音」的地方有：並列性的詞句、對比性的詞句、呼應性的詞句、遞進性的詞句、轉折性的詞句以及強調性的詞句。但是，一篇文章不可以死死板板地堆疊出現輕重交替的語句，而是強弱輕重妥善配合，巧妙的運用弱中加強法、低中升高法、快中轉慢法、實中作虛法、連中頓停法，才能夠精彩絕倫。

　　⑶強弱：這是指朗讀文章時音量的大小而言。無論整篇文章或者文中的某段某句，凡是陽剛豪邁、剛健雄直者聲音必須宏亮，溫柔婉約、深沉泣訴者聲音必須輕細。宏亮處有如鑼鼓齊鳴，聲音壯闊迸脆、直徹九霄；輕細的地方則像嫠婦夜泣，聲音似有似無、細如遊絲。

　　⑷緩急：這是指朗讀文章時聲音長短的變化。當文章的情意屬於莊重、敬畏、謹慎、沉鬱、悲哀、仁厚、疑惑等感情時，朗讀者必須緩慢的讀；當文章的情意屬於歡樂、暢快、確信、憤怒、驚愕、恐怖、怨恨

等氣氛時，朗讀者必須急切的讀。不過，絕少整篇文章急讀、緩讀的，絕大多數為急中有緩、緩中有急，或者先急而後緩，或者先緩而後急，總是錯落有致，必須深入體會文章的感情氣氛，才能夠緩急錯落，恰得其宜。

　(5)抑揚：這是指朗讀文章時各種句調、語調的變化。除了本章第二節的句調以外，朗讀文章還常用的是升尾調、降尾調、彎曲調與平直調。

　　a. 升尾調：升尾調是指一句話末尾的音節特別上揚，最末一個音節的濁音部分，延長大約一個輕聲音節的長度（半個字音的長度），然後加上一個升高的尾音；其含意是出乎意外而不相信，如果是不耐煩或強制性的語句，則音量要漸大而用喉塞音結尾；假使是一句特別懷疑的句子，則升尾部分還要比普通疑問句的末尾拉長一些。凡是問題難以解決、事情還沒有確定、號令呼叫或驚愕的句子、意義未完結的文句、句中沒有疑問詞的問句，也都需要用升尾調朗讀。

　　b. 降尾調：降尾調是把一句話末尾的音節特別下降，它只在末音節濁音部分略延長，然後帶個下降的尾音。這種語調最適合表現得意洋洋的優越感與慇勤懇切的關懷心；凡文章中遇到列舉、贊成、糾正、規勸、安慰、呼告，甚至虛偽、諷刺的語句，都可以用它。

　　c. 彎曲調：彎曲調是開始和結尾的聲音都比較低，中間則升高。它可以用來表示意在言外、故意說反話，或表示妒忌嘲諷等情緒。

　　d. 平直調：平直調的聲音自始至終，幾乎保持同樣的高低。它可以用來表示嚴肅、莊重、冷淡、厭惡等語氣。

　　朗讀文章中不只必須注意語調的抑揚頓挫，更要適當使用升尾與降尾、彎曲與平直的調子。至於表現出文章情緒：喜則語調輕鬆流暢、怒則語調激昂緊迫、哀則語調傷痛悲切、樂則語調閒適平和、愛則語調關切親暱、惡則語調厭煩憎恨、欲則語調懇切期盼，也要拿捏得恰到好處，才能夠唯妙唯肖。

　(6)鬆緊：這是指朗讀文章時的節奏。節奏有的輕快、有的凝重，有的低沉、有的高亢，有的舒緩、有的緊張。凡節奏之異，總在朗讀文章時以音高、音長與音量（勢）的綜合變化呈現出來；尤其在文章的基本語句、基本轉換處頗有不同，在重點句及重點段落，節奏的不同更為明顯。遇到多揚少抑、多輕少重，語節少而詞的密度大的篇章，適合用輕

快的節奏。遇到語勢平穩，音強而力重，多抑少揚，語節多而詞疏的篇章，適合用凝重的節奏。遇到語勢如潮水退落，句尾的落點顯得沉重，音節比較長，聲音沉緩暗淡的篇章，適合用低沉的節奏。遇到語勢像潮水增漲，峰峰緊連，先前已揚起而其後更揚，勢不可遏的篇章，適合用高亢的節奏。遇到語勢多高揚而少下墜，聲音比較高而不著其力，語節比較疏而不多頓挫，氣流比較長而聲音清揚的篇章，適合用舒緩的節奏。遇到多揚而少抑、多重而少輕，語節密度比較大，文氣比較急促，音節比較短的篇章，適合用緊張的節奏。

　　朗讀文章原本就是藝術的再創作，什麼篇章屬於什麼類型，隨著個人領會的不同而會有出入，那是見仁見智的分歧，不必、也不可能定於一尊。我們只要儘量提升語文素養，平時勤加練習，就不必害怕與眾不同。前修先賢的結晶，是我們成長的養分；揣摩演練，是我們成功的階梯，只要勤用功，朗讀技巧之進步是指日可待的。

　3.具有自然的表情

　　朗讀活動，不論教師講課的朗讀，或是競賽員出場比賽的朗讀，都像表演人員上臺演出一樣，教室、競賽場就是舞臺，學生、評判員及觀摩者就是觀眾；往往會使人過度反應，變得像演戲一樣，不但裝腔作勢，還過度誇張到裝模作樣，甚至服裝、道具一應俱全，做派、身段刻意模仿，固然新鮮討好於一時，終究會貽笑於大方之家，那粉妝玉琢求討喜，卻誤入歧途表錯情；更有鑼鼓伴奏、咿呀彈唱，雖曲正腔圓，亮人耳目，終究撈過界限，耕錯田地。朗讀就是朗讀，既不是朗誦吟唱，更不是粉墨登場，教師講課為增加趣味以吸引、感動學生，原本不受限於朗讀一項，盡情發揮，尚無可厚非；競賽表演，既然已經名目確定，就不該逾越分際，做出讓評判人員為難而不得不割捨的憾事。

　　朗讀者在臺上的行為舉止、表情動作，可用「穩重而不呆板，活潑而不輕佻」兩句話概括。就所犯毛病（只是皮毛之病，不是膏肓重症）的傾向而言，初學者、年輕人比較容易流於呆板或輕佻，但是這也與個人的性格有關，外向者病在輕佻，內斂者失於呆板，只要多歷練、勤觀摩，是可以輕易改正的；至於老將、熟手，只會偶爾閃失略見有輕佻或呆板跡象，那是顧此失彼、調配失當所致，只要仔細斟酌、小心從事，都能夠得心應手，行為舉止、表情動作如行雲流水，妥貼恰當的。

四 練習朗讀的要領

沒有規矩，難以成方圓；不知要領而土法煉鋼，不但難以登堂入室，甚至事倍功半而遺憾於一簣之虧。底下提出初學入門的要領以供參考：

1.以高聲朗讀體會文章情感。

好的文章，其情韻不只寄乎字句，更盈溢於聲情；曾國藩謂「非高聲朗誦，則不能得其雄偉之概；非密詠恬吟，則不能探其深遠知趣」（見《家訓・字諭紀澤》），一語道破朗讀對體會文章情感的重要性。尤其是以高聲朗讀，更能口耳並用，深刻體會文中寄於聲韻的情感。至於表演，也只有高聲朗讀，使現場人人覺得聲聲入耳、字字清晰，才能夠藉音傳情，引起共鳴。

2.忠於原著遵照原文字詞。

朗讀雖然是一種文章藝術的再創作，但是有別於原始創作的過程。原創性的藝術創作，可以任憑創作者的才華與靈感，天馬行空無拘無束；朗讀只是原有篇章藝術的再現，必須根據原著的字詞，體會原著的情感，做最適切的表達。這有點兒像演戲，必須遵照劇本演出，不可以即興表演而脫稿失序。所以凡朗讀文章，不論是教師教學、競賽表演，都要目視原稿，逐句逐字照本宣科，不容許更易字詞、抽換文句，更不該有跳行、落字誤認等缺失。遇到字句有疑義之處，要勤查博覽、審問慎思，沒有明確的證據，絕不輕易更改，縱有鐵石證據，也要謙虛為懷，不可武斷。比賽文稿更不准更改，評判者通常遵守的是「將錯就錯不扣分，擅改致誤必扣分，英明改正不加分」的原則，主辦、承辦人員的疏失，是不必由競賽員來承擔的。

3.先求正確清晰再求生動感人。

正確是朗讀文章的基本要求，字音、詞調、斷句、篇旨不容有誤。清晰是完成文章朗讀之目的的必要條件，朗讀文章如果不清晰，聽者藐藐不知所以，就無法深入肺腑引起共鳴。生動感人當然是文章朗讀最高理想，但是生動的程度、感人的深淺，是程度性的差別，有之固然可喜，不然寧可缺乏而絕對不可失去正確清晰的基本要求。

4.先緩慢細讀再求流利自然。

在朗讀之前，一定要先經過緩慢細讀的手續，才能夠深入而精確的

體會作品的精微意旨與巧妙聲韻；入手必須仔細、嚴謹，才不會囫圇吞棗而「讀」不知味、「讀」錯韻味，甚至誤把「恰恰」當「倫巴」，挑錯舞曲、出錯腳步，就是失在疏忽不可原諒了。流利自然是成熟的必然境界，只要功夫深，不必著急、不可躁進，循其序而登堂，當然可以入其室而見宗廟之美、百官之富。

5.理解體會比表演技巧重要。

《論語》上說：「質勝文則野，文勝質則史；文質彬彬，然後君子。」君子固然要文質彬彬，朗讀也有相似的情況。只講求文字篇章的理解體會，無法表達其蘊含精髓，當然不會成為感人的朗讀者；但是，只注重朗讀的技巧，不知篇章的精義，表達出來的不是誤解的訊息，就是自以為是的看法；失其原來篇章的意義，就不是良好的朗讀了。當我們練習朗讀的時候，最好是理解體會文章意義與朗讀聲音表演的技巧兩者兼顧，不過，在兩者不可得兼的情況下，我們寧可先求理解體會篇章義蘊，再學習朗讀技巧。儘管不一定成為高明的朗讀者，最少是務實的鑑賞家；而且理解體會文章意義是人人可學而能，而有些精巧玄妙的聲音表演技巧則非人人努力都能學習成功，所以在練習朗讀時，我們主張「理解體會比表演技巧重要」。

五）練習朗讀的資料：

朗讀是練習語調的好方式，為了便於練習，以下選錄兩篇文章作為練習朗讀的資料。

1.〈新生活〉　胡適

那樣的生活可以叫做新生活呢？

我想來想去，只有一句話。新生活就是有意思的生活。

你聽了必定要問我，有意思的生活又是什麼樣子的生活呢？

我且先說件實在的事情做個例子，你就明白我的意思了。

前天你沒有事做，閑得不耐煩了，你跑到街上一個小酒店裏，打了四兩白干，喝完了又要四兩，再添上四兩。喝得大醉了，同張大哥吵了一回嘴，幾乎打起架來，後來李四哥來把你拉開。你氣忿忿的又要了四兩白干，喝得人事不知，幸虧李四哥把你扶回去睡了。昨兒早上你酒醒了，大嫂子把前天的事告訴你，你懊悔得很，自己埋怨自己：「昨兒為什

麼要喝那麼多的酒呢？可不是糊塗嗎？」

　　你趕上張大哥家去，作了許多揖，賠了許多不是，自己怪自己糊塗，請張大哥大量包涵。正說時，李四哥也來了，王三哥也來了。他們三缺一，要你陪他們打牌。你坐下來，打了十二圈牌，輸了一百多吊錢。你回得家來，大嫂子怪你不該賭博，你又懊悔得很，自己怪自己道：「是啊！我為什麼要陪他們打牌呢？可不是糊塗嗎？」

　　諸位！像這樣子的生活，叫做糊塗生活，糊塗生活便是沒有意思的生活。你過完了這種生活，回頭一想，「我為什麼要這樣幹呢？」你自己也回答不出究竟為什麼。

　　諸位！凡是自己說不出為什麼這樣做的事，都是沒有意思的生活。

　　反過來說，凡是自己說得出為什麼這樣做的事，都可以說是有意思的生活。生活的「為什麼」就是生活的意思。

　　人同畜生的分別，就在這個「為什麼」上。你到萬牲園裡去看那白熊一天到晚擺來擺去不肯歇，那就是沒有意思的生活。我們做了人，應該不要學那些畜生的生活。畜生的生活只是糊塗，只是胡混，只是不曉得自己為什麼如此做。一個人做的事應該件件事回得出一個「為什麼」。

　　我為什麼要幹這個？為什麼不幹那個？回答得出，方才可算是一個人的生活。

　　我們希望中國人都能過這種有意思的新生活。

　2.〈匆匆〉　朱自清

　　燕子去了，有再來的時候；楊柳枯了，有再青的時候：桃花謝了，有再開的時候。但是，聰明的，你告訴我，我們的日子為什麼一去不復返呢？——是有人偷了他們吧？那是誰？又藏在何處呢？是他們自己逃走了吧？現在又到了哪裡呢？

　　我不知道他們給了我多少日子，但我的手確乎是漸漸空虛了。在默默裡算著，八千多日子已經從我手中溜去，像針尖上一滴水滴在大海裡。我的日子滴在時間的流裡，沒有聲音，也沒有影子。我不禁汗涔涔而淚潸潸了。

　　去的儘管去了，來的儘管來著；去來的中間，又怎樣地匆匆呢？早上我起來的時候，小屋裏射進兩三方斜斜的太陽。太陽，他有腳啊，輕輕悄悄地挪移了；我也茫茫然跟著旋轉。於是——洗手的時候，日子從

水盆裡過去；吃飯的時候，日子從飯碗裡過去；默默時，便從凝然的雙眼前過去。我覺察他去得匆匆了，伸出手遮挽時，他又從遮挽著的手邊過去；天黑時，我躺在床上，他便伶伶俐俐倒地從我身上跨過，從我腳邊飛去了。等我睜開眼和太陽再見，這算又溜走了一日。我掩著面歎息，但是新來的日子的影兒，又開始在歎息裡閃過了。

　　在逃去如飛的日子裡，在千門萬戶的世界裡的我，能做些什麼呢？只有徘徊罷了，只有匆匆罷了；在八千多日的匆匆裡，除徘徊外，又賸些什麼呢？過去的日子，如輕煙，被微風吹散了；如薄霧，被初陽蒸融了；我留著些什麼痕跡呢？我何曾留著像游絲樣的痕跡呢？我赤裸裸地來到這世界，轉眼間也將赤裸裸地回去吧？但不能平的，為什麼偏要白白走這一遭啊？

　　你，聰明的，告訴我，我們的日子為什麼一去不復返呢？

附錄　注音符號練習作業

一、筆符寫法練習

字形	筆順	練習
ㄅ	ㄅ	
ㄆ	ㄅ ㄆ	
ㄇ	ㄇ ㄇ	
ㄈ	一 ㄈ	
ㄉ	ㄅ ㄉ	
ㄊ	一 ㄊ ㄊ	
ㄋ	ㄋ	
ㄌ	ㄅ ㄌ	

字形	筆順	練習
ㄍ	ㄍ ㄍ	
ㄎ	ㄎ 一	
ㄏ	一 ㄏ	
ㄐ	ㄐ ㄥ	
ㄑ	ㄑ	
ㄒ	ㄒ 一	

字形	筆順	練習
ㄓ	ㄓ ㄥ ㄓ	
ㄔ	ㄔ ㄑ ㄔ	
ㄕ	ㄕ ㄚ ㄕ	
ㄖ	ㄖ ㄥ ㄖ	
ㄗ	ㄗ ㄚ ㄗ	
ㄘ	ㄘ 一 ㄘ	
ㄙ	ㄙ ㄙ	

二 韻符寫法練習

字形	筆順	練習	字形	筆順	練習	字形	筆順	練習
ㄧ	一		ㄝ	ㄝ 一 ㄈ ㄝ		ㄢ	ㄢ ㄢ ㄢ	
ㄨ	ㄨ ノ ㄨ		ㄞ	ㄞ 一 ㄈ ㄞ		ㄣ	ㄣ ㄣ	
ㄩ	ㄩ ㄴ ㄩ		ㄟ	ㄟ ㄟ		ㄤ	ㄤ ㄋ ㄤ	
ㄚ	ㄚ ˋ ㄚ		ㄠ	ㄠ ˊ ㄠ ㄠ		ㄥ	ㄥ ㄥ	
ㄛ	ㄛ 一 ㄛ		ㄡ	ㄡ ㄈ ㄡ		ㄦ	ㄦ ノ ㄦ	
ㄜ	ㄜ 一 ㄜ							

貳、說話篇

第一章　說話術總論

第一節　從人際溝通談說話藝術

一 說話藝術的定義

說話是人類用語言表達思想、意見或情感的行為。它是最簡便的溝通方式，比起人類另外一種溝通活動——文字書寫方便多了。

一個人把話說得完美，可以使人喜愛而完成溝通目的；就像「具有審美價值」的藝術品一樣，所以美其名叫做「說話藝術」。

二 說話藝術的重要性

人類社會已從野蠻進步到文明，也逐步提高說話藝術的重要性；在最早的人類社會裡，可能像動物園的猴群一樣，猴王的地位是「打」出來的；人類文明提高後，以文采、筆力定高下，就像我國的科舉制度以「筆頭」代替「拳頭」爭取權位；在民主社會裡，要擔任行政首長、民意代表，都必須透過選舉活動，而選舉活動中處處要用到說話的藝術；在文明社會，人際之間的溝通活動裡，也處處可見說話藝術的重要性。

說話是教師主要的工作方式，一個將來要擔任教職的人，非有良好的說話藝術不可。我們且從日常生活、謀職就業、開會報告三方面簡略說明：

1. 日常生活方面

一個人每天要和父母、兄弟姊妹、妻子兒女，親戚朋友、同學、同事接觸。我們的日常生活，一刻也不能離開這些人；要跟他們和諧共處，最方便也最重要的方法是說話。俗話說：「一句話使人跳，一句話使人笑。」怎樣避免誤會、化解衝突，使人際關係圓融、生活愉快，就要靠說話的藝術了。

2.謀職就業方面

在現行制度下，中小學教師應徵受聘，往往需要經過面試、試教的考驗，口才的好壞，在爭取職務、面試、試教時往往有決定性的影響。謀得教職以後，除了學養、品格以外，要把課程教得生動精彩，還得靠說話的藝術。所以從求職就業方面看，說話的藝術非常重要。

3.開會報告方面

在民主的社會裡，許多事情都必須使相關的人員了解、諒解，否則難以辦得好；要使人了解、諒解，最方便的方法是在會議中做適切的報告。因此，一個擔任教職的人，為了面對學生、家長、同事做好報告、說明，必須善用說話的藝術。

三 說話藝術的基本概念

為詳細探討說話藝術，我們先說明最基本的兩項概念：

1.說話是有目的的溝通行為。

一般人說話，可以分為四種情況：有的是「自言自語」，只講給自己聽；有的是「盡情發洩」，自己愛說什麼就說什麼；有的是「阿諛奉承、甜言蜜語」，每一句話都是說給別人聽的；當然還有的人是為「實現目標」而說話的。

實際上說話應該是有目的的溝通行為，親人、朋友談天說笑，目的在增進感情、溫暖心靈、交換意見、尋求慰藉，儘管每個人每一次說話的目的並不一樣，但是都有其目的，都是為「實現目標」而說話的。

我們說話所要實現的目標是：改善人際關係，提高工作效率，增加生活情趣；說話藝術絕非用以揭人隱私、爭權奪利的。

凡是對方不可能接受的話我們不必說；不可能改善彼此關係的話、不可能提高工作效率的話、不可能增加生活情趣的話我們都不要說。把握這樣的言行目標，才會有運用說話藝術而溝通順暢的快樂與收穫。

2.影響說話效率的基本條件。

訊碼互通、介質穩定、意願強烈、訊息重要是影響說話效率的基本條件。

(1)訊碼互通性：說話者與聽話者之間，要有完全互通的語言。最明顯的訊碼互通，當然是雙方使用同樣的語言；但是，實際上更要雙方有

高度的默契,每一個人說話都受其知識程度、生活背景、思考模式、用語習慣的影響,這些條件要完全相同很不容易,但是要彼此互相了解、溝通順暢,這些條件越相近越好。

⑵介質穩定性:平常說話的介質是空氣,使用電話、廣播、電視的介質是電波,無論哪一種,介質穩定才能夠使聲波傳遞清晰明確。在吵雜的工廠、路邊、車船飛機上,由於空氣中的噪音很大,會壓制說話的聲音,聽起話來比較費力氣,就不是理想的說話場所;天氣不好、建築物阻擋、電力不足,也都會影響電子傳音方面的說話效能。只有維持傳播介質相當穩定,才有清晰明確的聲波信號,才可能使雙方順利的溝通。

⑶意願強烈性:說話者有強烈的發表意願,才會興高采烈地說出心裡的話;聽話者有強烈的接受意願,才會全神貫注地側耳傾聽;要使雙方具有強烈的溝通意願,必須從培養雙方的感情下功夫。很多學生改善讀書態度,都是因為喜歡老師,處理好師生關係、親師關係,是教師教學成功的先決條件。

⑷訊息重要性:訊息本身的價值也是影響說話效率的重要條件,當老師說「我們來整理重點,考試要考」的時候,學生都會特別專心聽課、劃下重點;學生知道整理教材重點的訊息是比較重要的,所以會特別注意聽、抄下完整的筆記。

四)提高說話效率的方法

要提高說話效率,可以從改善以下四項做起:

1.內容明確。

自己要說什麼、要怎麼說,都要事先準備妥當;只有具備明確內容的話語,才能夠使聽者明明白白,達成預期的目標。一個將來想從事教育工作的人,應該要更認真的學習本科系的課程,深植自己的學養,將來執教以後,對於學科有足夠的專精學識,則無論選取資訊、編纂教材、講解課文、補充資料,處處都能夠得心應手、清晰明確。至於日常生活,就要保持謙虛的心態,吸收有用的常識,將來說話才能夠言之有物,使人信服。

2.語音清晰。

說話的聲音必須清晰明確,才能夠傳入聽者之耳打動聽者之心,否

則言之者諄諄而聽之者藐藐，說話就難以達成目的了。在本書〈國音篇〉裡，說明了許多有關國音的學理、發音正音的知識，一個將來想從事教育工作的人，應該要詳加研究、確實改善，使自己的「國語發音圓滿無缺，國字音讀正確無訛」；也要鍛鍊自己的身體，學習大聲說話的技巧，使自己將來在教師崗位上，不會經常倒嗓。這樣儲備從事教職的本錢，將來才不會虐待學生的耳朵，使工作更順利，做個稱職而快樂的教師。

　　至於日常生活，必須從現在就養成選擇說話場地的好習慣，不在吵雜的工廠、路邊、車船飛機上大聲說話，也不要在狹窄的升降機（電梯）、安靜的茶座咖啡廳縱聲談天笑鬧，才能夠營造祥和、安寧的文明社會；在這樣安寧祥和的氣氛下，才可能使清晰的語音輕輕柔柔完成溝通作用不必臉紅脖子粗的吼叫嘶喊。

　　3.情感融洽。

　　溝通是人與人之間的活動，而具有情緒的人類，其行為常常會受情緒的影響，必須雙方有融洽的情感，溝通活動才會順利圓滿；所謂「酒逢知己千杯少，話不投機半句多」，足見雙方感情對於口語表達成敗的影響極大。因此，教師上課時，不只必須認真教學，更要善用班級經營的技術，營造師生之間良好互動的氣氛，永遠保持關懷學生、愛護學生的熱忱，才能夠獲得學生的認同、敬仰，以提高師生之間溝通的效率。

　　至於日常生活，要觀察溝通的對象，選取、營造理想的說話情境，敏於事而慎於言，不說惹人生厭的話，與他人保持良好的感情，才能夠提高說話的效率。

　　4.時機妥當。

　　「時而後言人不厭其言」，說話的時機是否恰當，直接影響其話語的效力。不過這個時機不只是時間，還包括了：事情發展的情況、雙方形成的心態、客觀環境的演變等等，必須掌握各種資訊，把握適當機會，說出恰到好處的話語，才能夠達成預期的效果。

　　一個好的老師，要能夠看得久遠、能記取過去的教訓，也要選擇恰當的時機；話說得太早，學生不但不在乎，更可能聽過就忘記；例如有個中學老師常常滿面憂容地告誡學生，要選擇自己喜歡的工作更要熱愛自己所選擇的工作，學生總覺得事不關己無動於衷；倒不如說些目前怎樣把書讀得好的要領容易讓學生確實了解而受惠。

至於日常生活，不要做放馬後炮的人，也不要做預言家，謹守分際，把握當下，才可以提高人際溝通的效率。

五 怎樣提升自己的口才

那麼，我們要怎麼提升自己的口才呢？想要提升自己的口才，應該從充實知識、改善態度、提升技巧三方面齊頭並進。

1.充實知識

充實知識是要使自己具備：豐富而正確的常識、專精而實用的學識以及口語表達的知識。

常識是有關日常生活的一切知識，是知識領域中最實用的部分，因為要實用，就必須選擇修正，為了提升自己的生活品質，也為了隨時可以幫助他人、隨時有話題可說，並且說得正確，就要具備豐富而正確的常識。

學識是經過一段時間努力求學所得到的有系統的、有條理的知識，這種知識大多數都是從學校學習來的，必須研究其實用性；當教材編纂的時候，為求簡明易懂、系統完整，有些是純理論而不實用的知識，我們要分辨出最實用的部分用在生活上，不要整天鑽在象牙塔裡不食人間煙火，說起話來才能夠符合大家的需要，也才能夠與人順利的溝通。

至於口語表達的知識，不論正式設立的課程裡或課外的社團活動，都要理論與實務兼顧、知識與技巧並重。只有這樣的知識，才能夠真正提升自己的口才。

2.改善態度

改善態度必須從現在做起，要立刻實踐。許多人話說得不好而不得人緣，並不是他不知道該說什麼、該怎麼說，而是說話態度不對，使人無法接受。例如父母對兒女，因為愛之深責之切，說話重了些，所以兒女生了叛逆之心不服管教；師長對學生，因為恨鐵不成鋼，要求嚴作業多，所以學生敬而遠之不願虛心受教；對知己好友因為不加矯飾不講客套，率性直接指責對方，所以引起忍無可忍的反彈，好友竟然反目成仇；這些都是態度不妥當造成的。

一個人必須坦白、謙虛、和善、寬大，養成處處尊重對方的意見與自主權的習慣，時時容許別人有不同的想法與做法，有事情大家商量了

再決定怎麼做，不要獨斷專行，才不會在無意中得罪人、傷害人；這樣的態度，才能夠保持彼此和睦的氣氛、順利的進行交談。

3.提升技巧

說話技巧的提升，必須善用自己的感官與智慧，學到一項溝通技巧、說話方式，就要選擇合適的情境多加練習，從實際練習之中修正、改善，最後內化成自己的獨特風格。對於別人所說的話、所做的事，也要留心觀察，知其得失，引為自己的榜樣、作為自己的借鏡，這樣就能夠減少自己再犯錯的痛苦。

在學習溝通理論、練習溝通技巧的道路上，更要善用智慧去研判、思考，凡事不只知其然，更要知其所以然，把觀察所得的現象，找出合於理論的解釋，使理論與實際互相印證、互相聯繫，這樣才能夠掌握說話的訣竅、保證說話的成效，使自己說話的技巧逐漸進步。

善歌者使人繼其聲，善教者使人繼其志，善論者使人明其理，善說者使人同其情。有了以上的認識以後，只要針對各種不同的對象、情境，逐項研究學習，在日常生活上確實力行；相信人人都可以改善說話技巧，成為溝通高手。

第二節　說話術的基礎與媒介——口德口碑與口音

一)定義

口德是指說話者的道德。說話者的道德直接影響其人緣，一個人想要提升口才，必須從修養口德做起。

口碑是一個人被認定的身價。說話者的名譽決定他說話的分量，口德與口碑都是口才的基礎。

口音是一個人說話的語音。因為說話是以聲音表達情意的行為，所以口音是一個人說話時所運用的媒介。

二)怎樣修養自己的口德

擅長說話的溝通高手，絕對不只是信口開河地暢所欲言；假使沒有高尚的人品、嚴謹的操守，別人不一定會接受他的意見，甚至不會相信

他所說的話。

一個人的道德，對其一輩子的影響固然很多，但是只要張開嘴巴，別人立刻能從口德中辨識說話者的善惡。說話是內心意念、心態的表達，必須先有高尚的人品與嚴謹的操守，才不會在話語之間使人厭惡、使人難堪。我們從未發現整天用尖銳的口語去損人、傷人、整人而能成功的溝通高手，只有運用流利的語言去愛人、助人、救人，才能夠使口語表達的技巧成功。

口德的修養，可分為消極的口德跟積極的口德兩種；消極的口德比積極的口德還重要。

1.消極的口德

消極的口德是可以避免「禍從口出」的口德，有四項德目。

⑴不說欺瞞詐騙的話。

禍從口出的第一種情況是欺瞞詐騙。一個正常人都有自衛的本能，假使說一句謊言、使一次詐術，也許別人在沒有防備、毫無警覺的情況下受騙上當了，但是知道受騙吃虧、上當失利以後必定會引起怨恨之心，想要尋找機會討回公道、進行報復，這個說謊使詐就是結仇結怨的根源，使得仇人隨時伺機攻擊、冤家隨地伺機報復，那不是等於樹立敵人、自討苦吃嗎？

⑵不說揭人隱私的話。

禍從口出的第二種情況是揭人隱私。不論是惡意製造是非，或是見面沒有話題，說些東家長、西家短，屬於別人私德的事，都會惹禍上身。因為閒言閒語總是越傳越廣、越說越離譜，把手指頭割傷了變成斷了胳臂，把小倆口兒鬥嘴說成打架鬧離婚，被說的人覺得被詛咒、被漫罵，豈有不心頭憤恨，想找機會反擊、報復的？那不就是自掘陷阱、禍患無窮了嗎？一個知識青年，有見識、有學問，更有求知的雄心、關愛的善念，好友見面不是談學論道，就是互相安慰鼓勵；跟一般的人交談，也有豐富的話題、風趣的素材，不必論人是非，不可揭人隱私，以免無意之中得罪了他人，惹禍上身。

⑶不說傷害別人的話。

還有一些心懷不軌、滿腦歹念的人，說話以整人為樂，交談要噬人肌骨，當然惡有惡報下場悽慘，存心說傷害別人的話，等於是自掘墳墓。

至於說話不當心、管不住自己的舌頭，無意中大放厥詞、傷及無辜，雖然言者無心，但是受到傷害的人卻絕不甘心，也就要找機會討回公道；這就是古人要警戒我們「是非只為多開口」、「飯可以多吃、話不能亂說」的道理，其實謹言慎行不是為了別人，是要保障自己的幸福，避免遭受不必要的傷害呀！

⑷不說使人難過的話。

至於他人有過失，我們再加以談論則會使他更覺得難過；心裡覺得難過，情緒容易失控，就可能會對談論者加以傷害；任意評論他人過錯、審判他人罪惡，並不能伸張正義，反而是犯了「交淺而言深」的大忌，也可能會惹禍上身。因為說別人的過失，等於在人家的傷口上灑鹽巴，既會使人難過，當然可能引來報復而受傷害。

2.積極的口德

修養口德首重免禍，不過這是消極的；積極的修養口德，則要造福、促使「福從口出」。這種積極的做法，更有益於世道人心、有助於社會安樂。積極的口德也有四項德目：

⑴多說給人溫馨的話。

修養積極的口德，必須多說給人溫馨的話。當別人有困苦時，誠摯的伸出援手，給他安慰；當別人遭受打擊而意志消沉時，適時給他友情的支持，鼓勵他東山再起；當友人得到成就，即時給他賀喜，讓他覺得光榮。這些並不需要花許多錢財、物力，只要即時表達自己感同身受的情緒、引以為榮的歡喜，這些受到援助、安慰、支持、鼓勵的人，受到慶賀而覺得光榮的人，會把我們引為知己，視作同患難、共甘苦的親友。他們不只為了投桃報李，更為了自己將來還有人這麼關心他、支持他、疼惜他，對於我們的利害視同他自己的利害，對於我們可能遭受的打擊、災難視同他自己的打擊與災難，那麼我們憑空多了許多幸福的保障，無形之中免去多少災禍與苦難，這不就達到福從口出的神效了嗎？

⑵多說營養豐富的話。

修養積極的口德，必須多說營養豐富的話。話中的營養，是指有用處的內容，讓人聽後好像吃了營養品，有益於身心與生活。這當然是前一節所說的「豐富而正確的常識、專精而實用的學識」，知識不是消耗品，不會給了別人自己就貧乏，反而是「既以惠人己愈有，既以予人己愈多」，

不但不會減少，經過多一次的實證，可以多一次修正的機會，使原有的知識更加真確、更為實用。進一步說，以自己的知識與人共享，別人既會感激而誠心致謝，也會因為我們具有豐富的知識而珍惜、愛護，自然會引起同命一體的共生情懷，無形中與大眾的利害相一致，這就為自己的安全與幸福，塗上一層保護膜，又發揮福從口出的效力了。

⑶多說激勵進取的話。

修養積極口德的第三種方法是多說激勵進取的話。人的處境有順有逆，面對逆境遭逢困阨而百折不回，只有大智大勇者做得到，一般人往往頹廢喪志、一蹶不振；假使在這窘迫之際，聽了某個親朋好友說幾句安慰鼓勵的話，就可能重新振作、東山再起。因為一個人從跌倒處爬起來以後，必定奮發進取，因而其成就也就可以預期，然而在其內心深處，當然不會忘記激勵其進取的言辭，永遠不忘安慰他、鼓勵他的隆情厚誼。那麼，即時對陷於窘急中的親友，說幾句激勵進取的話語，等於在人生的存摺上存入一筆存款，等到急需使用時，這筆存款就會發揮化解災難、增添幸福於無形的神效。

⑷多說解人災厄的話。

修養積極口德的第四種方法是多說解人災厄的話。例如有人受了不白之冤，我們知道其冤情，就勇敢的挺身而出，主持公道為他辯白；雖然這種機會可遇而不可求，但是有這種機會就不要向惡勢力低頭，及時修煉自己積極的口德。這比激勵進取更直接、更明顯，等於買一份在人生旅途上的幸福保單；面臨災厄的受惠者，在感激之餘，也會基於自己日後的安全，跟我們成為「生命共同體」，使我們的幸福多一層保障，使我們的生活更美滿幸福。

三）怎樣樹立口碑

口碑是別人對於我們的評價；想要成為一個好人，不是自己說自己是好人就夠了，必須別人認為我們是好人才算數。

樹立口碑的基礎在修養口德，無論積極的口德或是消極的口德，都必須嚴守規範、謹言慎行，以最大的毅力，做最恆久的堅持；到了我們把所有的口德項目內化成日常生活的模式，也持之以恆而得到大家的了解與認同，才可能樹立良好的口碑，發揮說話藝術的效能，成為真正的

溝通高手。

　　然而，在修養口德樹立口碑的道路上，外來的引誘、內在的衝動，往往使人半途而廢、功虧一簣。看著別人可以為所欲為、逞慾逐歡，內心實在羨慕得很，而我們卻像苦行僧一樣，受到重重戒律的限制，不能夠隨心所欲的放縱享受，豈不是枉生為人？這是因為德性尚未內化，而獸性又蠢蠢欲動了，假使沒有遠大的眼光，發揮廣博的愛心，則磨盡雄心壯志、又甘為凡夫俗子了；所以要看得大、看得遠，以廣博的愛心為動力，以超邁凡俗、頂天立地為志向作南針，才能夠懲忿窒欲而完成修養口德樹立口碑的功業。

四 怎樣修正口音

　　前一節我們說過：溝通活動必須具備「信號為雙方所了解」的條件，只要是清晰明確而雙方都能夠懂得的口音，就是說話藝術的好媒介了。至於怎樣使我們的口音清晰明確讓對方容易聽得懂，在國語與方言母語之間要如何取捨，可以參照〈國音篇〉的建議去做，這兒不再重複。對於語調、說話的口氣，更要處處留心、時時注意，講話者的口音雖然重要，但是口氣語調則影響更大；同一句話用不同的語調說出來，可能會有不同的意義，就給別人不一樣的感受，說話的效果也就大不相同了，要發揮高度的說話藝術效能，成為真正的溝通高手，學會正確的語調跟口氣是不容疏忽的。

　　學貴立志，尤重有恆，俗話說「有志者事竟成」；只要立志學習，從說話術的基礎與媒介——口德、口碑與口音三方面齊頭並進，就能夠提升表達能力，擁有幸福美滿的人生。

第三節　說話術的資源——說話的題材與對象

　　說話的題材就是說話時所運用的資料，學習說話必須研究資料之蒐集、選擇及其運用。同一句話對不同的人講，會有不同的反應；所以說話資料與對象的關係也很密切，我們研究說話題材，也必須對於適用的對象加以分辨。

　　常用於說話的輔佐資料有新聞話題、地方話題、專長話題、趣味話

題等，只要有助於達到說話之目標的，都可以妥為運用。

一 新聞話題

新聞話題是運用最為廣泛、也最容易使用的話題。我們生活在這個各種資訊傳遞迅速、報章雜誌發行容易、網際網路無遠弗屆的社會裡，新聞話題到處充斥、俯拾即是；因為取得方便，所以使用的人很多。

新聞話題可以分為熱門話題跟冷僻話題兩類。

所謂熱門的新聞話題是社會上到處流傳、人人矚目的新聞；我們選用熱門的新聞話題時，可以只作開頭，然後讓對方或者更多的參與者去承接，並且傾聽他們所提出的各不相同的看法，我們都不去阻撓，也不參與爭辯。

冷僻的話題是新聞中可能只有一部分人關心的消息，但是卻跟對方或參與者有密切的關係，卻會影響其生活或福利的；選用冷僻的新聞話題時，必須斟酌對方的關心程度，如果跟對方沒有直接關係的消息，對方可能毫不關心，就不適合用做話題。

不論是熱門或冷僻的新聞話題，預定使用的時候，最好要記得清清楚楚，以免屆時說得含糊不清而引起反感或遭受譏笑。平時要養成每日讀報、聽新聞的習慣，儘管在忙碌之中也要每天瀏覽報紙上的大標題；遇到有用的資料，最好立刻影印剪輯，或從網站上下載存檔備用。

二 地方話題

每一個人關心的事務範圍大小不一，但是不論男女、不分智愚，對其身邊的事務，都比遠方的事務關心，所以談話的時候運用地方話題也很容易得到反應；尤其是對於籍貫、家鄉互異的對象進行拜訪時，使用對方的地方話題，運用起來順理成章也很有效。

地方話題的範圍，包括該地方特殊的歷史、掌故、風土、物產、民情、風俗，以及最近所發生的事件或各方面的改變情況。因為我們不是當地人，所以運用地方話題的時候，必須以請教、學習的態度，來開啟對方的話匣子。

不過，要特別注意入國問俗、入門問禁的原則，對於列為忌諱的話題，千萬不可輕易觸及，以免引起反感。

至於要怎樣知道各地方的話題及其忌諱？最好是博覽群書，最少在平時要擴大自己閱讀的領域，與人會談之前再作一番準備，就可以運用自如了。

三）專長話題

對於有專長而無口才的專業人士，其生活領域狹窄，知識層面偏仄，但是自視卻不低，更常常有滿腹才華卻不得知音的失落感；跟這種人交談，專長話題是最合適的。

專長話題裡的專長是指一個人自己覺得比較好、可以拿得出去的能力，並不一定是與別人比較而勝過別人的項目；而我們所運用的專長，更不是自己的專長，而是對方的專長。

運用專長話題的時候跟地方話題一樣，必須擅長發問；只要啟動對方的話匣子，使對方能夠滔滔不絕的談論他的專長，說得口沫橫飛、眉飛色舞，我們再用虔誠而崇拜的眼神注視著他，適時說些讚美、佩服的話，就可以使他很有成就感，認為我們是難得的知音。

不過，使用專長話題，必須避免業務機密、工商專利，否則會使對方有洩密的疑慮；也不可以要求對方進行工作上的服務，否則會使對方有被逼著做義務服勤的感覺。

一般人的專長，可能來自讀書時學校的科系、就業後職業類別、原生家庭的事業，也可能受到親戚朋友的影響，更有的是自己業餘的嗜好；我們必須廣泛蒐集對方的資訊，並且仔細的研判，才能夠妥善的運用它。

四）趣味話題

趣味話題是指使人覺得新奇有趣的材料，例如珍聞趣事、典故笑話、名人軼事之類。因為常被使用，使用得非常廣泛，所以有不同的版本；在趣味話題中，有些會涉及「性」的忌諱，使用起來也要特別小心。

當我們使用趣味話題的時候，必須記憶清晰、說得生動有趣，否則發生錯誤會貽笑大方，枯燥乏味會令人厭煩。除了自己的話題內容力求有根有據並且記憶清晰以外，更要尊重不同的版本，如果對方把話題接過去而所說的與自己有出入，不必忙著糾正，更不可互相爭辯，儘管對方真的說錯也無妨，對於自己的版本絕對不可堅持。

　　至於話題中有些帶著「色彩」，必須特別慎重。要特別看清現場的參與者，有長輩在座不可冒犯，有小孩在場不宜說黃色笑話，與古板嚴肅者談話不要隨便說詼諧語，在莊嚴肅穆的地方不可以開玩笑；使用趣味話題時，在對象、場所、參與者各方面都要仔細斟酌，否則運用欠當將會使別人難堪，也使自己受害。

　　有人說：「說話難，難在無話可說。」只要把握這些選擇話題的原則，平常多留意，隨時充實自己各方面的常識，保持多方面的興趣，說話就不再是一件困難的事情了。

第二章　說話術分論

第一節　面對陌生人的破冰術

一、破冰術的意義與必要性

對於陌生人，因為彼此沒有來往過，互相不認識、不了解，所以溝通的言語之橋，就像被積雪覆蓋著，無法通行；怎樣化解冰凍的關係，促成初步的溝通，就叫做「破冰術」。

我們可以把全世界將近八十億人口，分為熟人與陌生人兩大類；而且任何人都是：陌生人多而熟人少，然而說話對象卻又是陌生人少而熟人多。雖然我們不常跟陌生人說話，但是任何人都有跟陌生人說話的機會；所有的熟人都是由陌生人逐漸認識交往而來的。那麼，我們要怎樣才能夠從容自若的跟陌生人打交道，使生活更豐富、更歡樂、更廣闊、更絢爛呢？

二、建築與陌生人溝通的語橋

跟陌生人打交道而建築溝通的語橋，可以分為三個步驟：

1.建立橋墩

建築橋樑的第一個步驟是建橋墩，與陌生人溝通的語橋之橋墩是自我認識及了解對方。

要自我認識、自我省察，看看自己從事人際溝通的準備工作做得怎樣，是否有「肯定自己也肯定別人」的正確觀念？

一個不能夠肯定自己的人，缺乏與人溝通的信心，因為自信不足，甚至沒有自信心，所以面對陌生人就怕自己應付不來、丟人現眼，這種莫名其妙的過度緊張，限制了自己，使他不敢跟陌生人講話，無法順利的與陌生人溝通。

　　一個不能肯定別人的人，處處懷疑、猜忌別人，到最後陷入「人人想要占我便宜」的負面思考中，對於陌生人有無限的、毫無來由的恐懼感，也就怕得無法與陌生人說話了。

　　有了「肯定自己也肯定別人」的正確觀念以後，接著要做自我省察的功夫以確實了解自己。有些人喜歡研究命理，例如算星座、算姓名的筆畫五行、排生辰八字，或者檢驗血型、分析掌紋、面相、體型，這些也許有點兒應驗，但是終究缺少科學的根據；另外有人完全相信自己接受各項心理測驗的結果，拿它作為認識自我的科學根據，其實這只是自己能力或特質的一部分而已，雖然可以作為了解自己的參考，因而自我設限也就不對了。

　　真正自我認識必須透過自我省察、自我批判的過程，了解自己的優點、缺點、長處、短處，也用這種自省的智慧，確實評估自己在對方心目中的地位；可以不問對方能為我們做些什麼，但是一定要認真的思考：對方所需要的是什麼？我們能夠為對方做些什麼？這樣才是真正的認識自我，才能夠說建立了第一個橋墩。

　　在建立另一個橋墩——了解對方時，最重要的是各種資訊的蒐集與研判。就像蒐集資訊能夠轉化成知識、吸收知識可以增長自己的智慧一樣，我們在了解對方的過程中，除了廣泛的運用詢問查訪、觀察試驗以外，對於別人所提供的訊息、觀察所得的一切現象，都要經過仔細的研判，把從各方面獲取的訊息，轉化成認識對方、了解對方的知識，進而成為往後彼此怎樣相處、如何互動的智慧。

　　要從研判資訊中了解對方，必須先具備心理學、人性分析的基本知識；有空閒的時候，到圖書館借幾本心理學、人性分析的書籍來研讀，或選修有關心理學、人性分析的課程，最重要的是，懂得活用這些從書本、課程中學得的原理原則，先分析身邊的親戚朋友，累積實務的經驗；到有了足夠的研判能力以後，面對陌生人的資訊，就不會茫然、迷惘了。

　　了解對方最後一項工作是在溝通的過程中，隨著彼此接觸的機會，隨時修正獲得的資料，以掌握實際情況，做出最恰當的反應；不可以盲目相信任何學說、現象或訊息。

2.尋找工具搭起橋樑

　　跟陌生人打交道的第二步是利用環境中合適的材料並發出恰當的訊

息而進行溝通，這就像造了橋墩以後，尋找工具運用橋板在兩岸間搭起橋樑一樣。例如古時候大門不出、二門不邁的小姐，在上墳祭掃的路上，從轎簾縫隙看見後面騎著白馬的書生，拋下一方繡有名字的香帕，騎在馬上的少年隨之拾起香帕得悉轎子裡姑娘的芳名，跟隨轎子後面辨認其住處。這「一方繡有名字的香帕」就是工具，將之「拋下」的動作就是發出訊息。

我們可視當時當地情況隨機應變，如果在車上就從旅客的多寡、車廂設備的新舊說起，或者看到車外的風景，可以感慨物換星移、草木榮枯、人類開發對環境的建設或對於大自然的破壞；如果在購物中心的賣場，可以從擺設貨物的增減、挑選商品的訣竅、購物人潮的情況說起；如果是正式的社交場所，就從當時活動情況發揮；如果是非正式的社交活動，也可以從場地布置、參加人員說起；總要從環境中選擇合適的材料加以運用。

在正式場合，最好要有介紹人為雙方介紹，宴會或其他活動裡常由主人或邀請人負起介紹的責任。如果沒有介紹人，也可以很禮貌的自我介紹作開始，然後慢慢的再請問對方一些普通的資料，例如興趣、休閒活動、工作單位、專長等等。

不是正式場合遇到陌生人，如果想要認識對方搭起語橋，發出訊息切忌直來直往的「請問芳名」；應該運用「投石問路」的技巧，先自言自語而讓對方聽見，在自言自語的話語中留些讓對方容易插進來說話的地方；也許第一次對方沒有反應，可以有第二次、第三次的試探，萬一對方始終毫無反應，就當做自己真的自言自語；假使對方有了反應，可以順著話題一路發展下去。如果想要達到「訂交」的目的，可以將自己的聯絡方式（如手機號碼、住址等）及身分資料簡略說明，最好遞上名片口說「請多多指教」，一般情況可以得到相等的資訊，爾後聯絡就方便了。因為這種情況，已經攀談許久，再用「請問大名」的方式會不自然。假使我們提供自己的聯絡方式又說了許多的訊息給對方以後，對方卻沒有給我們有關他的資訊，這也不宜再追問，他可能有安全的顧慮，千萬不可鹵莽、勉強；反過來說，如果遇到鹵莽、勉強的情況，可以不著痕跡的給個假的資料，以保障自己的安全。

3. 擇期進行維修保養

不論是正式社交活動或不期而遇無介紹人所認識的陌生人，在見過面以後，必須在合適的時間內進一步聯繫，才可能成為彼此真正交往的朋友；這個在合適的時間做進一步聯繫，就像築好橋樑以後要擇期舉行通車典禮一樣。交往以後隨著雙方的意願繼續接觸並加深了解，則像是對於橋面適時進行維修保養一樣。

一般在正式社交活動後，快則次日、最晚在一個月之內，彼此應該要有聯繫，不論語音電話、簡訊問候、書信致意都可以。至於不期而遇的陌生人，彼此聯繫的節奏可能要緊湊一些，大約在一週至兩週之內做第一次聯繫，聯繫時可以從當時所談的任何話題加以延伸，如果太久沒有聯繫，對方可能會逐漸淡忘。至於以後的加深了解、持續友情，已經不是破冰術的範圍，可以參閱第七節「朋友之間的說話術」（頁173）。

三 與陌生人的溝通

當我們跟陌生人開始攀談以後，必須注意以下幾個原則：

1. 誠以待人

《禮記・中庸》第二十五章上說：「誠者物之終始，不誠無物。」鄭註：「物，萬物也，亦事也；大人無誠，萬物不生；小人無誠，則事不成。」足見「誠」字在待人接物裡的重要性。那麼，要化解陌生人之間的警戒、猜疑，最重要、也最有效的就是表現出我們的誠心。有時候誠誠懇懇的跟對方交談，對方還會心存疑忌不回應，如果讓對方覺得虛假做作，一定會提高戒備的層次，甚至立刻撤退而關閉所有溝通的管道了。

2. 注意禮節

《禮記・坊記》上說：「禮者，因人之情而為之節文，以為民坊者也。」可見自古以來，「禮節」都是待人接物的行為規範；規範的目的在於使人與人之間保持適度的迴旋空間，避免不必要的摩擦與衝突；因此，我們把「禮節」視為「人際溝通的潤滑劑」，凡是禮節周到的人，在與人溝通交際時，碰釘子的機會比較少。至於陌生人之間，本來彼此就談不上交情，第一次交談，更要注意自己的禮節，遵守社交的規矩，留給對方彬彬有禮的好印象，也即時消除對方過度的緊張與害怕。

3.留心修辭

吐屬謙和而典雅，出語風趣又健談，是人際溝通的典範；出言不遜，是得罪他人的根源。在熟識的親友之間修辭良窳已經不容忽視，至於陌生人之間就更加重要了，所講出來的每一句話，都是提供對方立刻評估的訊息；話講得好得分高，修辭拙劣讓人齒冷。修辭是人際溝通的化妝品，尤其是與陌生人第一次談話，非特別留意不可；不過，這並不是要使說出來的每一句話擲地有聲，而是不出粗言、不做惡語，保持典雅流暢的水準，留給對方良好的印象。

4.掌握心態

與人說話時，必須了解對方的心態；因為心情不同、態度不一樣，對於同樣的一句話，會有不同的感受，也會得到不同的反應。假使雙方是彼此互相了解的親友，已經有相當的認識，只要稍微留意，就能夠知道當時的氣氛與心態；但是對於陌生人，就不像熟人那樣容易了解了，必須時時仔細觀察、處處留意推究，才能夠掌握對方的心態，完成初步溝通、建立友情的基礎。

5.不可強求

我們活動在人人平等、人身自由的人權社會裡，必須尊重每一個人的自由意願；每一個人都有選擇朋友的權利，沒有必須接受他人友誼的義務。所以交朋友的時候，尤其是跟陌生人攀談想要訂交之際，只能表達誠心與善意，不可以強迫對方接納。因為陌生人之間談了話以後，是否將來可以成為朋友，是由雙方的自由意願決定的；所以結交新朋友要隨緣，不可強求以免造成壓力，甚至產生反效果。

第二節　兩性平權的說話術

人類社會有兩性的存在，兩性有區別是客觀的事實；但是如果要依據性別來區分誰強誰弱或是孰輕孰重，就已經不合時宜了；兩性除了性別不同以外，有許多是相同的，基本人權更是完全一樣。兩性應該地位平等、互助合作，才能夠使這個社會更和諧、使人生更幸福。

那麼異性之間要怎樣進行良性的溝通呢？異性的朋友只有少數可能發展出兩性的情愫，絕大多數都跟同性的朋友一樣，會有純粹的友情，

也可以成為工作上的夥伴。不過,異性就是異性,其溝通的互動情況,跟同性還是有些不同的地方。

異性之間起初都會有一層不易破除的隔膜,有事情比較容易找同性別的人而少找異性。不過,等彼此關係確定、破除隔膜以後,彼此溝通、互動的情況,卻會更容易互相容忍、達成協議而合作得更愉快;但是彼此這種異性間特別的容忍與和諧卻有一個底限,如果任何一方超越底限,立刻會引發危機,破壞彼此和諧的關係。所以,不論是平行的關係或上下的關係,跟異性說話,必須知道彼此的禁忌,溝通時應該特別尊重對方,以免「觸及逆鱗」導致不歡而散。

一 初識異性的說話要點

面對比較陌生的異性,例如剛從陌生人才互相認識的異性,彼此約會怎樣交談,羅列其要項如下:

1.約會時間、地點、話題、活動都要妥當

活動時間、地點最好要配合雙方的生活作息、活動範圍以及興趣能力;更必須準備妥當的話題,彼此有話說,才不會產生相對無言的尷尬或胡說亂扯的遺憾。以青年學生而言,地點要選擇在安全、高雅、方便又經濟實惠的地方;有活動節目的約會時間以一小時到兩小時為宜,排了太長久的活動節目,會稀釋約會活動的情緒,太短則顯得粗糙草率,效果欠佳。活動內容、項目要考量對方的興趣及能力,千萬不要強人所難。

2.出門前整肅儀容,並且準時赴約

與人約會要穿著打扮整潔得體,更要準時赴約,是一般的社交原則,不論同性、異性都一樣。與不很熟悉的人約會,心中會有特別的期待與緊張;有時候因為過度期待會患得患失而失常,有時候因為過度緊張會手足失措而出醜,克制這些缺失的要點在出發前的準備:選擇自己最喜歡的服飾,做最得體的裝扮,可以增強自信心,避免這種現象。提早出門、準時赴約,以免匆忙慌亂,也可以減低緊張情緒,使言行舉止安詳自在。出門前如果有多餘的時間,可以把預備的話題溫習一下,做最完善的準備,也可以幫助自己建立自信心。

3.必須尊重隱私權，切勿強迫對方回答

　　每一個人都可能有一些不願輕易告訴別人的隱私，這是屬於個人的隱私權，在剛剛認識不久的異性之間，對於隱私權必須特別尊重，否則對方覺得隱私權被侵犯以後，將接著失去安全感，彼此的溝通會充滿了互相猜忌、互相防衛，許多話都無法說出口，甚至產生「如坐針氈」的痛苦感受，那麼不但雙方友情不會進展，甚至被列入「拒絕往來」的人，約會就毫無意義了。

4.態度要真誠，不宜誇張、自炫或虛偽

　　在怎樣與陌生人溝通裡，我們曾提出「誠以待人」的原則；而異性之間有許多差異與猜疑，假使再失去「誠信」原則，那將彼此防衛戒備，想要繼續交往就很困難了。當初交而會談之始，就必須以真誠的態度，不可以過度誇張、自我自炫或說些虛假偽造的事情，否則一時未被揭穿，並不保證永遠能夠騙過對方。

5.溫和大方的誘導、鼓勵對方說話

　　一個口若懸河的人並不等於擅長交際的人，甚至還是一個不懂得交際應酬之技巧的人。一般人對於霸占說話機會者少有好感，自己整天嘰哩咕嚕說個沒完沒了，反而容易惹人厭煩。尤其是男性，說話千萬不可粗魯，應該以溫和而大方的態度，說話適可而止，儘量誘導對方說話；當對方說了話，應表示了解、讚賞以資鼓勵。

6.選擇中性有趣的話題

　　有些人口語表達能力比較差，原因是不懂得選擇話題，尤其是異性又不很熟悉的朋友，由於缺少話題形成壓力，為避免壓力，結果說出一些使對方難堪的話語，言者雖是無心之過，但是這種過失卻不可原諒；有時候只顧自己說得興高采烈以掩飾自己的緊張，卻讓對方聽得索然乏味，以後如果要再約會見面，對方將視為畏途了。選擇並且準備中性而對方可能有興趣的話題，是絕對必要的。

7.不談男性收入，不問女性年齡

　　一個人的收入本來屬於隱私權，尤其在我們的社會上，男性仍要扮演養家活口的角色，於是男性收入的多寡，成為能力、地位的象徵。收入高，說了頗有炫耀之嫌，如果收入菲薄，說出來會覺得屈辱，要是屬於一般的收入，使人覺得沒有什麼好說的；所以不很熟悉的異性之間，

不宜談論男性的收入。至於女性的年齡，也是頗為敏感的話題，而且是普世的慣例：女性的年齡是最高機密，不論她是十七歲或是七十歲，我們都不可以貿然詢問。

二 異性熟朋友說話要點

1.不可在大庭廣眾面前高呼女士姓名

有些人見面興奮過度，遠遠看見女性熟人就大聲呼其姓名，這是不合禮儀規範的。女士姓名不宜高聲喊叫，更不可以在大庭廣眾面前高呼，應該等到在適當的距離再打招呼才對。

2.男士觸及女士身體應該立即道歉

在社交場合，女性的身體是最尊貴的，不容無故觸摸。如果在某種特殊情況下，男士為了服務、保護的原因，必須接觸女方的身體，則完成任務後，男士應該很紳士的為觸及身體向女士道歉；至於列入禁忌的部位，絕對不可以碰觸，以免引起不必要的麻煩，萬一在無意中碰觸了，不論是什麼狀況、是誰的過失，男士都應該很真誠的立刻道歉，否則就有失紳士風度了。

至於女方，當然要有雅量，不可因而懷恨在心；至於怎樣應對，要看兩人的熟悉、親密程度而定，越是生疏者應該越客氣才好。

3.公共場所不作親密的語言動作

因為公共場所是眾人能出入的地方，一切言行舉止，都必須符合禮儀的規範，不可逾越，否則就是冒犯甚至有礙風化；所以兩性之間在公共場所不宜有讓人側目的親密語言或動作，以免遭人物議。

4.對面交談，目光和悅注視

說話時注視對方是一種尊重的表現，是與人交際最基本的要求；但是有些人卻礙於性別，不敢看對方，就變成不尊重對方的樣子了。不過，目光要和悅，不可以用嚴厲、兇狠的眼色，以免讓人害怕。

5.公共場所輕言細語不騷擾他人

在眾人都能夠出入的公共場所，必須尊重每一個人的權利。我們不願意無緣無故受人吵鬧，也不可以騷擾別人，交談的音量以讓對方聽得清楚為度，不可縱聲說笑而打擾他人。

因為異性之間終究不同於同性，所以在言語動作上都有必須遵守的

規則及必須避免的動作；我們能夠謹守「非禮勿言、非禮勿視、非禮勿聽、非禮勿動」的古訓，才不會使人不愉快而造成兩性溝通的障礙，也才可能營造兩性平權的溝通環境。

第三節　保持情愛鮮度的說話術

一　夫妻結合的選擇條件

兩性之間必須互敬互愛是理所當然的事情；但是，我們卻看到離婚率節節上升❶。還沒結婚以前彼此相愛，結婚一段時間之後愛情就變餿走了味，不但當事人抱憾，也使旁觀者歎息。究竟兩性之間應如何運用溝通藝術以保持情愛的鮮度呢？

保持情愛鮮度應從婚前選擇與婚後經營雙管齊下。婚前選擇錯誤，根本就沒有正常的情愛鮮味，無從經營美滿的婚姻生活；婚後經營不善，就像懶惰的農夫，再肥沃的農場也不會有豐收的喜悅。我們先從婚前的選擇說起。

兩性間的情愛之所以生變，有一些是基本觀念上的錯誤，讓盲目的愛情做錯誤的選擇。在理論上，人人都有其最理想的伴侶，假使尋找終身伴侶不夠努力，隨便抓個人結婚，則除了自己受罪以外，也讓原本的好伴侶找不到你、身邊的伴侶無法找到其理想伴侶、其伴侶也找不到他，三個人隨之而痛苦；所以我們對於終身大事應該更慎重、更用心。

我們要使兩性結合後相處圓滿，首先必須建立「情貴慎始」的正確觀念。只有從開始就誠誠懇懇的認識、交往、相知、相惜，才能夠具有穩定的感情基礎，才有可能得到婚姻美滿的幸福。如果在交往的過程中，喜歡耍陰謀、用詐術，則將來真相大白之際，對方難免心生不滿，想要

❶ 臺灣地區離婚情況在民國七十年起即快速增加，使婚姻關係變得不穩定。根據行政院內政部戶政司的統計資料，臺灣地區人口登記最近五十年離婚對數、粗離婚率統計節錄如下：民國四十年：離婚共有 3858 對，粗離婚率為千分之 0.50。民國六十年：離婚共有 5310 對，粗離婚率為千分之 0.40。民國七十年：離婚共有 14876 對，粗離婚率為千分之 0.80。民國八十年：離婚共有 28287 對，粗離婚率為千分之 1.40。民國九十年：離婚共有 56538 對，粗離婚率為千分之 2.53。粗離婚率 (crude divorce rate) 是指某期間離婚對數與當時總人口的比率。

得到好結果是不可能的。

其次必須「門當戶對」。現代擇偶的門當戶對不是指錢財、權勢的相當，而是考慮生活的習慣、興趣、思想是否相和諧。只有生活習慣、興趣、思想接近的人，才可能長久共處，才是結婚的理想對象。

一個人的性格大部分與其原生家庭有著密切的關係，尤其是組織一個新家庭以後怎樣扮演丈夫或妻子的角色，受其父母的影響很大。一對想要建立婚姻關係的男女，在認識、交往的過程，一定要選擇合適的機會去拜訪、了解對方的家庭，觀察其父母怎樣相處、他與父母怎樣互動。雙親相處和睦的子女，從小耳濡目染的都是婚姻生活的好榜樣，容易建立幸福婚姻的生活觀念；在暴力、虐待的婚姻關係下成長的小孩，就必須特別詳加研判，可能承襲其父母間暴力、虐待的傳統，但也可能對於婚姻中的暴力、虐待深惡痛絕，反而會成為最努力的婚姻經營者。

一個人從小在父母的呵護、撫養下成長，到了能夠獨立自主的時候，知道要對其父母感恩、盡孝，當然比較可能在新家庭裡保持善良的人性，成為經營婚姻生活的好成員；如果長大到具備獨立能力時，就表現出自私自利、不懂孝道，與父母感情冷淡疏離，甚至鉤心鬥角、欺騙隱瞞、惡言相向，希望他變成一個有人性的好伴侶，恐怕不很容易。

所以，男女交往之際的家庭拜訪，見其父母可略知其真正的情性；觀察其對待父母的情況，也可以預卜其將來的待人之道。對待父母蠻橫的男孩，難以變成溫柔體貼的好丈夫；棄親情於不顧的女子，也恐怕不是一個情愛堅貞的好妻子。

結婚之前做了正確的選擇，那麼婚後就有比較好的經營條件，可以雙方共同努力經營了。下面我們說明婚後經營的原則。

二 夫妻說話的原則

一對男女，經過或長或短時間酸甜苦辣的尋覓、追逐過程，彼此互戀互愛結為連理以後，必須確信：愛是體諒的、愛是恆久的，並且分別遵守一些夫妻說話的原則，才能夠保持情愛鮮度而永浴愛河。

1.基本觀念

婚姻不只是男女同居一室而已，這是一種「上以事宗廟，下以繼後世」的大事，最重要的是兩顆心靈的緊密結合。一對夫婦如果相處和睦

相敬如賓，則鶼鰈情深、甜蜜無比而使人羨慕；但是如果彼此齟齬，則夫婦之間相敬如「冰」、相敬如「兵」，其傷害既巨且深。婚姻生活不只是一張張的照片，而是一部活生生的影集；拍照片只需幾分之一秒，是短暫的、一時的，拍影集需要的演出時間長很多，是長期的、持續的；拍影集時，男女主角都要互相配合、共同努力，盡其全部才華與力氣演出，其婚姻生活的影集才能夠演得精彩而生動。

　　夫妻的日常生活是每天二十四小時，每年三百六十五又四分之一天，每一秒鐘都毫不停息而始終連續的，與男女朋友不同；一對男女在交往時期，可以隨著自己的意願安排約會，但是夫婦結婚以後，必須履行「同居義務」，沒有特殊理由，未得到對方同意與諒解，是不可隨便「曠課、離職」的。在「柴米油鹽醬醋茶」的平淡生活中，兩個身世不同、背景互異的人要維持下去，一定要彼此有互相體諒的愛，否則時時刻刻都會有齟齬的可能；體諒的愛是平實生活裡的潤滑液，有了它夫婦間的婚姻生活才能夠平和快樂，也才能夠保持恆久。

　2.丈夫對妻子說話的守則

　　丈夫對妻子說話，應該遵守「多說尊重的話、多說溫情的話、少說工作的事、少說別家的事」四大原則。

　　⑴多說尊重的話：

　　一個能夠尊重妻子的丈夫，才有大丈夫的氣度，才有新好男人的風範。一般男人的身體比女人強壯有力，就必須具備使人敬愛仰慕的親和力，用尊重對方的態度與人說話，是表現這種親和力最妥當的方式。不過，夫妻是天天生活在一起的人，其尊重必須是實質的、從內心發出的尊重，甚至是顯得「唯命是從」、被視為「怕老婆」的尊重；其實尊重與盲目的「唯命是從、怕老婆」有很大的區別，彼此能夠溝通的是尊重，不論是非、不分事體盲目服從才是「怕老婆」；一個好丈夫必須能夠多說尊重妻子的話，使妻子有更大的信心，溝通才會圓融，婚姻才會美滿幸福。

　　⑵多說溫情的話：

　　溫柔多情不是女性獨有的特質，只要有了發自內心的尊重，再加上性情上的陶冶修養，人人可使話語顯得溫柔而多情，具備「溫良恭儉讓」的風範。一個善良的女子之所以顯得溫柔多情，是因為她的本性喜歡溫

柔多情的人,那麼能夠以溫柔之情善待其妻子的丈夫,不但顯得有修養、成為好男人,更是婚姻生活的實質受惠人。

(3)少說工作的事:

在工作上有沉重壓力的男人,如果把擔子挑回家,到家裡還說些工作上的苦惱,將會壓得全家人透不過氣來。我們常說:家是安全的避風港,家是永遠的充電廠;只有最笨的漁夫會自毀避風港的防波堤,自壞充電廠的發電機。工作上的事情就在辦公室裡辦,回家就只帶著整顆心回家,盡情地享受家庭的溫暖,接受家人的撫慰;儘管工作忙累疲倦,回家應該隻字不提,經過一個晚上的歇息充電,當太陽升起時,又可生龍活虎的回到工作崗位去。

不過原則是指「少說」而非絕對不說;當家人已經對於事業上的危機、工作上的壓力略有耳聞、關心問起的時候,就不可以閉口不談,應該把實情告知,也可以共同研究、商討對策,並且適度顯現出毅力與勇氣,讓家人得以放心。因此,工作上的事情,當太太沒談起時不必說,如果已經發問的,必須簡明的回答,視情況選擇著說明。

(4)少說別家的事:

每個家庭各不一樣,說了別人家庭的困境,不會使自己的家庭更為幸福美滿,萬一隔牆有耳,夫妻在人家背後所說壞話被傳揚出去,人家會認為「濫肆批判、多管閒事」而起反感,真是損人又損己。如果說別家的成就、優點,雖然讓人知道不會起反感,但是稱讚別人家庭經營得成功,等於給自己經營家庭的夥伴平添壓力,當壓力超過負荷時,一根稻草都會壓死一頭牛;一個丈夫常向太太說別家成功的事例,無形中給太太壓力,而過度壓抑自己的太太,很容易使太太失去安全感,引起家庭緊張氣氛,等於是自討苦吃。

這樣,說別家的事好像是一無是處的;不過,偶爾以別人經營家庭的成功案例為借鏡,夫妻間互相勉勵,那是「見賢思齊」的共勉方式,也不必完全禁止。

3.妻子對丈夫說話的守則

(1)要輕柔而有條理的訴說:

目前女人在家裡扛起家事重任的比較多;面對家庭的經濟理財、子女教育、親友應酬等雜務,既瑣碎又勞累;所以夫妻必須做充分溝通的

時候，妻子往往想到一句說一句，使本來對這些家務事不很專注的丈夫聽得一頭霧水，會產生溝通不順暢的麻煩。要避免這種情況，做妻子的要先把事情脈絡整理好，才能夠說得更清晰、更有條理，以清晰的條理提高溝通的效率。如果遇到丈夫一時仍無法完全進入狀況，也不可以著急，要更有耐心的、更輕柔的訴說，用婉轉輕柔的語氣說話比較易於被接受，也就能夠避免夫妻間的隔閡而完成順暢的溝通。

(2)要積極而有意義的溝通：

在家庭事務如理財投資、子女教育，不一定樣樣順心如意，而親友的應酬，更是千變萬化，往往會受到意想不到的流言攻訐；許多夫妻因而彼此埋怨，甚至互相指責。其實，這些事情如果是商量過的，夫妻二人都不可推諉，應該共同檢討；至於沒有事先商量的，也要彼此體諒、互相安慰，不必釐清責任進行處罰。應該作積極而有意義的溝通，檢討已經發現的缺失，謀求最有效的補救措施，或是討論出以後的處理方式，這種溝通才是有前瞻性的、可以改善現狀的，使夫妻都容易走出遭受打擊的陰霾，進行更有效率、更為溫馨的談話。

(3)不要常說別人丈夫的優點：

每一個人都有優點，說說別人的優點，一方面是對別人的讚美與肯定，另一方面可以使聽到的人見賢思齊，本來是一件好事；但是常在自己丈夫面前說別人丈夫的優點就不妥當了，這會給自己的丈夫增加壓力，而夫妻之間壓力越大反彈也越強，到超過丈夫忍耐的極限以後，說不定反問「你當初為什麼要嫁給我」；就算沒有這樣說，也會使丈夫心裡有被比了下去、抬不起頭的感覺。經常給丈夫壓力，等於跟自己的婚姻生活過不去，我們不可以常在丈夫面前說別人丈夫的優點。

(4)不要常說丈夫過去的缺點：

瓜無滾圓，人無十全；每個人難免有其缺點，就像人人都有優點一樣。對於丈夫現在仍有的缺點，要發揮溫柔勸說的力量，循循善誘地幫助他成長改進。至於丈夫過去的缺點，現在既已補全改善了，應該慶幸而不要再說起；丈夫過去的缺點如果是自己的力量使之改進的，常掛在口上說，難免使丈夫覺得在邀功；如果不是由於自己的力量改進的，掛在嘴上說徒增丈夫反感，這些都是毫無意義而且容易造成傷害的。

夫妻之間甜蜜的情愛，就像糖汁蜜水一般，但是糖汁蜜水沒有做好

保鮮的工作，不久就會變餿、變苦、發酸、發臭，所以夫妻之間必須講求保持情愛鮮度的說話藝術，才能夠長期保有夫妻間甜蜜的情愛，享受人生最甜美的幸福。

第四節　親子之間的說話術

親子關係是與生俱來而且終身永遠不能磨滅的，親子之間彼此應該以情為重，永遠保持互相包容的良好關係。這種古來就為先賢所倡導的理論，近年卻被某些人誤解了。我們且看儒家經典中的記載：

> 《論語・子路》第十八章：「葉公語孔子曰：『吾黨有直躬者，其父攘羊而子證之。』孔子曰：『吾黨之直者異於是，父為子隱，子為父隱，直在其中矣。』」
> 《孟子・離婁上》第十八章：「公孫丑曰：『君子之不教子，何也？』孟子曰：『勢不行也。教者必以正，以正不行繼之以怒；繼之以怒則反夷矣。夫子教我以正，夫子未出於正也，則是父子相夷也，父子相夷則惡矣。古者易子而教之，父子之間不責善，責善則離，離則不祥莫大焉。』」

俗話有謂「火棒頭上出孝子」，又說「不打不成器」，其實與孔孟思想並不相符；孔子說的是「父為子隱，子為父隱」，孟子認為「父子之間不責善，責善則離，離則不祥莫大焉」，主張「易子而教」，把教育子女的工作，交給「師保」等教育專業人員去負責。而為人父母者，就以濃濃的愛來撫育子女，那麼子女長大以後，就會以純純的情來孝養父母，親子之間根本就沒有隔閡與障礙了。

根據這樣的理論，我們來談親子之間的溝通原則。

一子女對父母說話的原則

1.要體貼親心，不可為反對而反對

有些人從小受到父母太周全的照顧，卻覺得束縛太多，整天被管得死死的，不准這樣也不准那樣，因必須仰賴父母而不敢反抗；等到稍微

長大能自立了，就積極爭取自主權，甚至凡是父母親所說的話都要反對，這就是「為反對而反對」了。其實，一般的父母都疼愛自己的子女，尤其現在每個家庭子女很少，孩子小時候，父母親怕有個三長兩短，為了安全就會管得比較多；為人子女者，應該體貼父母親的心意，對父母親的話，就算不能完全欣然接納，也不可以有「為反對而反對」的錯誤想法。

2.要心存倫常，把感謝的話說出來

倫常是指倫理之常道，也就是做人應該遵守的道理；倫理是超乎社會道德模式之上，由思想方式所構成，藉以對道德作辯證或批判的道理。就我國的國情而言，父慈子孝是最基本的倫常，為人子女者應該切記父母生養之恩，永存感謝反哺之念。物質上的孝養可以依經濟能力而斟酌，精神上則必須全心全意的孝順，而口中更要把真誠的孝心、感恩的意念懇摯的說出來。

3.要笑臉相迎，不可頂撞吼叫怒罵

與父母說話，本是享受天倫之樂的幸福時刻，不可以繃著臉、苦著臉，否則難以營造歡欣愉悅的氣氛。尤其是成年的子女，為了工作可能經年在外，難得找個時間探望父母，更要把工作的壓力、生活的艱苦，暫時拋到九霄雲外，顯露出輕鬆的笑臉讓父母放心。如果與父母談論事情遇到意見相左、看法互異的時候，也要婉轉的說明，不可以直言頂撞、惡語相向，更不可以高聲吼叫、怒罵。

4.要虛心受教，不可因干涉而厭煩

一個人親身經歷的事情，都是非常珍貴的經驗，為人父母者為了將他寶貴的經驗轉授給子女，常常不憚其煩再三重複的說；一個孝順而有智慧的子女，一定能夠仔細聆聽父母的經驗之談，不會嫌父母囉嗦；也不會因為受到干涉而表現出很不耐煩的樣子。

5.要婉轉陳述，不可因事嘔氣哭鬧

當有事情向父母稟報或父母垂詢而回答的時候，如果有不同的意見，一定都要婉轉地說明。有些事情父母親聽了會提出不同的看法，或者出言禁止，這時候要仔細的想想父母親提出異議或禁止的原因，如果有誤會就該澄清，有問題就該解決。儘管錯在父母，心中很不舒坦、不服氣，也不可以跟父母嘔氣或哭鬧；那不但使誤會更深，還會傷害父母的心，

破壞親子間的感情。如果只是觀點互異，自己並沒有犯錯，而且非堅持不可，可以用撒嬌的方式堅持自己的作法，父母都是會主動退讓來成全子女的。

6.要據實相告，不可存心欺瞞敷衍

有些事情也許不是父母所能夠理解的，或是特殊情況下無法秉承親意、特殊困難不能完成父母的心願，都要對父母親坦誠的說明真相，不可存隱瞞之心。有些新的事物父母不了解的，可以慢慢的說，雖然不一定能使父母完全了解，但是最少能讓父母知道大概以免擔心。對於自己的過失或遇到特殊的困難，也不可以因為怕挨罵而存心隱瞞。

二 父母跟未成年子女說話的原則

此處的成年未成年，不是指民法或刑法上的成年年齡，也不是經濟獨立才算成年，而是子女獨立自主的心理狀態。一般年紀比較小的子女，喜歡跟隨父母上街、拜訪親友、出席宴會，就是還依賴父母的未成年子女；如果不願意隨父母參加親友聚會、旅遊活動的，就是心理上趨於獨立自主的成年子女。

父母跟未成年的子女說話，有「多關懷少責罵、多鼓勵少否定、多信任少猜疑、多教導少處罰」四個原則。

1.多關懷、少責罵

子女還小有依賴性，父母必須給他安全感，用充分的愛心多關懷子女；而孩子在成長的過程中，難免會有疏忽、頑皮、搗蛋、闖禍的時候，父母親的監護權不是用來打罵管教有過失的孩子，而是隨時提醒、督促、糾正、教導，使孩子在成長的過程中，受到監督與保護。當孩子偶爾犯錯的時候，父母雖然可以責罵幾句，但是孩子終究還小，知錯能改就好，千萬不可怒責重罰或經常打罵。孩子偶爾被父母責罵會害怕、會難過，如果經常挨罵則可能將責罵視為家常便飯而不在乎，那時再怎麼責罵都不起作用了。

2.多鼓勵、少否定

在受鼓勵的環境中長大的孩子，充滿自信與勇氣；在被否定的環境中長大的孩子，經常自卑與膽怯。希望子女充滿自信與勇氣的走上成功之路，父母必須多鼓勵少否定。小孩子稚嫩的心靈裡，最在乎的是父母；

遭受父母責罵會覺得難過，得到父母鼓勵就會滿心歡喜。父母的鼓勵，在孩子心中形成一股向上的動力，使孩子邁向光明遠大的前程；父母的否定，在孩子心中形成頹廢喪志的陰影，使孩子沉淪在破滅失敗之中。一個希望子女發揮潛能的父母，應該多給孩子正面的鼓勵，少對孩子作負面的否定。

3.多信任、少猜疑

在愛與關懷的環境中成長的孩子，有純潔的心靈，不會無緣無故說謊騙人；做父母的應該信任自己的子女，不要處處猜疑。如果孩子說謊話，可能是父母的作法出了問題；必須從管教方法上謀求改進，否則親子之間整日爾虞我詐、鉤心鬥角，不但孩子不快樂，父母也會覺得很累。一般說來，小孩子會為了逃避打罵或爭取獎賞而說謊，這種謊話很容易拆穿，只要賞罰之前經過查證，就不會使謊言得逞，也就不必經常對孩子所說的話疑神疑鬼了。

4.多教導、少處罰

孩子既然還小，生理發育、心智發展、行為控制等能力都不夠成熟，做起事來會有失誤或者犯了無知的錯誤；看著子女在嘗試錯誤中學習，在成長發育中進步，本來是一件值得欣慰的事情；但是有些父母卻過度嚴苛，以大人的標準去衡量小孩子的行為，做錯一點兒小事就立刻予以處罰，還說「小時不管教，大了教不了」。其實這種處罰不但不必要，而且會讓孩子怕失敗而不敢嘗試，失去許多主動學習的機會。

另一種父母是看孩子做得不完美，就沒有耐心再教導，反而很熱心的「越俎代庖」，尤其是動手操作的美勞、家事、工藝的作業，直接替孩子完成了它；這實在不是幫助子女得到好成績，而是剝奪子女動手練習的學習機會。

三 父母跟成年子女說話的原則

子女成年以後，有獨立思考的能力，也必須受到人格的尊重，所以為人父母者跟成年子女說話，必須參考下列的原則：

1.要傾聽其心聲與意見

子女長大以後，可能負笈他鄉、異域創業，就算克紹箕裘也忙於工作，不像小時候經常圍繞在父母的身邊。偶爾有親子會面的機會，孝順

的子女有孺慕之情，會把自己內心的話說出來，如果被打斷或發現父母不注意聽，則覺得不再被重視、不再受鍾愛了；這樣的挫折感，可能會腐蝕親子之間的感情。

對於子女所提出的意見，有些父母認為「小孩子懂得什麼」而不予理會，讓子女要說也無從說起；其實成年的子女已經有相當的智慧與能力，其智能甚至遠在父母之上，不要以為從前是小孩子就永遠不會長大。親子間有不同的意見要彼此商議，才是個能夠溝通的開明父母。

2.要尊重子女的自主權

子女長大了，有自己活動的空間，也有自己工作的領域，還可能有自己的家庭要照顧、自己的兒女要撫養；終究能夠繼承父業、承歡膝下的，只是幸運的少數人而已。在子女自己的活動空間與工作領域裡，父母絕對不可干預，否則不只犯了干涉私事的錯誤，還可能被視為「亂命」而不予理會，孝順的子女更會有「聽父母的話則受罪、違背親意則心不安」的掙扎。任何一個父母都不能永遠跟在子女背後支撐他，終究必須讓子女自己負起自己的職責；儘管是接管父母的事業，也要因應時代變異而改革，墨守成規絕非企業永續經營的好方式；就算子女缺乏經驗而措施不當，也只能夠從旁提出問題、說明疑慮，不可貿然建議，更不能自己發號施令，否定子女已經決定的一切，否則子女有了「老佛爺垂簾聽政」的感受，很容易傷害親子之情，這比少賺一點兒錢或受到一點兒虧損，失去得更多、更大。

3.給予獨立判斷的機會

繼尊重子女的自主權之後，更要給予獨立判斷的機會。尤其是子女自己的事情，父母應該只從旁指導，不能替子女做決定。給子女獨立判斷的機會，不是從就職創業才開始，從小就該一步一步教；例如小時候給零用錢，不要規定要花多少錢以上必須先請示核准，而是應該教孩子記帳，有空閒的時候拿出帳本共同檢討支出的效益，教孩子怎樣善用金錢。又例如：升學要選擇學校、科系，或者閒暇要學習才藝、技能，都必須讓孩子決定，不可以把子女視為自己的小模型，自己喜歡的就叫孩子學，甚至自己沒有完成的心願就叫孩子去完成；這不只浪費父母的金錢與孩子的精力，也可能是對子女的一種折磨。

4.要培養生活的幽默感

林語堂先生譯英文 "humor" 為「幽默」並下定義說：「幽默是一種心境的狀態，更是一種人生的觀點，一種應付人生的方法。」而幽默感則是一種處世的藝術；生活中言談輕鬆、舉止自然，往往可以一語解頤，沖淡緊張或尷尬的氣氛。過去國人習慣裝得道貌岸然，加上做父母的尊嚴，給子女呆滯古板的印象，覺得與父母說話是嚴肅、枯燥，毫無趣味可言的，當然能免就免以免自討苦吃；這堵無形的高牆，阻隔了多少親情溝通的機會。現代的父母應該培養生活的幽默感，必須能夠跟子女談天說笑，這不但不會失去父母的尊嚴，反而使得子女樂於親近，才能夠安享天倫之樂。

5.不可拿子女互相比較

比較是拿兩種以上的東西較其優劣、辨別異同，本來是科學研究的好方法；但是必須在同一個基礎上才能夠做比較。同父同母的子女，實際上還有許多不同的遺傳因子與成長環境；拿子女做比較，實際上立足點並不公平，這會形成子女間互相嫉妒與惡性競爭，到最後不論哪一個受害，都是自己的子女受到傷害，萬一是兩敗俱傷，使父母自己就受到雙重的損失。而且拿子女互相比較也容易破壞親情，為人父母者不應拿子女來互相比較。

親子之間本是源於血統的關係，如果再輔以適當的說話藝術，那麼相處必定容易和諧，想要享受天倫之樂，就輕而易舉了。

第五節　婆媳之間的說話術

婆媳是同一個屋簷下的兩個女人，既然兩個人同愛一個男人，就不應該互相傷害令所愛者左右為難；然而，我們卻看過許多婆媳衝突的案例。根據學者的研究，婆媳衝突的主要原因有：權勢地位之爭、經濟資源之爭、愛心占有之爭、價值觀念之異、教育觀念之異。那麼婆媳之間該如何進行良性的溝通以避免衝突呢？

一、婆媳溝通的基本觀念

要使婆媳之間能夠進行良性的溝通，雙方必須有下列四種觀念。

1.愛屋及烏、感恩圖報

母親既然愛自己的兒子，也必須愛兒子所愛的人，以免造成〈孔雀東南飛〉式的悲劇❷；太太既然喜愛自己的丈夫，必須連同丈夫所敬愛的人一起愛，何況所愛的好丈夫是婆婆生養教導出來的，更要感激婆婆並且以孝心報答她。

2.接納對方、尊重對方

婆婆應該了解：兒子的太太就是家裡的一分子，是將來繼承自己地位的人，必須高高興興地接納媳婦，使媳婦從家中得到歸屬感，使兒子擁有心愛的好太太。媳婦應該知道：丈夫的媽媽就像自己的媽媽一樣是長輩，晚輩尊重長輩是最基本的倫理規範，而且婆婆原本就是家裡的女主人，更應該尊重婆婆，使丈夫容易做個孝順的好兒子。

3.善意溝通、積極建議

婆婆應該知道：媳婦是從別的家庭娶進門的，其原生家庭有許多跟家裡不一樣的地方，凡是媳婦不會做的事情要慢慢地教，不懂的地方要慢慢地講，只要進行善意溝通，媳婦是會聽話、會進步的。媳婦也應該知道：夫家跟娘家是有不同的，娘家的優點雖然可以轉移到夫家來，但是應該向婆婆提出積極地建議說「怎樣做可能會比較好」，而不是消極地批評「這樣做不對」。

4.客觀陳述、多方學習

當媳婦偶爾犯了錯或少做了某件事，應該客觀陳述說「這樣做會……」「不做這件事會……」，不要主觀、武斷的漫罵「你故意要這樣做……」「你大膽竟敢不做……」；當婆婆的教導不見得高明、甚至可能錯誤時，也應該先虛心學習，等了解婆婆的做法以後再作比較，等到確實知道改善之道，選個合適的機會再向婆婆提出改善的積極建議。

---

❷ 〈孔雀東南飛〉，六朝時樂府，以首句名篇，又名〈焦仲卿妻〉，為雜曲歌辭。徐陵《玉臺新詠》、郭茂倩《樂府詩集》、左克明《古樂府》皆收錄。其本事為：漢末建安廬江府小吏焦仲卿妻劉氏蘭芝，為仲卿母所遣，自誓不嫁。其家人逼之乃投水而死，仲卿聞之亦自縊於庭樹。

二 婆婆應該怎樣對媳婦說話

1.言直而辭婉

婆婆有話應該直接跟媳婦說，不要拐彎抹角請別人傳話；但是說話要婉轉，以免讓媳婦受不了。例如媳婦炒的菜太淡了，可以說「我喜歡吃得鹹一點兒，以後可以……」而不要說「菜炒得那麼淡怎麼下飯」。婆婆說話時必須注意臉色與口氣，要溫和、婉轉，以免讓媳婦害怕，才能夠有圓融的溝通。

2.意誠而心巧

對人說話必須誠心誠意，尤其比較容易引起疑忌的婆媳之間，更要如此；婆婆跟媳婦說話切忌語帶諷刺，指出媳婦的錯誤更不能幸災樂禍。最好婆婆能善用同理心，設身處地的站在媳婦的立場，想像每一句話聽了以後的感受，這樣更容易建立親密的婆媳關係。

3.多服務而少挑剔

以目前的職業婦女而言，婚後並沒有立刻退出職場，形成家庭工作兩頭忙的情況，因此處理家務難免會有力不從心而疏忽之處。做婆婆的不要苛薄地挑剔，要體諒媳婦的忙碌與勞累，加上年輕缺少經驗，做不好的事情可以幫一下忙，不會做的可以隨機指導一下，甚至忙不過來就替媳婦做，這樣並不會損傷婆婆的威嚴，反而能夠得到媳婦的感激，使婆媳之間相處更融洽。

三 媳婦應該怎樣對婆婆說話

1.知恩必報把感謝說出來

在正常情況下，做婆婆的因為疼愛她的兒子，都能儘量接納媳婦；如果媳婦能在未入門之前先做些鋪路的工作，婚後也及時把濃濃的感恩之情表達出來，婆媳間就不會格格不入了。最重要的是一定要把感謝的話說出口，如果不說，婆婆不知道，那就毫無作用了。

2.未諳姑食性先遣小姑嘗

每一個人都有其習性，順著他的習性，就容易得到他的歡心與好感；尤其年紀比較大的婆婆，習性更加牢固。一個新入門的媳婦，要準確的猜出婆婆的心意、摸透婆婆的習性，誠非易事；不過，只要有心，這也

是有辦法克服的，王建在〈新嫁娘〉裡不是說「未諳姑食性，先遣小姑嘗」嗎？這個「小姑」可以是先生，也可以是其他的親友，只要有心，到處都可以得到需要的情報，摸透婆婆的習性、猜中婆婆的心意。以後，再努力經營，說話順著婆婆一點兒，婆媳關係就不會那麼難處理了。

3. 敬老尊賢以笑臉相面對

老人家最怕年輕能幹的媳婦瞧不起她，而近年來女子教育提升很快，怪不得婆婆會害怕。做媳婦的必須使老人家得到受尊重、被尊敬的感覺，才會放下這層擔憂與害怕。必須對婆婆表示絕對的敬重，以溫柔的笑容跟婆婆說話，才會使老人家有受尊重、被尊敬的感覺，千萬不可以因為婆婆受的教育程度低而輕視她。

4. 多尊重請教勿擅作主張

媳婦做任何事情，要尊重婆婆的決定權，凡事多向婆婆請教，不要擅作主張；就算在急迫之中來不及請示，也要儘早補報備，並說明其急迫性使婆婆諒解，才不會讓婆婆有大權旁落的失落感，加重婆媳間緊張的競爭情況。

5. 當面溝通不請他人傳話

媳婦有話要對婆婆說，就選擇合適的時間當面說，千萬不要輾轉請別人傳話。由別人傳話不但有疏離感，更有傳錯話的可能，這對婆媳關係傷害很大。

6. 輕柔稟報不宜遙相呼喊

媳婦對婆婆說話要輕柔，不要粗聲粗氣使人覺得難聽；說話也不要隔著遙遠的距離，最好彼此靠近一點兒，輕言細語而說得句句清楚，才是良好的溝通情境。

婆媳相處和睦並不難，只要年輕的媳婦有虔誠的敬重之心，年長的婆婆有慈祥的疼愛之情，就可以和睦相處；有了和睦的婆媳關係，三代同堂的家庭才會安詳快樂。

第六節　親戚之間的說話術

親戚、朋友是社交活動的起點，一個人的說話藝術，在親戚、朋友之間能發揮最大的功能，也會受到最嚴峻的考驗。而親戚與朋友的交際

應酬有許多不同的地方，所以我們分為兩種，首先研究親戚之間的說話藝術。

　　親戚間的親等是根據世代線計算的；為了便於研究親戚之間的說話術，把平輩親戚分為「必然關係與或然關係」兩大類，另外還有對長輩與晚輩的說話術。

一）平輩「必然關係」親戚間的溝通原則

　　這是指五等親以內的平輩親戚，是有同個祖父母、外祖父母的各類兄弟姊妹以及這些叔伯舅姨、堂兄弟姊妹、表兄弟姊妹之婚姻結合所產生的平輩姻親。這樣的親戚，彼此見面的機會很多，關係是必然的。

1.態度大方、交情穩定

　　堂兄弟姊妹、表兄弟姊妹之間，彼此都相當熟悉，談話態度大方並不困難。只是雙方的父母之間，可能曾經有金錢來往的債務關係，或是祖先遺產分配糾紛等事件的影響，感情會有變動；當長輩的感情低潮期，可能會干涉晚輩之間來往，使其晚輩之間的交情受波及。實際上一時的事件只會影響長輩間一時的感情，堂兄弟姊妹、表兄弟姊妹之間則應該保持穩定的交情，不要受自己的父母親與叔伯姨舅的感情冷熱所左右，更不可成為父母親的打手，對某些親戚惡言相向。

2.互相信賴、互相尊重

　　必然關係的親戚彼此見面的機會很多，交際來往時就不必多猜疑，可以互相信賴。要是有些虧損上當，可以找對方的父母解決，不必擔心害怕。而且必須互相尊重，使彼此保留適度的空間，不可以因對方年幼、力弱，而強迫對方必須說什麼、怎麼做，也不可干預對方的言行舉止，否則會引起別的長輩干預，製造自己父母親的困擾。

3.話題多變、內容風趣

　　經常見面的人，如果話題貧乏沒有變化，很容易使人厭煩；在參與親戚聚會之前，最好要準備一些普遍而有趣的話題，大家談起話來才會覺得有趣而融洽。

4.不談論別家的私事

　　評論別人的是非、批判別人的長短，是交際活動中的忌諱；因為被談論的人知道了以後必定起反感，所以談論別家的私事，容易惹是生非。

親友的交際應酬，本來是要增進感情的，說長道短卻會破壞親戚之間的感情，與目的完全違背，所以不可以談論別家的私事。假使對方以別人的私事為話題，可能是因為他找不到好話題，可以用適當的話題岔開；如果對方還是要說這個話題，我們可以用「不知道」為理由而不回應，或者藉故避開，不可加入談論。

　5.適時給道賀或安慰

　　既然是同一個祖父母或外祖父母的堂兄弟姊妹、表兄弟姊妹，彼此平常都有聯絡，也都知道生活、學業、事業的近況，那麼當某個人有了成就、喜事，應該儘早向他道賀；如果受到打擊、遭受失敗、遇到困難，更要立刻予以安慰、鼓勵、同情、幫助。這不只是親情的流露，也是向外人宣示，我們的家族很團結不可輕侮。

二）平輩「或然關係」親戚間的溝通原則

　　這是指五等親以外的平輩親戚，這些遠房的堂兄弟姊妹、表兄弟姊妹，以及其他關係比較疏遠的平輩姻親，平日往來情況不一，有的雖很頻繁，但是有些很少來往，關係不緊密，所以是或然的。

　1.來往親疏隨緣而定

　　關係疏遠的親戚，有的三年五載也難得見一次面，甚至見面也不一定認識；但是也可能緣重情深，不但常常在一起，而且感情很好。對那些血緣比較疏遠的親戚，假使談得來、有緣分，可以比堂兄弟姊妹、表兄弟姊妹、甚至親兄弟姊妹更親密；如果緣分淺，或個性、思想不很一致，就不要勉強的應酬，以免形成壓力與負擔；有些格格不入者，就應該保持適度的距離以免彼此看不順眼而衝突。

　2.除送禮外避免金錢往來

　　這種關係疏遠的親戚，大部分在婚喪喜慶時才會有交際往來；雖然平常不走動，但是既然是親戚，有特殊的婚喪喜慶仍然必須致送禮金奠儀。這種社會上的禮俗，在沒有廢棄以前，還是必須遵守；而且要以厚往薄來為原則，以免徒生嫌隙。不過，禮金奠儀的多少，倒可以斟酌自己的經濟情況來決定：如果經濟上適逢窘困，禮金奠儀可以稍微少送一些；必要時，比較常來往的親戚會出面說明澄清，不必打腫臉充胖子。

　　親戚之間平時則儘量避免金錢的借貸往來，甚至金融單位貸款的「保

證」也不適當,這都是許多親戚交惡、結仇的原因。

3.絕不評論親戚言行

關係疏遠的親戚較少見面,尋找話題比較困難,往往把話題轉到彼此認識的親戚言行上;雖然這種話題雙方都熟,但是這些背後議人短長的話語,傳到被議論者耳裡,會引起其反感,甚至因而懷恨在心,這就「禍從口出」了。如果有人以某個親戚之言行做話題跟我們交談,跟必然關係的親戚一樣,先用別的話題岔開,萬一對方堅持原話題,就有可能是要故意製造事端,挑撥親戚間之感情,我們絕不貿然參與批評,先要避免回應,然後找個機會離開現場以免受害。

三 面對長輩的溝通原則

長輩之親戚不論親疏,都必須對他們有禮貌;面對長輩溝通良窳,不只影響我們的人際關係,有時候還會影響到父母,一定要特別注意。

1.和顏悅色、出言溫婉

「禮貌」泛指一般人際關係上「彼此交際的規範儀式為禮、表情動作為貌」,面對長輩有禮貌的規範是「趨前稱呼請安、舉步徐行後長、和顏悅色聆教、答語出言溫婉」等等,都要一一實踐才算禮貌周到,才能夠表現出謙恭的態度,和顏悅色、出言溫婉是面對長輩說話的基本原則。

2.多聽少說、虛心受教

《論語‧鄉黨》:「孔子於鄉黨,恂恂如也;似不能言者。」這是因為「鄉黨乃父兄宗族之所在」,所以顯得「謙卑遜順」;「謙卑遜順」就是與長輩親戚溝通時的標準方式。雖然我們不必禁止晚輩講話,但是與長者爭相發言,終究不恰當;說得對也不見得受讚賞,說錯了必遭譏笑或責罵,不如少說兩句為妙。至於長輩們把話說錯了或有不同的見解,除非涉及父母或自身權益,不得不提出澄清誤會或說明真相,否則絕對不要輕易反駁,始終保持多聽少說、虛心受教的謙恭態度。

3.慎選話題、避免代溝

與長輩說話,選擇話題要小心。有些有趣的話題,涉及兩性關係,在平輩親友可以肆無忌憚,但是面對長輩的時候就不宜使用,以免形成代溝的障礙。其他如非議古人、評論長者、訕笑漫罵的言論,也常常會使長輩厭惡,還是避免比較好。

4.長輩糗事絕對忌諱

與長輩說話的另一項禁忌是提及他的糗事醜聞。如果晚輩在他面前說起這些不堪回首的往事,能隱忍者實在不多,就算一時隱忍而未發作,也可能懷恨在心,將來伺機報復或轉向我們的父母抱怨,最後我們都會受害。如果別人提出來討論,我們可以用「我年紀小、不知道」而避開,免得遭殃。

5.尊重貧賤、扶持病弱

親戚間的權勢、錢財、地位當然不會完全一樣,在彼此交際來往之時,應該不受錢財、權勢、地位的影響;不過,對於錢財少、地位低、權勢弱的長輩,我們要特別留意自己的言語動作,如有異樣會遭「勢利眼」的抨擊,必須小心。

四)對晚輩的溝通原則

1.態度溫和、給予溫暖

與晚輩溝通時,我們本來就居於強勢的高位,而居高位者的高貴風度就是尊重對方;我們要表現出溫和的態度,給予晚輩溫暖的感覺,使我們顯得更高貴,就容易得到晚輩的擁戴;只有做一個慈祥的長者,用溫和的態度,適時給晚輩溫情、鼓勵,使之有溫暖的感覺,晚輩才願意多親近。

2.多信賴、多尊重

信賴晚輩是對其人格的尊重,受到可敬的長輩信賴與尊重,更是晚輩的榮譽;晚輩的榮譽感,促使他實實在在的做事,就不會有欺瞞、詐騙的行為,這才是和善相處的循環;否則「防賊一夜做賊一時」,長輩必須時時防備以免受騙,溝通就難以順利進行了。另外,因為輩分高低是無法改變的事實,容易對晚輩形成壓力;我們千萬不可以自恃輩分高或有地位、有權勢而壓制對方,否則壓力也會造成溝通的障礙。

3.妥善選用話題

身為長輩者要有長輩的樣子,所說的話題,既要符合晚輩的興趣,也要符合長輩的身分。話題可以隨對方之興趣而變化,不變的是不要說對方沒有興趣聽的事情。而黃色笑話、評論別人的私生活,都有失長輩的身分。至於對方的私生活,除非他誠心請教,否則不要過問,更不要

評論，以免留下「有意干涉、強迫聽訓」的印象。

　　親戚之間能不能進行良性的溝通，其實不是知道不知道的問題，而是想不想善意的來往、願不願意做良性的溝通才是關鍵；我們必須用心經營親戚之間的互動關係，才能發揮說話藝術的功用。

第七節　朋友之間的說話術

　　朋友是泛指一切沒有特定關係的熟人。因為朋友的範圍很廣，為便於研究其間的說話術，除了特別親近的莫逆之交以外，也分成必然關係、或然關係兩大類，至於筆友、網友則為一種特別的朋友。

　　古人即有「莫逆交」或「莫逆友」，指意氣相互投合的好朋友，現在俗話叫做「死黨」、「摯友」。必然關係的朋友指現在的同學、同事或同住一屋的室友、同一街巷的鄰居、同電梯出入的住戶之類的人，彼此在正常生活上會經常見面，必須互相包容的熟人，其中同事及事業合夥人又有特別情況，也另列一類說明。或然關係的朋友指過去的同學、過去的同事、過去的鄰居、偶然認識的熟人，彼此在正常生活上不會經常見面，交往之際有很大的彈性，兩相投緣則可以來往頻繁密切，甚至成為莫逆的摯友，如果彼此不投緣，則可以保持距離、不必勉強交際應酬，只要不互相仇視就可以了。筆友或網友是沒有實際的接觸，只在虛擬的文字或網路上交流情感、交換意見的朋友。

一、莫逆之交的溝通原則

1.真誠溝通

　　好朋友間之所以會很要好，是彼此相類似者多、相排斥者少，可以一起努力奮鬥，更能夠一同消遣娛樂；但其間只是「相類似」並非完全相同，有時候的想法、做法還是會有不同之處。這些歧異點出現時，必須立刻進行徹底而真誠的溝通，彼此不必隱忍。經過這種嚴峻的考驗以後，會發現彼此仍有許多共同的目標，可以互相扶持而更容易實現，當彼此發現自己更需要對方的時候，互相依賴的感覺增強了，交情也就隨之而加深了。如果對於歧異點的溝通不真誠，則表面的協議隱藏了內心的委屈，委屈達到忍受的飽和點必定引爆，這樣為了顧及情誼委曲求全，

反而埋下會毀壞情誼的炸彈。

2.有難同當

「路遙知馬力，患難見真情」，遇到情勢不利於好友或聽到將有不利於對方的事情時，應該毫不猶豫的盡己之心全力挽救；如果挽救得宜，事情辦成功、處理好了不必向對方提及，以免有「邀功、請賞」之嫌；但是遇到挽救不及、事情沒做好的時候，必須表達歉意。

3.永遠祝福

莫逆的摯友的感情也會隨著時空的改變而淡化，更會因為成長速度不一、歧異增大而揚棄；有些好朋友最後變成互相傷害的仇人，就是因為感情淡化而分離的過程中，有某一方或雙方覺得「付出多而收穫少」，覺得「吃了大虧忍無可忍」。因為當彼此意氣相投之際是無所不談的，對於對方的一切瞭如指掌，所以報復起來既準又狠，會形成很大的傷害。莫逆之交在感情淡化之際要怎麼樣避免不滿的情緒，以免由愛生恨呢？要避免這種傷害，不是「逢人只說三分話」的彼此防備，而是人人應拓展自己的心襟，培養感恩圖報的情懷，多從過去所得到的好處去想，抱持互相祝福的誠心，處理已經淡化的感情。「凡事留一線，日後好相見」，彼此雖然因時空阻隔、環境改變而分離，仍要互相祝福，以後儘管不再是死黨，最少也是昔日摯友，絕對不會成為仇人。

二)必然關係朋友的溝通原則

1.相待以禮

禮貌是人際關係的潤滑劑。面對在日常生活圈裡的熟人，必須彼此保持見面不會難堪、情感不至交惡的關係；而保持人際關係穩定最好的方法，就是這種禮貌的潤滑劑。彼此見了面親切的點頭打招呼，有事情聯繫也以禮相待，就能夠使交情穩定了。每次在說話的時候，態度要符合社會的規範，平常也不可以做出惹人生厭、讓人側目的事情，這樣就可以和平相處，不會造成生活的困擾了。

2.互補長短

人人都有短處跟長處；既然是生活圈裡必須保持關係的熟人，對每一個人的長處與短處，多多少少都略有耳聞。平常各自為政兩不相涉，但是有相聚或共同合作的機會，就要充分發揮互助合作的力量，每個人

「各盡其才」把專長表現出來為大家服務,至於別人的短處必須多予包容,不可以勉強別人做他所不擅長、不願意做的事;彼此在長處短處中互相彌補,就能夠輕輕鬆鬆、和和氣氣地相處,情誼當然會日益增長,彼此的交情也就日益深厚了。

3.話題多變

因為見面談話的機會多,所以必須留意話題的變化。最理想的話題是「持續性」的,一次有一次的進度而前後連續;退而求其次,每次不要重複同一個話題,多變也是維持趣味於不墜的好方法。

4.適時致意

必然關係的朋友,彼此關係是穩定的,而且訊息也容易傳遞;當某人有了可喜可賀的事情,例如升遷、考試上榜、競賽得名等等,在知道之後要立刻道賀;當對方遭逢困境或失敗,例如考試落榜、競賽失利、受到指責等等,也要在知道之後立刻表達安慰之意;當對方面對壓力,是最需要鼓勵的時候,例如考試前、創業之初等,必須慷慨的給予鼓勵;當對方遇到災難傷害,例如地震、火災、病痛、車禍等等,要在知道之後立刻前往探望並給予同情與協助。而恭維道賀、安慰鼓勵、同情支持的話語必須說得得體,不可以說得過火以免弄巧成拙。

5.親兄弟明算帳

遇到參加活動而有金錢開銷時,以共同均攤為原則;如果為了付賬的方便而由一人統付了,也必須儘速把均攤的金錢歸還給墊付的人;而且賬目一定要弄得清楚;以免形成友情的裂縫。

6.不評論私生活

這麼熟的朋友,又經常見面,很容易討論起別人的私事;但是這種話題涉及隱私,在尊重個人隱私權的社會,背後議論別人的私事是不對的。熟朋友之間絕對不要談論別人的私事或私生活,假使對方以別人的私事為話題,就像面對親戚一樣,我們起先可以用別的話題替代,如果別的話題岔不開,就要考慮脫離現場,最少保持緘默不置可否。既然彼此以坦誠相處,就不可心口不一;如果受到必然關係朋友的傷害或干擾,都應該立刻溝通交涉,不必礙難啟齒而隱忍,否則等到超過忍耐限度,不滿的情緒會爆炸而形成傷害。

三）工作、事業上伙伴的特殊原則

在工作上的同事及事業上的伙伴，因為有工作時間與休閒時段的不同，非工作時間的交際雖然以不談公務為原則，除了前面幾項以外，還要特別留意三個特殊原則：

1.就事論事

說話不可以夾雜不清，每一件事情都必須視為獨立案件，不可以任意聯想，也不應該「牽扯抵充」，尤其是不可以公私不分、公報私恩。

2.私不礙公

凡是公務處理，採取任何行動以前，必定先跟同事或伙伴知會，並且要等共同商議才決定，不可以獨斷專行。在下班後或個人事務，交際應酬則有絕對自由，只要嚴守「休閒時間不談公務」的原則，可以相約共同行動，也可以單獨行動；頂多先知會一下，不必相互羈絆。絕對不可以因交際應酬是否同黨，延伸到公務處理，否則就有礙公務了。

3.利益均霑

從事工作或事業，都以賺錢營利為目的；分配利潤，當然要遵守公平的原則；但是由工作或事業帶來的優待券、福利品之類，雖非正式利潤，也必須利益均霑，取予力求公平。雖然不必像利潤分配一樣死板，可以順應個人實際狀況各取所需，但是一定要尊重對方，不可貪圖利益而爭奪，否則形成不滿情緒，則不只影響感情，也可能會影響工作。

四）或然關係朋友的溝通原則

1.保持距離，以策安全

或然關係的朋友，彼此不一定常見面、相往來；相處愉快者情投意合而成莫逆之交，至於彼此觀念差異較大者則格格不入，容易發生摩擦。當處於必然關係之際，必須互相容忍，如今已是或然關係，就可以不必再容忍了，但是要保持安全距離，不要再為不同的觀點、看法、意見而爭辯，以免彼此再生摩擦而怨恨結仇。

2.遵守習俗，絕不失禮

遇有婚喪喜慶等特殊活動並且通知時，要遵照一般的「禮數」送禮，能出席最好要出席，不能出席必須事先道歉並致送相當的禮金或禮品，

不可短少。根據生活簡樸的原則，喜帖是不宜濫發的，但是我們既然接到通知，就不能不回應，否則背後遭人非議評論難以預防，而朋友之間是沒有人能夠為我們出面說明澄清的。

3.濟人之急，不是救窮

朋友有急需或遭災難時，只要力所能及都可以伸出援手，提供金錢、物質上的幫助。但是這種「通財之義」是饋贈而非借貸，「借錢給朋友就可能失去這個朋友」，在對方急難之際還論借貸、立借據、談利息也不合人情。至於他自己不勤奮工作，依賴朋友接濟過日子，則不必太慷慨，我們的原則是「濟人之急不救窮」。如果借錢給朋友吃喝嫖賭，那等於把朋友推下陷阱，反而是「不仁不義」的事情了。

五 不見面的筆友、網友的特殊溝通原則

隨著社會的變化，利用書面、網路也可以選擇自己喜歡的人做朋友，這就成為筆友或網友。筆友或網友是現代人的一種接觸方式，它沒有實質的接觸，只在虛擬的文字或網路上做情感的交流、意見的交換；但是，人的感情發展會呈螺旋狀提升，交往到某個程度，對虛擬的情境覺得不滿足，就會想要把筆友或網友變成真實的朋友。從案例上，有不少透過筆友或網友結交成莫逆的，甚至有成為終身伴侶而幸福美滿的；不過，也有人在這種虛擬的情況下受到傷害。應該怎麼做才能夠避免傷害而享受廣交好友的便利？提供下列原則以供參考：

1.適時解除隱密性

筆友或網友是因為空間阻隔，所以交往之初無法見面，並非永遠不能見面的朋友。那麼在彼此認為可以成為好朋友的時候，就可安排見面的機會，只是一定要雙方都願意，如果一方只要在虛擬的文字或網路上做朋友，絕對不可以勉強；不願意見面的也不必勉強自己，可以坦白的拒絕見面；或等客觀環境改變、安全條件無虞，時機更成熟再見面。就算永遠做筆友或網友，也並非不可以，只是那將永遠保持隱密性，停留在虛擬的階段，沒有進一步發展友情的可能。

2.尊重對方隱私權

在書信或網路上交朋友的好處，除了可以超越空間的限制以外，還有相當的隱密性，只要自己不說，雙方並不容易知道確實身分；而彼此

通信或交談也是逐步深入的，最好先說自己的情況，如果對方沒有其他顧慮，應該可以得到相對等的資訊；如果對方還不願意說，應該尊重其隱私權，不可勉強。當解除隱密性，進展到真的朋友交往時，雖然已經邁入彼此友情的新里程，可是虛擬世界裡的信任感，不一定能夠在短時間內具體化，彼此可能還必須保有一些隱私空間；對於這種情況，雙方必須互相尊重，千萬不要勉強，也不要急著到處打聽；只要友情順利發展，這些黑紗掩蓋的隱密部分會越來越縮小，如果操之過急，觸及對方的疑慮或忌諱，友情反而可能會因此而夭折。

3.誠心誠意的交往

因為空間阻隔而無法先見面，利用書信或網路交朋友，並不是永遠不要見面的；那麼彼此一定要誠實，不可以藉著空間阻隔之便而欺瞞對方，否則到了要邁入彼此真正交往時，所有虛假欺騙的事情很難再隱瞞，朋友就會交不下去而白忙一場了。

4.防人之心不可無

有些人分不清虛擬世界與現實世界的不同，太容易相信書信中、網路上所傳遞的訊息；例如看她信中的字跡很娟秀，就認為一定是個聰明乖巧的好女孩，卻猜不到他是叫女祕書替他抄寫潤飾的，本人可能是個粗野的莽夫；看他網上發表的名字頗有英武味，應該是個健壯的好男兒，卻不料是個瘦小的女子，想要用這樣的名字來補償自己現實世界的缺憾。所謂「害人之心不可有，防人之心不可無」，虛擬世界的東西就有可能是假的，不可以毫無警覺、不知自衛的上當受騙。

獨學而無友則孤陋而寡聞，一個人既然不可沒有朋友，就必須好好與各種交情深淺不同的朋友相處；雖然不可能使人人成為同生死共患難的朋友，但是絕不可任意增加一個仇人；要避免與人結仇，就必須善用說話藝術處好朋友之間的關係。世間彼此互相傷害的，竟然是熟人多於陌生人；如果彼此認識的朋友而互相傷害，則反而不如彼此做個陌路人，我們豈可不謹慎哪！

第八節　師生之間的說話術

師者傳道授業解惑也，而傳道時教師要說話、授業時教師也要說話、

解惑時則教師與學生都要說話；可見師生之間的說話術，對於傳道授業解惑的教育事業是何等重要。我們從師生關係開始檢視，再分別說明師生之間的說話原則。

一 師生關係的認識

有人說從前「一日為師終身為父」，師生之間的關係像親子一樣；是否真有其事、是否為普遍情況，我們不得而知；就算真有其事，也僅存於昔日，今天已經不可能了。現今師生之間最好的關係就像朋友一樣，老師既是良師也是益友；這是現今民主社會的理想情況。至於有人視師生關係像主客一樣，老師是販賣知識的店員而學生是顧客，這是近年來功利社會裡的病態，並非好現象。

今日的師生課後的關係像朋友，在教室裡則已經演變成師生平等、學生為主、雙向交流、溝通協調、民主開放的關係了，那麼我們又該如何使師生之間能夠進行良性的溝通呢？

二 教師說話的原則

1. 言行一致

教師對學生所說的話都必須兌現，絕對不能為了一時的方便，答應無法實現的承諾；尤其運用獎懲制度時，更要言而有信，否則喪失學生的信任以後，將難以再順利的教導學生。

2. 注意禮節

教師在教導學生時，難免會遇到學習難點、學生錯誤之處，這時候教師出言責備、糾正，如果未注意禮節，常使得師生關係緊張。平常師生相處，也必須以禮相待，才能夠累積信任與尊重的師生之情。禮節本是人際關係的潤滑劑，教師以禮對待學生，可以減少彼此的摩擦，化解師生間的緊張氣氛。過去我們只要求學生對老師有禮貌，今後我們也應該要求教師放棄高高在上的態勢，以禮貌對待學生，以避免師生的衝突事件。

3. 讚美成就

鼓勵可以增加自信心，讚美更能夠激發學生的潛能。一個教師如果要在學生心中建立地位，一定要讓學生受惠，要懂得怎樣對學生說讚美

鼓勵的話。學生從老師的讚美鼓勵裡獲得奮鬥努力的勇氣與信心，可以影響他的一生；可是有些老師卻忘了「鼓勵學生是教師的天職」，吝於說讚美的話，不但學生得不到鼓勵與讚美，教師自己也享受不到教學的成就感與快樂。

4.慎用權威

教師的傳統權威雖然減低了，但是課後仍是益友，可以忠告善道；教室裡仍是學生學習活動的「顧問、嚮導」，可以帶領學習活動。教師如今只剩下學習專業的權威，不再有獨裁指揮的權力，就必須審慎的使用這項權威，做所能夠做並且應該做的事情，說分內所應該說的話，才能夠扮演好自己的角色。

5.慎用肢體語言

許多人認為感情傳遞上肢體接觸比語言溝通有效，但是這種接觸必須在學生能夠接受的範圍內；以目前國人的生活習慣，用肢體語言表達感情並不普及，教師貿然使用肢體語言，遇到不習慣的學生，不但不能表達感情，反而引起困擾、產生誤會；所以師生溝通之際要慎用肢體語言，以免有不良的副作用。

三 學生說話的原則

1.尊敬而非懼怕

俗話說「尊師重道」，是指尊敬老師也尊重老師所傳之道，據韓愈的說法，就是「尊重老師所傳的修己治人之道、立身處事之業」；而教師應該是以其求道、明道、悟道的過程與嫻熟學習方法的專業，指導學生學習活動的專業人員；這樣的教師是值得尊敬但是並不必懼怕的。因此，跟老師說話，不必恐懼，可以坦然交談，不必有多餘的顧忌疑慮。

2.說話內容妥當

跟老師說話必定是請求老師解答「修己治人之道、立身處事之業」的疑惑；也就是求得課業、品德、生活的指點，而課業裡各學科的教師更是學有專攻的，必須請教該教師所任教或專長的課業問題，不可以張冠李戴弄錯對象，也不可以拿甲老師的問題去問乙老師，請教問題總要找到負有專責的人員，並非每個教師都可以任意發問，問錯了人是很不妥當的。

3.就事論事、不談私事

　　跟老師說話除了要注意妥當的內容以外，更要有就事論事的態度，不要把許多事情糾纏在一起。例如談課業的疑難問題，就不要涉及考試成績，也不可以批評別人的是非；討論班級活動的規劃，就不要涉及某些同學之間的交情。師生之間談話，也不宜作漫無限制的閒談，學生不宜問老師的私生活，也不宜問與教學無關的私人問題，這種漫無邊際的閒談適用於朋友，不適用於師生之間。

　　師生關係起了重大變化的今日，要強化師生情誼，善用說話藝術是很有效的方法。

第九節　同事之間的說話術

　　就上班族的生活作息而言，工作時間八小時，加上中午有一個小時的休息；扣掉交通與睡眠，可能每天與家人說話的時間反而比同事還要少。如果與工作單位的部門主管或同事相處不和睦，將是很痛苦的事情。因此同事之間的說話藝術，也是促成生活幸福快樂的要項。

一 面對長官的溝通

1.基本觀念

⑴職位高下無關人格尊卑

　　在工作職位上，部門主管掌握了指揮的權柄，當然有比較高的地位；但是，在基本人權與人格上，主管的職位並沒有提升其人權的高度，長官的人格也沒有特別尊貴的地方，屬下也不是卑微的。我們不必因為尊重長官的職位而看輕自己，面對長官雖然應該有「敬重其職位」的態度，但是不必為此而看輕自己，更不必因為職位低下而自卑、因害怕長官的威勢而不敢講話。

⑵工作順利長官獲利較多

　　就公務關係上而言，部屬是替長官做事，不是長官賞飯給部屬吃。從工作的利害上講，沒有得力的部屬，再高明能幹的長官也不能夠有大作為。所以長官與部屬溝通順利，把事情辦得更好以後，長官從中所得到的益處比部屬多。

有了這兩項基本觀念以後，部屬就不必再對長官搖尾乞憐，只要盡其在我的把事情做好，不必擔心長官的好惡、滿意度。說起話來也就可以輕鬆自在，不必畏首畏尾了。

2.一般情況

⑴談話內容與態度

僚屬對長官談話的內容，應以洽談公務，並且在辦公時間為限，不要涉及私情，也不要談論私事。這些報告、說明、請求或有所建議，也都只限於上班時間處理，下班後是不處理公務的。至於下班以後，雖然可以尊稱長官的職銜，但是也不必服從長官對於非公務的指揮；只要禮貌性的客氣一些，下班後彼此只是「必然關係的朋友」，不必唯命是從。

⑵談話的準備工作

僚屬必須對長官提出報告、說明、請求或有所建議的時候，應該先做充分的準備。例如要報告、說明、請求或建議的資料，必須要準備齊全，以備長官有所垂詢時，能夠及時做最詳盡的補充，使溝通進行順利。如果準備書面資料，應該做成一式兩份，一份呈長官存查，另一份自己保管備忘；報告、說明、請求或建議時，長官有所指示，要立刻在備忘稿上記明，以便遵照辦理；長官也可能必須在其存查文件上，記錄說明的重點，各執一份是必須的，而且是有利於報告、說明、請求或建議之溝通的方法。

⑶談話的修辭

說話的語句要簡明、清楚，雖然不必刻意求修辭華美，但是絕對不可過於粗俗，以免減低自己說話的分量；只要用簡單明確的語句，清晰明快的語音，說出應該說的話語，就可以得到預期的溝通效果了。

3.特殊情況

任何溝通活動都可能有遭受挫折的可能，這時應該如何處理，必須先做準備，以免措手不及而慌亂。孟子論孔子離開魯國與齊國的不同❸，

---

❸ 《孟子・萬章下》：「孔子之去齊接淅而行，去魯曰「遲遲吾行也」，去父母國之道也。」同書〈盡心下〉重出作：「孟子曰：『孔子之去魯，曰「遲遲吾行也」，去父母國之道也；去齊接淅而行，去他國之道也。』」從孟子所引述的孔子去魯與去齊之異，可見在孔孟思想中，與長官溝通不良時的處理方式，是應該隨著自己與機關單位的關係不同而異，不只是長官有所不同而已。

可作為與長官溝通不良時處理方式的參考。以下分為「溝通挫折、重大事務、特殊關係」三種特殊情況，提出可供參考的方法。

(1)遇到挫折的心態

當對長官所提出的報告或說明不被接受，提出的請求或建議遭否決，有些人因為挫折感，會惱羞成怒地破口大罵，也有人因為失敗而覺得丟臉、傷心難過地垂淚哭泣，這都是忘了長官具有「裁量權」的事實。此時既不可以粗魯地破口大罵，也不必傷心地垂淚哭泣；而是應該尊重長官的裁示、接受長官的決定。遇到挫折，要不亢不卑地接受事實，不論長官怎樣決定，自己問心無愧就好了。

(2)報告重大事務

如果處理的事情關係重大，只像一般事情那樣報告時，主管可能一時無法了解全況而接受不了，應該分層次地逐步報告。當提出報告說明時未能妥善包裝，以至於讓長官難以接受，是在工作上我們本來應該注意、能夠注意而沒有注意使工作無法順利進行，儘管沒有行政作業或工作職務上的責任，也算是一種工作上的過失，實在愧對長官；如果已盡了心力，則請求或建議不被接受也就不必有挫敗感了。

(3)處理特殊關係

假使遇到的是個不很聰明、甚至昏庸或固執的長官，而自己對於此單位又有著特殊的感情、特別的關係，非盡力去挽救不可，也有事情做好了以後不得獎賞也非做不可的決心；那麼可以採用「觀念移植術」，利用單位主管的好奇心，隱隱約約提出計畫、說明情況而不做正面的建議，只將新的概念重點式的播下種子，使它在長官的腦子裡萌芽、生根、茁壯，等到時機成熟，由長官自行發動，事情在不著痕跡間做成功了，我們還是不動聲色、不可去邀功；只能在內心感到一些安慰而已。

二、長官說話的原則

長官對僚屬說話實際上有工作時間的公務指揮與下班後的人情交際兩種，我們可以把下班後的人情交際歸入「必然關係的朋友」裡處理，這裡只說明公務指揮。

1.深思熟慮、謀定而後動

中級單位的主管決定事務要根據「法、理、情」的原則，凡是於法

令有規定可行、不可行或如何進行的事務，就要「依法辦事」。如果於法無禁，可以援例辦理；不過在執行之前應徵詢相關人員的看法，調閱從前實施的案卷查明其效益，再仔細衡量事理的可行性然後決定，並向上級長官報備後實施。如果是一件於法不禁又無例可援的新事務，就應該廣泛徵詢重要部屬的意見，請他們就業務觀點提出看法，再旁搜其他單位之類似案例、處理結果做參考，最後衡量事理與人情才能夠下妥善的決定，經過向上級長官請示奉命核可後才可進行。

身為長官要執行指揮權，一定要深思熟慮，而且必須謀定而後動，千萬不可隨興決定可否再朝令夕改，讓屬下人員無所適從。

2.揚善於公堂、規過於私室

身為單位領導者，除了「業務裁量權」以外，還有「人事監督權」，對於部屬處理公務應隨時觀察考核，隨機進行口頭的獎懲：遇有盡忠職守、善盡職責者，隨時以口頭讚賞給與鼓勵；遇有疏忽散漫、怠懈延誤者，隨時以口頭警告給與糾正。

在獎懲之際，除了明察秋毫絕無倖進或冤枉以外，更要遵守「揚善於公堂，規過於私室」的原則，部屬在工作上有良好的表現，除了立刻當場讚美，也要選擇正式的公開聚會的時機當眾表揚；部屬在工作上有缺失的時候，當然也立刻糾正督促，不過最好私下告誡，以免傷及自尊留下情緒的困擾。一個能夠這樣與人為善、廣結善緣的長官，才能夠得到部屬的愛戴，才是成功的長官。

3.言談舉止穩重有禮節

《論語・顏淵》「齊景公問政於孔子，孔子對曰：『君君、臣臣、父父、子子』」，一語道破行為規範應由上而下的道理。《孟子・離婁下》：「孟子曰：『君仁莫不仁，君義莫不義。』」「孟子告齊宣王曰：『君之視臣如手足，則臣視君如腹心；君之視臣如犬馬，則臣視君如國人；君之視臣如土芥，則臣視君如寇讎。』」又充分說明君臣交接禮節必須由上而下的情形。體悟這些古聖先賢的名言，就可以明瞭為人長官者平常在言談舉止上，對部屬必須穩重而有禮有節的道理。所以長官要有長官的樣子，所謂長官的樣子，不是擺個不可一世的高架子以示威風，而是舉止動作穩重合禮；長官而舉止輕浮，不只是不符合長官應有的禮貌，而且「君不君則臣不臣」，最後往往落得自取其辱的下場。

4.待人溫柔親切而努力學習

權威的領導使人戒慎恐懼，雖然會克盡職責，但是也只是做好規定必須做的事情而已，不會主動服務。一個完全依靠領導人的督促而運轉的單位，只能保持現狀，如果要使單位更富活力、更加進步，就要採用溫情的領導。做一個說話溫柔親切的長官，隨時鼓勵部屬發揮自己的潛能，隨時欣賞讚美部屬從潛能中迸發出來的創造力，而自己也把握「終身學習」的原則，時時刻刻不忘充實自我、努力學習，使自己成為一個有內涵、有人性，而且溫柔親切的領導者，那就不只得到部屬的愛戴，更能使部屬樂於奉獻一切、熱心工作了。

三）同事之間的公務語言

1.公事公辦而職責分明

在同一單位而級職不相隸屬的人員，就是非長官部屬的同事關係了。彼此下班後有應酬聚會，是視同朋友的交際；在辦公時間的聯繫，才是同事之間的溝通。公務接洽聯繫，應遵守「公事公辦」不受私情干擾的原則，而且組織體系之內，每一個職務都有其作用，當然也都各有固定的職責，處理公務一定要根據各自的職責去辦事，非自己職責範圍，就移轉給該辦的人去辦理，這不是推託，而是對別人的尊重；千萬不可仗恃彼此有交情而越俎代庖，否則會產生職責不明而形成混亂的局面。

2.分工合作而熱心服務

組織運作必有分工，分工之後，如果個人職責範圍有明顯的時間性，則發生忙時忙得不可開交，閒時閒得無事可做的現象；這時就應該發揮合作的精神，以原來職責負責人為主，其他人員從旁協助，以避免勞逸不均的流弊。假使同事之間能夠做到你忙碌時我幫助你，我忙碌時你幫助我，大家都具備而且充分發揮服務的熱忱，久而久之，整個單位所有的人都會有「本是一家人」的感覺，大家都會從工作中得到更多成就感，並且享受同事之間彼此互助合作的溫暖了。

第十節　無遠弗屆的說話術

現代是科技與資訊決定勝負的時代。我國的通訊事業，以家庭使用

的有線電話而言，門號數目已超過戶口數；而個人使用的手機，幾乎到了無時無刻形影不離的程度；加上傳統的廣播電視，新穎的網際網路，我們真是無遠弗屆而暢通無阻了。可是，通訊科技的進步、通訊設備的普及，並沒有使人際溝通因方便而更圓融，人際隔閡也沒有因工具的便捷而消除。在電話設備無遠弗屆的社會裡，也必須有無遠弗屆的說話藝術，才能夠善用科技的電話設備而促進生活的幸福。

無遠弗屆的電話設備，是使用電子傳音的特殊方式，雖然突破了空間的限制，但是卻有「潛在對象、介質轉換、反應難測、封閉專線、有聲無影」的特性。

「潛在對象」是指說話的對象在終端機的另一端而不在現場；通話時對方有幾個人、是怎樣的人，在這端的我們，不容易看見、了解。

「介質轉換」是指說話時的語音聲波及影像光波，都經過轉換成為電磁波而傳播，最後又從電磁波轉成聲波或光波，才傳入對方的耳朵或眼睛裡。

「反應難測」是因為我們無法掌握收聽或收視者的背景與情緒，所以無法預測對方在聽到我們所說的話語以後會有什麼反應。

「封閉專線」是指通電話時，別人不能夠擅自插入竊聽，只有這樣才能夠保障「祕密通訊的自由」，所以除了特別設計的「會議電話」以外，封閉專線是電話所不可缺少的特點。

「有聲無影」是指通電話的雙方，只聽見聲音，看不見影像；雖然已有視訊電話，但是設備比較繁複，目前也還不普及，大多數的電話機具還是有聲無影的。

在這幾種特性之下，使用電話可分一般通話、對長輩通話、答錄留話三種狀況說明如下：

一 一般的通話守則

一般的通話狀況，不論是家庭的有線電話、個人的無線手機，都可以依照下列幾項建議去提高說話的效率，避免使用電話的缺陷。

1.拿起話筒先報姓名

因為通電話的雙方沒有看見對方，所以很難預測在電話另一端是誰，必須報出姓名以後雙方才能夠確認對方的身分。發出電話者撥通電話該

先說「我是＊＊，請＊＊接電話」；收聽電話的人也應該說「我是＊＊」之類的話。如果恰巧是本人接聽，當然就可以立刻交談以節省通話時間，如果還要傳呼就能夠儘速傳呼當事人接電話。

2.查對身分然後講話

假使通話之初已經各報姓名，則查對身分可以省略；但是有些人沒有拿起話筒先報姓名的習慣，讓我們無從知道對方是誰，就必須查對對方的身分，說「我是＊＊，想請＊＊接電話」之類的話，以免弄錯對象徒增困擾。如果對方還沒接聽，則應該等一會兒；如果對方不在，可以留話請接聽的人轉達，也可以另覓時間再撥電話。遇到對方來電要找的人不在，可以請對方留話；如果對方不留話甚至姓名也不留，則不要勉強，可以當做沒有接這個電話。

3.語速放慢力求清晰

因為電話傳音是經過介質轉換的，各介質系統裡都可能有干擾及衰歇的現象，所以訊號也就比較模糊，說話的語速必須放慢一些，語音要儘量清晰才容易辨別，否則含糊不清會降低溝通效率，甚至引起溝通的誤會。

4.利用記錄以免誤事

一般傳遞訊息的電話，通話後除了報姓名查對身分以外，會有問候、寒暄語，說完主要訊息之後也應該有道別的客套話。有的人在掛斷電話之後，對於對方主要傳遞的訊息已經模糊容易誤事；也有人在說完問候、寒暄語之後，竟然一時忘了主要訊息的內容而浪費通話時間。為避免這樣，可以在電話機旁或口袋中準備便條紙或記錄簿，打電話之前先把要點寫明備忘，聽電話時也可以隨手記錄要點以免誤事。

5.說話簡明節約時間

電話有封閉專線的特質，一通電話說得太長勢必使同時間的另一通電話進不來，影響裝設電話的功能，因此我們在電話裡說話一定要簡單明確，以節約通話的時間。一般的電話以一分多鐘為宜，如果沒有特殊的事情，一通電話最好不要超過三分鐘；用電話閒談是很不合適的。

6.時段妥當以免困擾

要撥出電話以前，應該先看看時間；如果明知對方已經休息了，或是對方可能正在忙碌中，就不是恰當的時段，除非有特別緊急的事件，

否則不適合撥電話。在這種不恰當的時間撥電話，形成對方的困擾，不只是沒有禮貌的行為，由於對方情緒欠佳，溝通成效也可能會大打折扣。

7.公務電話少談私事

在辦公場所所裝設的電話就是公務電話，公務電話是為了聯繫公務用的；本來上班時間就不應該處理私事，公用機具也不宜用來處理私事，所以辦公時間不適合利用公務電話談論私事。如果有緊急事故必須聯繫一下，偶爾一用還情有可原；如果在公務電話裡大談私事，不論是主管或員工都不適當，主管不能以身作則將難以使部屬信服，員工在辦公時間用公務電話談私事，可能會遭受主管的指責。不只不要在公務電話撥談私事，也不要常常打電話到對方的辦公室談私事。

8.說完道謝隨即掛斷

電話的禮貌與當面說話相同，結束時總要說一兩句道別、謝謝來電或謝謝接電話，說完這幾句話就可以掛斷電話，不要再扯個沒完。

二 與長輩通話注意事項

與長輩或年長者通電話，或者是有求於對方、希望對方幫忙的電話，為表示禮貌使事情辦得順利，除了前面一般的電話守則以外，可以再參考下面的建議：

1.自我介紹謙恭有禮

因為長輩或年長者不一定記得晚輩，尤其在並未見面的電話中，更不容易想起來，所以跟長輩或年長者打電話，一定要仔細的自我介紹，使對方想起我們；否則這個電話可能毫無用處。如果是有事請託，更要說出跟對方關係比較密切的人，使對方有「不看僧面看佛面」的壓力，否則在電話中對方也許會輕易地拒絕而造成遺憾。

2.僅供聯絡不作決定

如果有事情希望對方協助，只能用電話聯絡登門拜望請益的時間，不要在電話裡作出決定。因為人是見面三分情的，電話裡並沒有見面，也就沒有「礙於情面」的壓力，請託的事情恐怕會落空。當面決定重大事務，也必須察言觀色，氣氛不對就不可以提，而電話中根本看不到對方的臉色，貿然請求決定是非常危險的。

3.可留姓名勿求回電

　　對於一般的朋友，遇到對方不在的情況，可以留下姓名電話請對方回電，但是對於長輩或年長者，或是有求於對方、希望對方幫忙的時候，這樣做並不合適；應該只留下姓名電話，然後說「等方便的時候再打電話請教」，不可以說「請告訴他回來以後給我電話」。

4.說話簡明預估反應

　　在有聲無影的電話裡，固然難以知道對方的情緒，就算影訊電話也只局限於某一個角度，難以確實知道對方的反應；在不知道長輩或年長者的情緒之情況下，會因狀況不明致使溝通失敗，請託之事也可能遭到拒絕。因此，對於提出請求的事情，儘量不要在電話中請託，非不得已必須在電話中講，就要儘量用簡明的話語，以免節外生枝，並且在說什麼話之前先估計一下對方可能的反應，才不會「瞎說話」而誤了大事。

5.求助方法具有彈性

　　請求對方協助的時候，只要讓對方知道我們的希望就好了，至於對方將用什麼方法幫忙，最好給對方充分的彈性，才能夠因應實際情況而達到比較理想的境地；假使彈性不夠，事情不容易辦成功，在電話裡很容易遭拒絕，使得打電話求助的目的完全落空，損失的還是自己。

6.遲收話線以示尊重

　　跟長輩或年長者打電話，一定要等長輩或年長者掛斷電話以後才可以收線，否則就是一種不禮貌的行為；本來是要向長輩或年長者請安，卻讓長輩或年長者不高興，那不如不要打這個電話。

三）遇到答錄留話的注意事項

　　隨著生活節奏加快，有許多人在家中裝設答錄機以錄下未能接到的電話；行動電話裡也有讓來電者留話的語音信箱。遇到這種情況，可以參照下列建議：

1.說話咬字清晰緩慢

　　因為答錄留話是把介質轉換之後的語音，再轉成電磁波存入磁帶，放出時又要從電磁波轉為聲波。不但多一層轉換的損耗，其反覆使用的磁帶也可能效果欠佳，所以答錄留話的語音比電話更含糊，說話的時候，咬字就要特別清晰而緩慢，以免過度模糊而讓人聽不清楚。

2.等信號出現再說話

　　答錄機或語音信箱都有一段說明，必須等說明結束並出現特定的信號聲以後，其錄音系統才開始啟動。在錄音系統尚未啟動前，所說的話無法錄音，所以留話一定要等信號聲響過以後再說。

3.說話之前要報姓名

　　主人聽答錄電話或語音信箱是一通一通連續聽的，如果錄話之前沒有姓名，則不一定聽得出來是誰所留的電話；假使說話之前先報出自己的姓名，可幫助聽的人判定留話者身分。

4.敘述簡明、掌握要點

　　答錄電話或語音信箱有一定的時間限制，超過時限以後，錄音就停止了。為節省電話的通話時間，在使用答錄電話或語音信箱時，我們應該養成敘述簡明掌握要點的好習慣。

5.結束留話、順便報時

　　語音留話就像拜訪而主人不在留下便條一樣，假使最後順便報一下時間，對於有時效性的留話很重要；也許我們的留話並沒有時效性，但是因我們報告時間，對於有時效性而沒有說明時間的電話，卻可以幫助主人確認時間。養成結束時順便報時的習慣是很有用的。

　　電話傳訊的機會已經普及了，善用者可以成為溝通利器，不善用它則可能製造噪音而令人生厭，我們不可不謹慎使用。

第十一節　傾聽與讚美

　　口語表達必須有來有往，來而不往、往而不來，都無法進行交談而達到溝通之目的；傾聽與讚美是促成溝通交流最有效的方式，我們必須研究傾聽與讚美，以增進口語表達的互動關係。

一 傾聽的意義與功能

　　《說文》「傾者，仄也、邪也」，傾就是傾斜；傾聽就是側耳而聽。因為人耳的肌纖維不發達，不能控制耳翼收集聲波，必須轉頭側其耳向著聲源注意的聽，才能夠聽得更清楚，所以形容全神貫注的聽對方講話就叫做側聽。

在人際溝通的動作上，聽是與說相對立而同時存在的；研究溝通的學者都知道：聽是說的另一半，更是互動溝通的基礎。就談判、辯論的情況而言，善於傾聽者更常為談判或辯論的贏家；它既可以用來蒐集資訊，更有利於隱藏自衛、以逸待勞、控制氣氛。在日常的溝通行為上，傾聽則是鼓勵對方說話的好方法。

但是卻有許多人不願意傾聽，甚至不敢放心聽別人說話；其原因可能是怕聽以後會吃虧、上當、受騙。其實，我們可以把「聽」分成「聽見、聽清、聽懂、聽信、聽從」幾個不同的層級：聽見只是耳朵對於聲音的感覺；只知道有聲音而已，在六十分貝左右的聲音，一般情況下是安全的，不會有所損害。聽清只是耳朵對於聲音信號能夠清晰的辨認；清晰的辨認聲音並不一定能了解其含意、內容，把訊息的信號聽清楚只是了解語意必備的條件而已，不會造成損失。聽懂只是聽者對於聲音的信號能夠了解其意義；在懂得以後，聽者對信號的內容仍有判斷取捨的權利，可信可不信，也可以不予理會。把話聽懂以後，只是蒐集資訊，增進了解；不一定相信、照著做，也應該不至於受害。聽信只是聽者相信訊息，並沒有執行的承諾；對話語的相信，就算「誤信謊言」，只要不去做也不會造成立即性的損失；只要我們對於聽懂的任何訊息，都仔細的研判、多方的查證，在沒有得到確實證據以前對訊息仍舊存疑；就算查證屬實，我們也還有拒絕接受、拒絕聽命行事的權利。聽從是按照所聽到的訊息去執行；如果訊息有害，執行後當然會受到傷害；一般人怕「聽話」應該是怕這種「盲目聽從別人的話」，只要在聽懂訊息後，進行查證的動作；在查證屬實後不盲目服從別人的指使，聽任何人說話並不會立即陷入危機、有所損失、受到傷害的。

能夠將「聽話」分成這幾層次以後，我們就不必再怕「傾聽」，「傾聽」只不過盡其所能的「聽見聲音、聽清訊號、聽懂意思」而已，是不會立即被騙上當、吃虧受害的。對於傾聽完全了解以後，我們可以參考下面的建議，以期能夠用傾聽達到口語表達時互動的目的。

二)傾聽守則

1.要專注地目視對方

為達到以傾聽鼓勵對方說話的目的，無論對方說什麼，我們都必須

對其話題表示有興趣，並且目光柔和的注視對方，適時的點頭、微笑，表示我們的誠懇與了解。全神專注的傾聽動作雖然很簡單，但是讓對方有受到重視、肯定的感覺，就會把內心的話儘量說出來；所以表現出全神貫注傾聽的樣子，是鼓勵對方暢所欲言的好方法。

2.要聽完後再作覆述

對方說話時，我們當然要注意傾聽他所說的內容並予複述（反饋），但是一定要等對方把話說到一個段落，我們也聽完一個段落、了解真正的意思再作複述，以免斷章取義或誤解對方的原義。每個人說話的習慣不同，有些人說的話在沒有聽完整段以前，很難猜出他所要表達的真正意思；在中間插入覆述，不但打斷對方的話，也容易產生誤會。

3.要體察對方的動機

為了能夠儘量了解對方的真正心意，必須體察對方說話的動機。說話是一種人類的溝通行為，溝通本身必有其需求，這就是溝通行為的動機與目的；我們可以將心比心的體察對方說話的動機，了解他對我們說這席話的目的，從動機目的去研判，比較容易明白對方說話的意義，也更容易猜出對方說話的言外之意。

4.要保持理性與冷靜

有些人說起話來越說越激動，我們不可以隨著激動起來，必須保持理性與冷靜。第一種激動的情況是意外的驚喜：受到喜悅興奮情緒影響，可能抱著身邊的熟人又叫又跳；這時候要冷靜的參與他熱烈的喜悅動作，讓他覺得我們分享了他的喜悅；但是也要避免事後會臉紅、難為情的行為。第二種激動的情況是意外的打擊：措手不及的打擊，使他受到驚嚇，可能害怕得緊緊抱著身邊的熟人，就像溺水者抱著漂浮物一樣；這時候也要冷靜的給他支持與安慰，讓他得到安全感，慢慢的恢復正常。還有遭逢難以相信的失敗、受到重大傷害的痛苦，甚至是針對我們的怨恨，也都會有激動悲憤的情緒，我們都要保持理性與冷靜，對於激動、悲憤情緒的言語動作，寬予包容，並給予適切的撫慰；甚至對方因誤會而「破口大罵」，我們也必須理性、冷靜的暫時隱忍下來，等到對方發洩過後，消氣了、恢復正常的時候再做解釋。

5.要尊重對方的意見

一個人在受到尊重以後，比較能夠暢所欲言；在被輕視的情況下，

許多話會懶得開口。要營造互動的溝通氣氛，要讓對方把心裡所想的說出來，必須尊重對方所提出的意見。儘管對方的意見非拒絕不可，也要顧及對方情緒婉轉的因應；遇到時間不便於聽取對方長篇傾訴時，必須另行安排妥當的時段並獲得諒解，以免破壞彼此原有互相信賴或親密的關係。

三) 讚美的意義

讚美是由衷的承認對方的優點並且當面說出來。

人人都渴望被肯定、被讚美，但是樂於讚美別人的人卻不多，其原因有些是自視太高，認為別人的成就尚不值得讚美；還有些則怕被誤認做阿諛、拍馬屁而不敢輕易讚美別人。

其實，讚美別人的人，不一定比較差；被讚美的人，也不一定要比較好，其好壞是他跟自己比較的結果。身為教師者，應該要慷慨的讚美學生，以發揮鼓舞的力量。至於阿諛是別有居心的說些別人的優點；拍馬屁則為討得好感、獲得好處而說好聽的話，而且那些好聽的話還不一定是事實。而讚美是純粹為給對方鼓勵，為肯定對方，不是為了博取對方好感而說好話的；而且讚美是有事實做根據，不是隨便胡說的。兩者分辨明確，不容混淆，我們不必怕別人誤會成阿諛、拍馬屁而吝於讚美。

四) 讚美的原則

要讚美別人，必須把握四個原則：

1. 揚善於公堂

讚美不只對被讚美者有效益，對其他人也有作用。就受讚美者而言，優良行為被肯定會產生正增強作用；對於知道此事的他人而言，則有示範的效果，會模仿好的行為以期得到讚美。這兩項功能，都必須公開讚美才能夠充分發揮，所以讚美必須把握「揚善於公堂」的原則。

2. 詳述其事實

讚美的事跡，不但要詳細查證核實，讚美的時候也要詳細的說明其事實，這樣一方面能夠避免有人僥倖而受獎賞，另一方面使被讚美者及其他人員都知道讚美的確切事實，不但能夠使事跡明確而昭公信，並且充分發揮公開讚美的功能。

3.讚美要及時

讚美的時效性跟發揮的功能成正比，立即對於有良好表現者或成績優異者加以讚美獎賞，當然最有效。如果情況不許可，也必須儘早公開讚美，以免時間拉長而令人焦急或失望。

4.不要作對比

有些人的習慣是：讚美一個人常常要說另一個人不好，以對比的方式進行讚美。這好像讚美有總量管制似的，必須先從另一個人的身上扣下一些優點，才能夠讚美另一個人。其實讚美是對被讚美者的肯定而已，是獨立的一件事，與他人毫無瓜葛。因此讚美一個人不必拿另外的人作對比，只要直接表揚其善行、佳績，不必批評別人不好，也不必說別人不如他；否則等於打擊被批評的人或否定大多數的人，而在別人背後說他缺點更是不對的行為。讚美只要對被讚美者加以肯定，不要拿別人作對比，以免旁生枝節而惹來困擾。

一個善於傾聽與讚美的人，在互動的人際溝通上，必能順心如意；尤其身為教師者，善用傾聽與讚美的技巧，在師生、親師溝通上，更能夠圓融順利。

第十二節　批評建議與拒絕

天有晴雨、山有峰谷，我們的溝通情境也有順境與逆境。口語表達的成效，施之於順境的互動，只是美上加美、保得幸福快樂；把它用在逆境的批評、建議與拒絕，卻可以突破障礙、脫離困境、開創新生機。

一、批評的意義、目的與誤用

批評是對於事物加以剖解並評定其是非優劣。其目的在知道事物的是非優劣，並且希望進一步能夠改正其不對的地方、改善其不好的地方，使它變成對的、正確的、良好的、優美的。但是有人卻誤認了目的、用錯了地方，造成人際溝通的障礙與困擾。

批評既是對「事物」加以剖析以評定其是非優劣；那麼應該是針對事物而不是對人做批評。有人未把握批評的對象，把焦點放在做事的人，容易流為人身攻擊、人格評述，因而引發意氣之爭；這是第一種錯誤的

批評，應該要避免。

　　批評的目的在評定事物的是非優劣以後能夠進一步的改正、改善，使它變得更好；有人則未把握批評的目的，為了抬高自己的身價而批評，或者為了挫折對方的威風而任意批評，這會引起對方反彈，甚至結仇結怨沒有好處；這是第二種錯誤的批評，也應該避免。

　　批評要以客觀的、大家公認的標準來評定事物的是非優劣，才能夠使被批評者信服，使旁觀者佩服；有人未能把握批評的標準，用純主觀的意見、少數人的想法或片面的印象做批評的根據，不但難以得到公眾的認同，被批評者也會反唇相譏，結果爭執不休；這是第三種錯誤的批評，更應該避免。

二）批評的要領

　　要做客觀的、對事物而不對人的、目標正確的批評，可以參考下面的建議：

1.避免攻擊人身

　　批評的對象絕對是針對事情或物件而提出，不要轉變對象成為對做事或製造物品的人，再從人轉移到他從前所做的事情或東西，甚至連他的親人所做的事情都一古腦兒搬出來批評一番，這就不恰當。儘管事情或東西是人做的，但是批評的焦點必須放在事物而不是人。例如學生考試沒考好，就說「你這次考試的成績不好」，不要說「你不用功所以考不好」，更不可以說「我早知道，憑你的能耐休想考得好」。又如學生作業沒做好，應該直接說「你這項作業沒做好」，不要說「你不認真寫所以作業沒寫好」，更不該說「你跟你的哥哥一樣笨，作業從來沒有寫好過」。批評的時候絕對要遵守對事而不對人的原則，絕對不可以做人身攻擊或人格評述。

2.衡量批評條件

　　開始批評之前，必須衡量批評的條件，例如：彼此的關係怎樣？時間合不合適？地點妥不妥當？被批評的人情況如何？凡是彼此交情不夠深厚的，我們的批評不會被接受，就可以不必批評；在對方心目中分量不夠，批評不會被重視、也起不了作用，我們也不必批評；批評的時機不合適，我們的批評太早了被視為「預言」而不相信，批評得太晚又被

視為「放馬後炮」而無濟於事，這些情況不可以批評；批評的場地有其他人員，會損及被批評者的威信或自尊，更不可以批評；批評的結果無補於事的，根據「成事不諫」的原則，我們就不必再費唇舌加以批評；被批評的對象沒有雅量的，我們的批評會引起反彈或反擊，那就更不能夠批評了。衡量這些批評的條件以後再批評才不會受傷害。

3.批評具有建設性

當我們評估過批評條件都符合以後，那麼就應該提出具有建設性的建議，作積極而有效的批評。指出事物的缺點，就應該隨即介紹改善的方法，這樣才是具有建設性的批評，才不會被視為純罵人，或者反而被批評為自己不會做、毫無能耐而整天只會亂批評。

4.先說優點後說缺點

批評的條件都符合、也具有建設性，我們就應該注意提出批評的技術。批評是評定事物的是非優劣，並不是只說缺點不說優點的；那麼為了使批評更順利、更容易被接受，批評時就應該先說優點後說缺點。以優點的讚美贏得好感，繼之以缺點的剖析並介紹高明的改善之道而使人信服。

三　建議的意義、目的與誤用

建議是就公私事情陳述其興革之意見。凡是團體的一分子，對於團體的公共事情如有興革意見，就應該提出來，這種建議權不只是權利，也是個人對團體所應盡的一種義務；朋友之間貴在「以友輔仁」，有彼此扶持、互相切磋、提供意見、忠告善道的義務；可見建議本為朋友所應盡到的責任。

但是有人卻弄錯了建議的目的，其建議不在陳述興革意見而利於團體或朋友，是要藉著建議來炫耀自己的才華。建議既然是「陳述」對於公私事情的興革意見，就應該只限於陳述，不要在陳述之後裏脅群眾或強逼對方接受，否則那就不是建議而是命令了。所以我們在對公事陳述了意見以後，是否要執行必須靜待公決，不可以出言威脅逼迫；對朋友提出處理私人事務的建議，也是只是提供意見給他作參考，不可以勉強別人非那樣做不可。建議未被接納時不必難過，也不必氣憤；只求無愧我心，即可心安理得。

四 建議的要領

1.建議不可貿然提出

建議之前必須先完全了解事情的來龍去脈，並且審度自己的地位，不可以貿然提出，以免平白增添困擾；其條件與批評類似，例如：彼此的關係夠不夠？時間是否合適？地點是否妥當？建議的對象情況如何？都評估合適再提出建議。

2.建議應有充分理由

說出建議以前應該先說明自己為什麼要提出建議的原因；如果沒有充分的理由，不可以隨興提出建議，以免啟人疑竇而自找麻煩。

3.建議案具備可行性

建議的方案必須具備可行性；凡是沒有能力執行、對方無法做到的，就是不可行的建議，就不必提出來。

4.建議案具備解決力

建議的方案必須具備解決力；建議案真正付諸實行以後，必須有成果，而且其成果要能夠達到預期的目標，解決真正的問題，否則也不要提出來。

5.多案建議排列順位

建議的方案不是只有一案的時候，要妥善安排各案的順位，基本原則是把最好的方案放在第一順位，按照順序排列。如果勾選的主管有特殊脾氣，可以按照實況的需要而靈活變化。

6.建議之後任憑取捨

建議只是建議，既然不是命令，別人本來就有選擇取捨的權利，建議表達清楚以後，不可強迫群眾接受或逼迫對方就範。

五 拒絕的意義、目的與誤用

拒絕是對他人的要求或建議加以拒退斷絕，也就是不答應他人的要求或不接受別人的建議。這本來就是維護個人權利的正常手段，但是卻有人不會拒絕、不敢拒絕、不懂得要怎樣拒絕，成為人際溝通的弱者、受害人。

在基本人權上，人人有自主權，都有權利拒絕不喜歡的事物。只是

拒絕權不可濫用，不可為了表現權威而無緣無故的拒絕；否則容易遭到他人的怨恨而影響人際關係。不過，我們也不必因為怕影響彼此的關係而不敢拒絕，或者怕被人譏笑而不好意思拒絕，否則將會得不償失。

在拒絕的過程中，會覺得不好意思、覺得有罪惡感的人，應該是提出不當要求或亂提建議者，而不是拒絕的人；提出不當要求或亂提建議者才是麻煩的製造者，而拒絕不當要求或建議是一種自衛行為，是這個拒絕事件的受害人。

那麼，我們要怎樣善用拒絕的權利，怎樣拒絕他人的要求或建議，並且避免拒絕所造成的傷害呢？

六 拒絕的要領

1.誠懇道謝、不必爭辯

當我們要拒絕別人的建議或邀約之前，為了避免對方的自尊心受傷害，最好先向對方誠懇道謝，謝謝他的關懷愛護提出寶貴的建議，謝謝他的抬舉器重提出盛情的邀約；然後再說明拒絕的理由而婉轉的拒絕。不要攻擊對方的建議、不可鄙視對方的邀約，否則其自尊心遭受打擊以後，可能惱羞成怒，會形成溝通的障礙，甚至造成傷害。

2.衡量利弊、不必遲疑

拒絕對方的要求以前，要先衡量拒絕的利弊得失，以害中取小的原則做最有利的選擇。衡量利弊比較得失之後，如果還是以拒絕的弊病小、損害少，就堅決的表明拒絕之意而不必遲疑。只是表明堅定的決心時，要用溫和的態度與婉轉的語氣說清楚，不必把話說得太直、太衝、太難聽而引起對方的不悅。

3.表示了解、不能改口

對方被拒絕以後，可能再接再勵提出更多理由，希望我們能夠改變決定而答應，這時候對方的理由我們都可以表示了解，但是在拒絕的事件上絕對不能改變，也不必再提出其他的理由。例如對方說從前彼此合作得很好，我們可以說「從前承蒙你疼惜，真的彼此合作得很愉快，我很感激，但是就是不能……」。也不必因為對方提出另外的理由，我們就再無中生有的提出新相對抗的理由；拒絕是合理的自衛權，採取自衛行為是不需要其他理由的。

4.過程單純、不宜推託

既然是非不得已而拒絕了，就不可以批評對方的弱點，以免傷及自尊心；有的人會用「假如……」的條件拒絕法，在提出條件之前一定要仔細評估，不要以單純的人員或事物的變化為答應的條件。這種方法雖然免去說出真正理由傷害對方自尊的危機，但是人事變化難以預料，如果推託的說「等到誰……」就答應，不久那個人真的那樣又該如何？假使說「如果……」就同意，不料外在條件真的改變了，反而使自己騎虎難下，也被逼得非答應不可。因此，除非沒有別的方法，否則不要推托。

5.慎選時地、不可疏忽

遭受拒絕的人通常都會有挫折感，面對挫折的打擊，有些人難免失控而有不理智的舉動，說不定會形成傷害、造成憾事。為了預防對方在惱羞成怒或情緒崩潰之際的不理性動作，應該謹慎的選擇合適的時間、安全的場地，以預防意外事件。

6.方法靈活、不可呆板

拒絕的方法有很多種，各種方法雖有其實用性，但是其效果也各有極限，不一定見效。在必須拒絕時，我們可以多用幾種方法試試看，不要「以不變應萬變」死守著一種方法。例如：婉言解釋法（用婉轉的話語說明拒絕的理由）、堅決暗示法（用暗示的話語表明堅定拒絕的心意）、謙恭致歉法（用道歉、承認自己不好做理由而拒絕）、推三阻四法（以人時地物事等條件不合適為拒絕的理由，或提出人時地物事等要求作為答應的交換條件）、時間沖淡法（以延後決定的方式暫時不答應，期望時間會改變情況，使對方放棄而達成拒絕的目的）、外力干預法（請有力人士介入干預以達到拒絕的目的）、迂迴徹退法（用拐彎抹角的方式達到拒絕的目的）、心境控制法（以對方無法忍受的情況讓對方自動放棄而達到拒絕的目的）；這些方法各有妙用也都有缺點，應該妥善選擇而靈活運用。

順境易處而逆境難為，說認同、讚美的話語易於出口，要說批評、建議與拒絕的話語比較困難；但是非說不可的時候還是要說。只要參考上述的要領，必要時做妥善的批評、建議與拒絕，也是保障個人權益與幸福的重要方式。

結論——明辨義利、追求幸福

國音及說話的課程，應該有三項學習目標：第一是了解國音與說話的重要理論，作為研習口語表達技巧的基礎。第二是學習注音符號及正確的國語發音、變音，以糾正訛音誤讀。第三是欣賞國語的韻調之美及說話的藝術之妙，享受語言運用之樂趣。研習國音、改善國語發音能力之目的在提升說話的藝術；提升說話藝術之目的在增進人際關係、追求幸福美滿的人生；要追求幸福美滿的人生，則不可疏忽為人處世的義利之辨。

一）義利之辨與人生的幸福

《論語・里仁》第十六章「君子喻於義，小人喻於利」下朱注：「義者天理之所宜；利者人情之所欲。」論天理、究人情，正是我們立身處事的根本要項；人生幸福美滿的基礎，就在義利之辨上。

幸福是一種人生自覺滿足的感受，使自己滿足的方法有廣求於外跟禁閉於內二途。因為專門講究禁閉於內的「斬斷七情絕六欲」以追求幸福，並不是凡人所能做得到的；我們不是得道高僧，就必須內禁其所能禁、外求其所能求，其間必須明義利之辨作為對內禁欲與外求滿足的平衡點；所以一個凡人必須明辨義利才能夠擁有真正幸福美滿的人生。

一個明辨義利的平凡人，雖然不可能絕欲而不懷利；可是一定能夠做個「見義勇為」的君子，不會做「見利忘義」的小人；明辨義利之後，更能夠「無見小利」以免「大事不成」，達到了「仰無愧於天，俯不怍於人」的境地，平穩的踏上追求人生之幸福美滿的正途。

二）不違天理人情的說話藝術

一個明辨義利的人，要如何運用說話藝術而不違背「天理人情」呢？在說話與做事之間，可以參考下面的三項建議：

1.不說無利於己而害人的話、不做有害於人而利己的事

　　不損人利己是為人處世的基本原則，只要不為物欲所蒙蔽，不受邪念所左右，也是人人都做得到的事情。既不利於己又傷害別人的話，例如欺瞞詐騙的話語、揭人隱私的話語、破壞別人的話語、使人難過的話語，不論是故意說出或無心之言，都會得罪他人，惹禍上身，一個明辨義利的人當然不可以說。

2.可說不害己而利於人的話、可做不害人而利己的事

　　損人利己是一般動物本能的行為，有人名之曰「叢林法則」，當然不是一個人應該做的事情。至於做些不會傷害別人卻對自己有利的事情，是人性的本質，也是人類求生存所必須的行為，不會被禁止。既無害於己又有利於人的話，其實是既利人又利己的，例如給人溫馨的話語、營養豐富的話語、激勵進取的話語、解人災厄的話語，既可以造福，促使「福從口出」，更有益於世道人心、有助於社會安樂，一個明辨義利的人一定會常常說。

3.少說利己而無害於人的話、多做利人而無害於己的事

　　助人為快樂之本，日行一善也是童子軍的信條；多做利人而無害於己的事，也是人人都知道的原則。既利己而無害於人的話，雖然不會傷及他人，但是遇到修養不夠、見不得別人比他好的人，就容易引發覬覦、破壞之心，說這種話的人容易遭受苦難、打擊。我們都知道覬覦別人的好東西、破壞他人的計畫，是很不應該的事情，但是人都有其動物性，修心養性的功夫可以減低動物性，卻不能保證人人都成聖成賢，萬一遇到這種修養差的人，要避免損失，只有自己儘量不要說、不要炫耀，這就是所謂「防人之心不可無」。不害人而有利於己的事情儘管去做，有利於己而無害於人的話就以少說為妙了。

三）說話藝術的極限與實踐

　　說話是一項技術、也是一種藝術。

　　說話藝術只能夠幫助技巧熟練的人，技巧不夠熟練，到時候往往派不上用場；該說的話一時說不出口，甚至說了不該說的話，等事後再後悔就來不及了。

　　有德者始能使人信其言，我們對一般人都要「聽其言而觀其行」，只

把話說得很好聽是沒有用的，人們不會輕易相信謊言而上當；如果沒有真誠的愛心與具體的行動，說話藝術只能算是一種小技術，無法發揮人際溝通的功效。所以凡是想要用說話藝術去損人、傷人、整人的人，最後必定會失敗，只有把說話藝術用於愛人、助人、救人的人，才有成功的可能。

「人心之靈莫不有知，而天下之物莫不有理，惟於理有未窮，故其知有不盡也。」知而不行，不是真知；行不徹底，不如不行。當我們學會正確的國語發音技術，懂得基本的說話藝術以後，就應該在日常生活中實踐力行。人生的幸福有多少，我們的快樂是永久還是短暫，就決定於我們力行的決心與實踐的毅力了。

上古漢語語法綱要（修訂二版）　　梅廣　著

本書總結作者多年思考和研究漢語語法心得，是作者對上古漢語語法體系最完整的陳述。行文力求明白易讀，理論與事實並重，既有學理依據，又充分反映古代漢語特色，對古漢語的學習和研究都有很高的參考價值。對初學者而言，通過本書的研讀，亦能提升其語言自覺，加深其對語言結構的認識。

華語文教學導論（修訂二版）
蔡雅薰、舒兆民、陳立芬、張孝裕、何淑貞、賴明德　合著

本書結合華語文教學知識與實務運用，內容涵蓋現今華語文教學研究中重要主題的介紹，如：華語文教學方法、數位教學、聽說讀寫教學、華語測驗評量及華語語音、詞彙、語法、漢字等基礎的語言學理等。

為了因應未來更多元的國際華語文教育需求，本次再版，再次邀集作者們重新審視這十年來華語文教學的重要發展與變革創新，進行各章節的更新調整，以提供正確清晰的華語文教與學的全球新觀點。

國家圖書館出版品預行編目資料

國音及說話／張正男著.－－修訂二版一刷.－－臺北
市：三民，2021
　　面；　公分.－－（中國語文系列）

　　ISBN 978-957-14-7233-1 （平裝）
　1. 漢語 2. 聲韻學 3. 說話藝術

802.43　　　　　　　　　　　　　110010698

中國語文系列

國音及說話

作　　　者	張正男	
發 行 人	劉振強	
出 版 者	三民書局股份有限公司	
地　　　址	臺北市復興北路 386 號 (復北門市)	
	臺北市重慶南路一段 61 號 (重南門市)	
電　　　話	(02)25006600	
網　　　址	三民網路書店 https://www.sanmin.com.tw	
出版日期	初版一刷 2004 年 8 月	
	初版九刷 2017 年 6 月	
	修訂二版一刷 2021 年 8 月	
書籍編號	S804880	
Ｉ Ｓ Ｂ Ｎ	978-957-14-7233-1	

三民書局